L'échange

Brenna Yovanoff

L'échange

Traduit de l'anglais (États-Unis)
par Isabelle Saint-Martin

Michel Lafon
POCHE

Titre original
The Replacement

Première publication par Razorbill.
Publié par arrangement avec Rights People, Londres.

118, avenue Achille-Peretti
CS70024 – 92521 Neuilly-sur-Seine Cedex
www.lire-en-serie.com

Pour David
(Le premier a toujours été pour toi.)

PREMIÈRE PARTIE

SECRETS DE VIE

SANG

CHAPITRE 1

Je ne me rappelle pas le moment le plus marquant de mon histoire, mais je fais souvent le même rêve.

Le froid est glacial. Les branches des arbres géants lacèrent le store, les feuilles crissent et craquent. Une pluie blanche tombe, le rideau vole. Pensées, violettes, tournesols, je connais les motifs de ce tissu par cœur, je peux me les réciter comme un poème.

Je rêve de champs, de tunnels obscurs, rien de précis. Je distingue une silhouette sombre qui me dépose dans le berceau, met sa main sur ma bouche en murmurant à mon oreille : *Chut ! Attends !...* Personne n'est là, personne ne me touche, et quand le vent s'engouffre par la fenêtre entrouverte, ma peau est gelée. Je m'éveille dans un sentiment de totale solitude, comme si le monde était immense, glacial, atroce. Comme si personne n'allait plus jamais me toucher.

*

Des élèves traînaient à la cantine, du côté des vitrines de trophées.

On avait accroché un rideau pour cacher le cabinet de prise de sang, un rideau qui descendait presque jusqu'au sol, mais tout le monde savait ce qui se passait derrière. Des aiguilles qui entraient, des tubes qui sortaient. Une bannière en papier de boucherie annonçait la collecte de sang en lettres géantes.

Je venais d'entrer pour déjeuner, avec les jumeaux Corbett et Roswell Reed.

Drew Corbett cherchait dans ses poches une pièce pour me montrer comment truquer un tirage au sort. Ça semblait compliqué, mais il possédait l'art de réussir n'importe quel tour comme un jeu d'enfant.

Il lança la pièce qui tourbillonna en l'air, mais quand il me la montra sur le dos de sa main, elle affichait face, comme toujours. Il me décocha un large sourire, comme si on venait d'échanger une bonne plaisanterie sans avoir besoin de parler. Derrière nous, son frère, Danny, continuait son éternel débat avec Roswell, histoire de savoir si le seul groupe potable du coin pourrait jamais passer à la radio ou à la télé.

De loin, on pouvait confondre les jumeaux, leurs longues mains brunes, leurs yeux rapprochés et leurs cheveux noirs. Ils étaient doués pour les mêmes choses : dessiner, construire et réparer à peu près n'importe quoi. Drew semblait plus décontracté, il écoutait mieux et bougeait plus posément. Danny, lui, parlait.

– Non mais regarde ce qui se vend ! disait Roswell en ratissant d'une main sa tignasse rousse en bataille, qui se redressa. Qu'est-ce qui te fait croire que les gens qui s'emballent pour des groupes de seconde zone vont seulement apprécier un talent aussi spécial que celui des Rasputin Sings the Blues ?

Danny soupira en me prenant par le bras.

– Mackie, tu connais quelqu'un qui choisirait un truc franchement pourrave au lieu de quelque chose de génial ?

Il parlait avec impatience, comme s'il savait qu'il avait parfaitement raison et que mon avis n'avait aucune importance, à se demander pourquoi il en parlait encore.

Je ne répondis pas. Je regardais Alice Harms, comme à peu près les trois quarts du temps. C'était pratiquement un hobby.

Danny me secoua plus fort :

– Mackie, arrête de mater et écoute-moi. Tu crois vraiment qu'il y a des gens qui choisiraient le truc pourri ?

– Les gens ne savent pas toujours ce qu'ils veulent, dis-je sans détourner mes yeux d'Alice.

Elle portait une chemise verte franchement décolletée, sur laquelle elle avait fixé l'autocollant jaune qu'on offrait aux donneurs. Elle glissa une mèche de cheveux derrière son oreille d'un geste gracieux.

Sauf que je percevais l'odeur du sang – douceâtre, métallique. Le goût m'en restait au fond de la bouche et je commençais à me sentir un peu barbouillé. J'avais oublié cette collecte ce matin, jusqu'à ce qu'une suite de panneaux calligraphiés me la rappelle à mon arrivée au lycée.

Drew m'administra une tape sur l'épaule.

– Tiens, voilà ta copine !

Alice traversait la cantine, flanquée de deux autres stars du collège, Jenna Porter et Stephanie Beecham. J'entendais leurs baskets riper sur le linoléum. Un son agréable qui me rappelait le bruit des pas dans les feuilles mortes. Je fixai Alice, mais sans grand espoir.

C'était Roswell que voulaient les filles, pas moi. Lui, le grand type dégingandé, incapable de se raser des pattes de la même hauteur sur les joues, avec sa grande bouche, ses taches de rousseur en été, ses poils roux sur les bras. Mais tout le monde le trouvait adorable. Ou peut-être était-ce simplement parce qu'il était comme tout le monde.

Moi, j'étais le mec bizarre – pâle, lugubre. N'importe qui à ma place se serait senti avantagé par des cheveux blonds, mais les miens se contentaient de mettre en évidence la noirceur de mon regard. Je ne lâchais jamais de plaisanteries, je n'entamais jamais une conversation. Parfois, le seul fait de me regarder mettait les gens mal à l'aise : il valait mieux que je me tienne à l'écart. Mais pour une fois j'étais là, au beau milieu de la cantine, et Alice se rapprochait avec sa bouche rose et ses yeux si bleus.

Jusqu'à se retrouver juste à ma hauteur.

– Salut, Mackie !

Je souris, même si je sentais mes genoux flageoler. C'était une chose de l'admirer depuis l'autre bout de la salle et de s'imaginer peut-être l'embrasser, c'en était une autre de discuter avec elle. Je déglutis en cherchant ce que des gens normaux auraient bien pu dire à ma place. Mais seul le souvenir que j'avais d'elle au printemps dernier me venait à l'esprit, sa jupette de tennis et ses jambes tellement bronzées que ça m'avait mis le cœur à l'envers…

– Alors, tu as donné ton sang ? demanda-t-elle en effleurant son autocollant. Tu as intérêt à me dire oui.

Comme elle écartait ses cheveux de son visage, j'aperçus un éclat argenté dans sa bouche. Un piercing à la langue.

Je fis non de la tête.

– Je ne supporte pas les aiguilles.

Ce qui parut l'amuser.

– Oh, trop mignon ! s'écria-t-elle en me posant la main sur le bras sans raison. Bon, on te pardonne si c'est parce que tu fais ta fillette. Et tes parents, ils ne flippent pas trop depuis les dernières nouvelles ? Je veux dire, tu as entendu, pour la sœur de Tate Stewart, non ?

Derrière moi, Roswell soupirait bruyamment. Les jumeaux ne riaient plus du tout. Je cherchais un moyen de changer de sujet, mais ne trouvais rien.

Et cette odeur de sang douceâtre, moite, devenait trop tenace pour être ignorée.

Je dus me racler la gorge avant de répondre.

– Oui. Ça l'a bien secoué, mon père.

Alice écarquilla les yeux.

– Ah bon ? Alors, tu les connais vraiment ?

– C'est son père qui officie, intervint Danny.

Drew et lui s'étaient détournés et, en suivant leur regard, je vis qu'ils observaient Tate, assise toute seule à une longue table, le regard perdu vers le ciel derrière la baie vitrée.

En fait, je ne la connaissais pas. Bien sûr, j'avais toujours fréquenté la même école qu'elle, sa famille habitait la rue voisine de celle de Drew et Danny, et je partageais au moins un cours avec elle par semestre depuis le début du collège. Mais je ne la connaissais pas. Pas plus que sa sœur, d'ailleurs, même si je les avais vues ensemble sur le parking de l'église de mon père.

La petite s'appelait Natalie, une petite fille mignonne, joufflue et en pleine santé – une gamine normale.

Tate fit grincer sa chaise et tourna la tête vers nous. Elle portait très court ses cheveux brun foncé, ce qui lui dégageait étrangement le visage. De loin, elle paraissait petite, se tenant toujours droite, presque rigide, comme prête à encaisser des coups. Deux jours auparavant, elle avait encore des amis. Peut-être pas du genre inséparable à glousser pour un rien, style Alice et son clan, mais les gens l'aimaient bien.

Désormais, c'était le vide autour d'elle, comme si on l'avait mise en quarantaine. Dire qu'on pouvait ainsi se retrouver rejeté de tous du jour au lendemain... Il suffisait qu'il vous arrive quelque chose d'horrible.

Alice ne perdit pas de temps à l'observer. Ramenant ses cheveux vers son épaule, elle se rapprocha encore de moi.

– Je veux dire, on pense jamais que des gamins puissent mourir. C'est trop triste. Depuis qu'elle est au courant, ma mère est devenue dingue de médailles de saints et enchaîne les *Ave Maria*. Ah ! Hé, au fait, les mecs, vous êtes là samedi prochain ? Stephanie organise une soirée.

Roswell s'appuya sur mon épaule.

– Cool ! On pourrait y faire un saut. Alors comme ça, vous vous êtes toutes fait avoir ? C'était comment, de se faire vider de son sang ? Ça fait mal ?

Pour cette dernière question, il s'était tourné vers Stephanie, qui hocha la tête avec Jenna, mais Alice leva les yeux au ciel.

– Pas vraiment. Ça pique un peu quand elle vous enfonce le tube... mais bon, ça va. En fait, on le sent beaucoup plus après coup ; au moment où elle arrache l'aiguille, ça se met à saigner et ça s'arrête plus.

Elle tendit le bras pour montrer la tache rouge qui s'agrandissait à vue d'œil sur son pansement.

Des métaux ferreux, on en trouvait partout, dans les voitures, dans les appareils électroménagers, dans ces grosses machines industrielles qui conditionnaient la nourriture. Mais la plupart du temps, ils étaient alliés à d'autres éléments – carbone, chrome et nickel. Ça restait douloureux, ou plutôt ça vous rongeait lentement, en profondeur. Je gérais.

Tandis que le fer du sang, c'était une autre histoire. Il se ruait à travers ma bouche et mes narines, me prenait à la gorge. D'un seul coup, j'eus du mal à me concentrer. Mon cœur battait la chamade, puis se mit à ralentir fortement.

– Mackie ?

La voix d'Alice me semblait provenir de très loin, sourde et confuse.

Je balbutiai :

– Il faut que j'y aille… Mon casier… j'ai oublié un truc, il faut que j'y aille…

Sur le moment, j'eus l'impression que l'un, l'autre ou bien tous allaient me suivre. Alice me tendit la main, mais Roswell l'interrompit d'un geste. Il avait pris l'air sévère, serrant les lèvres comme pour retenir ses paroles, et donna juste un coup de menton en direction du couloir : *Vas-y !*

Je me faufilai à travers le labyrinthe des tables de la cantine sans m'emmêler les pieds, alors que ma vision se resserrait comme dans un tunnel et que je sentais mon pouls battre dans mes poignets, dans mes oreilles. Plus je m'éloignais de l'odeur fade et suffocante du sang, mieux je me sentais. Je pus alors respirer plus profondément en attendant que mon vertige passe.

Les casiers du hall des élèves de première étaient tous identiques : un mètre cinquante de haut, peints dans une espèce de beige qui s'écaillait. Le mien était tout au bout, au-delà du couloir menant aux classes de maths et aux portes de la cour. Au détour du couloir, je me rendis compte immédiatement que quelque chose clochait.

Sur la porte, à hauteur des yeux, apparaissait une marque rouge en forme de paume. De loin je flairais déjà l'odeur du sang – pas aussi forte que celle de la piqûre d'Alice, tiède, horriblement métallique. Non, celle-ci était froide et poisseuse, elle commençait à sécher.

D'un regard circulaire, je pus constater que le couloir était désert, les portes du dehors closes. Il avait plu toute la journée, alors personne ne traînait sur les pelouses.

C'était une marque sombre d'un rouge gélatineux que je fixais, immobile, les mains sur le front. C'était juste une blague. Une sale blague. Après tout, pas besoin de se creuser pour trouver quelque chose qui me fasse flipper. Tout le monde savait que j'avais tendance à m'effondrer dès que quelqu'un saignait du nez.

Alors, forcément, ce devait être une plaisanterie. Pourtant, avant même de m'en approcher, je devinai déjà qu'il n'en était rien. On avait fait preuve de créativité à l'aide d'un trombone ou d'une clef en grattant le mot *Monstre* dans ce magma coagulé.

Malgré mon écœurement, j'essayai de l'effacer avec ma manche, et si je parvins à faire partir à peu près tout le sang, le mot *Monstre* demeura gravé sur la porte, d'un rouge sombre sur fond beige ; à ce moment-là, je sentis comme une nouvelle décharge, reculant, tombant à moitié, le cœur battant si lentement, si pesamment…

Ma main se plaqua contre le mur à la recherche de la porte qui s'ouvrait sur l'extérieur, vers la cour déserte.

J'étais en maternelle la première fois que mon père me parla de Kellan Caury.

L'histoire était courte, mais il la répétait en boucle, comme une comptine genre *Winnie l'ourson* ou *Au clair de la lune*. En l'écoutant, j'imaginais des scènes extraites d'un vieux film, tremblotantes et floues. J'imaginais Kellan Caury du genre sage et poli.

Un adulte, peut-être la trentaine.

Il était comme moi. Enfin, plus ou moins. Sauf que ses doigts recélaient une articulation supplémentaire, et que je le voyais toujours en noir et blanc.

Il tenait un atelier de réparation d'instruments de musique sur Hanover Street et habitait au-dessus, dans un appartement avec kitchenette. Il refusait d'accorder les pianos parce qu'il ne pouvait pas supporter d'en toucher les cordes d'acier, mais tout le monde l'aimait bien, car on le trouvait honnête et loyal. Il s'était spécialisé dans la réparation des violons.

Lorsque des enfants commencèrent à disparaître, personne ne songea à lui. C'était la Grande Dépression et les gens n'avaient pas d'argent, pas même pour se payer de quoi manger. Pourtant, des gamins continuèrent de se perdre. Ils tombaient malades ou fuguaient, mouraient d'accident ou de faim et c'était triste, mais personne ne se posa vraiment de questions.

Jusqu'au jour où ce fut le tour de la fille du shérif, en 1931, un peu avant la fin du mois d'octobre.

Kellan Caury n'avait jamais fait de mal à personne, mais peu importait. On s'en prit tout de même à lui.

On le tira de son petit appartement pour le faire descendre dans la rue. On brûla son magasin et on le frappa à coups de clés à molette et de tuyaux de plomb, avant de le pendre à un chêne dans le bois au fond de Heath Road, un sac sur la tête, les mains liées dans le dos. Et son corps y resta un mois.

La première fois que mon père me raconta cette histoire, je ne saisis pas où il voulait en venir, mais lorsque je me retrouvai en CP, puis en CE1, je compris.

La morale de cette histoire est qu'il ne faut pas attirer l'attention. Ne pas avoir de doigts déformés. Ne laisser personne s'étonner de son aptitude à accorder des instruments à l'oreille. Ne pas montrer les élans de son cœur, sinon, dès que quelque chose ne va plus, on risque de se retrouver pendu à un arbre.

Tout le monde a des racines, des origines. Certaines sont juste plus accessibles que d'autres.

Je n'ai gardé aucun souvenir de cela, mais ma sœur, Emma, jure que c'est vrai, et je la crois. Voici l'histoire qu'elle me racontait la nuit, quand je sortais de mon lit pour aller la rejoindre dans sa chambre.

Le bébé était dans son berceau, les pleurs mêlés d'angoisse, sa petite tête luisant à travers les barreaux. L'homme, osseux, en manteau noir, se glisse par la fenêtre pour emporter le petit. Il enjambe de nouveau le rebord, referme la fenêtre, puis le store. Il est parti. Quelque chose d'autre est couché dans le lit.

Dans l'histoire, Emma a quatre ans. Elle sort de sa chambre et traverse le couloir en pyjama. Quand elle touche la petite main entre les barreaux, la chose dans le berceau se rapproche, essaie de la mordre, alors elle retire ses doigts, mais ne recule pas. Ils passent toute la nuit à se scruter dans le noir. Au matin, la chose est toujours tapie sur le matelas aux imprimés d'animaux et la regarde. Ce n'est pas son frère.

C'est moi.

NE JAMAIS PARLER AUX INCONNUS

CHAPITRE 2

Roswell me retrouva dans la cour. La cloche avait sonné la fin de la récré et il ne restait personne sur la pelouse. Je m'étais adossé au mur, les paupières closes, respirant profondément.

– Hé !

Il se tenait tout près de moi. Je n'avais même pas senti sa présence. Je déglutis, ouvris les yeux. Du ciel chargé tombait une pluie fine, un de ces crachins qui vous gâchent le mois d'octobre.

– Hé…

En m'arrachant cette réponse, je m'aperçus que j'avais la voix rauque, comme si je venais de dormir.

– T'as une sale gueule. Ça va ?

J'avais envie de hausser les épaules, de passer à autre chose, mais mon vertige roulait en moi comme une vague.

– Plutôt mal.

À son tour, Roswell s'adossa au mur, et soudain j'eus la conviction qu'il allait me demander ce qui s'était passé ou, au moins, pourquoi j'hyperventilais tout seul dans mon coin. Il n'avait pas dû voir mon casier.

Je pris une longue inspiration, lui coupai la parole :

– Rien de tel qu'une histoire de bébé mort, avec en prime une mare de sang.

Il éclata de rire, me donna un coup d'épaule.

– Il faut toujours qu'elle en rajoute, elle ne peut pas s'en empêcher. Je dois la jouer fine pour tenter le coup avec Stephanie. Mais ton Alice, là, elle va pas te manger. Et je sais que tu n'es pas insensible à ses charmes, n'est-ce pas ?

Je ris à mon tour, mais d'un rire forcé plutôt lamentable. J'étais encore mal à l'aise, j'avais peur de vomir.

– Écoute, reprit Roswell d'une voix étrangement basse. Je sais que tu parles pas beaucoup aux filles… je le sais. Mais je suis sûr qu'elle n'aurait rien contre l'idée de sortir avec toi. Enfin, j'veux dire, tu n'as qu'à te décider.

Je ne répondis pas, Alice était tellement belle, tellement parfaite quand on l'observait de loin… Mais à la seule idée de l'emmener quelque part, je sentais mon cœur se serrer.

La cloche se mit à sonner dans les haut-parleurs sous le toit, et Roswell s'écarta du mur.

– Tu viens en histoire ?

Je fis non de la tête.

– Je crois que je vais rentrer.

– Tu veux que je te ramène ? Je peux dire à Crowley que tu as une urgence familiale, ou un truc du genre.

– C'est bon, ça ira.

Il me jeta un coup d'œil dubitatif, se passa une main sur le menton, l'œil tourné vers la pelouse.

– Alors on se revoit plus tard. Tu vas à l'enterrement ?

– Peut-être. Je sais pas. Probablement pas.

On s'adressa mutuellement un signe de tête, sans vraiment se regarder. Parfois, Roswell pose de drôles de questions, mais à d'autres moments il a la décence de se taire. Ce fut le cas cette fois-là. Il ne dit plus rien. Il rentra, tandis que je sortais par la grille.

À la sortie du parking, je commençai à me sentir mieux, loin du lycée, de cette cantine pleine d'aiguilles, de l'odeur métallique du sang. Je mis ma capuche en me demandant comment je pourrais un jour me trouver une copine ; une fille telle qu'Alice Harms pourrait-elle jamais s'intéresser à moi ? Quel loser…

Pourtant, elle m'avait touché le bras.

L'air humide et frais me parut bien plus facile à respirer. Je tremblais un peu de froid, mais ça allait. Ça allait. Cependant, je ne pouvais écarter l'idée que la situation risquait de se dégrader. Au lycée, dans le monde. La mère d'Alice égrenait ses *Ave Maria* et chacun était sur les nerfs, guettant le démon dans son entourage, cherchant un bouc émissaire. Quant à moi, je ne tenais plus sur mes jambes, comme si je couvais quelque chose.

Une chose était claire, en tout cas, il fallait tout faire pour passer inaperçu. La pluie crépitait sur le trottoir, ajoutant à mon malaise sans que je sache pourquoi. Bien sûr, ça n'allait pas, mais ça n'allait jamais. J'avais l'habitude. Le seul véritable ennui dans cette affaire, c'était cette impression que tout allait empirer.

*

Jadis, dans une autre vie, Gentry avait été une ville sidérurgique. Mais en l'espace de quarante, cinquante ans, c'était devenu un océan de monospaces, de pelouses et de golden retrievers.

Presque tout le monde travaillait, selon son degré d'éducation, dans l'une des usines d'ordinateurs, à l'assemblage ou à l'emballage, à l'exploitation laitière ou à l'institut universitaire. Il y avait de nombreuses autres villes industrielles dans les parages – des faubourgs qui se succédaient sans aucun centre-ville, chacun se développant autour de sa propre fabrique.

Gentry était juste plus autonome. Des gens y naissaient, y vivaient et y mouraient sans chercher à s'installer ailleurs. Ils avaient déjà tout à leur portée.

Le lycée était érigé sur le terrain de l'ancienne raffinerie Gates. Quarante années durant, Gates avait été au cœur de Gentry et beaucoup de commerces portaient encore son nom. À sa fermeture après la Seconde Guerre mondiale, les habitants avaient retrouvé du travail dans les ateliers de mécanique, puis dans les entreprises du secteur technologique, qui avaient favorisé l'apparition de ponts et de parcs municipaux avec la conviction que Gentry valait mieux que les huit ou neuf autres petites villes du voisinage immédiat. La raffinerie n'existait plus à ma naissance.

La plupart des élèves du lycée traversaient les terrains de Gates pour rentrer chez eux. Les zones résidentielles se trouvaient presque toutes de l'autre côté, séparées du quartier des affaires et de l'école par un étroit ravin. La prairie restait jonchée de toutes sortes de débris et le sol était saturé de fer, alors j'empruntais toujours une autre route.

Je longeai Benthaven Street, contournant le champ qui avait autrefois servi de base à la raffinerie, en essayant de réfléchir à ce qui avait pu arriver. On avait laissé des traces de sang sur mon casier, mais pourquoi ? Qu'avais-je fait pour qu'on s'en prenne à moi ?

Pourquoi maintenant ?

La tension montait toujours d'un cran à Gentry quand un enfant mourait. Les enterrements ne réjouissaient personne, mais j'avais été prudent, j'étais passé inaperçu. J'avais tenu mon rôle.

Roswell et moi savions que je n'assisterais pas à l'office. Cependant, il faut parfois jouer le jeu, même quand il n'y a pas de témoin, c'est le meilleur moyen de donner l'impression qu'on croit à ce qu'on dit. Alors qu'en fait il y a juste deux personnes qui partagent un secret, l'air de rien.

Je ne peux supporter les lieux consacrés, c'est pire que l'Inox, pire que le fer du sang. Deux pas dans le cimetière de l'église, et j'ai la peau qui brûle comme sous l'effet d'un violent coup de soleil.

Je peux pénétrer dans certains endroits comme les entrepôts, les annexes où on enseigne le catéchisme, la section du cimetière qui n'a pas été bénite, où on enterre les suicidés et les bébés non baptisés. Mais je ne me vois pas assister à un enterrement seul dans ce carré non consacré, c'est trop déprimant.

Plus jeune, j'allais au catéchisme. J'avais trois ou quatre ans lorsque mon père avait fait bâtir l'annexe sur un terrain voisin. Personne ne s'était élevé contre cette initiative, qui devenait vraiment nécessaire, mais il avait en réalité une autre idée derrière la tête : il n'a jamais béni les lieux.

Pendant un certain temps, ce fut une solution mais, maintenant que j'étais trop grand pour le catéchisme, je devais me glisser dans la peau du gamin rebelle qui ne voulait rien avoir à faire avec son pasteur de père.

Je longeai Welsh Street jusqu'à son extrémité en cul-de-sac. J'escaladai ensuite le muret en béton pour descendre le chemin qui menait au crassier. À l'époque de la raffinerie, on déversait gravier et chaux vive directement dans le ravin. Avec les années, cela s'était entassé, recouvert d'arbres malingres et de touffes d'herbes, tout ce qu'il restait de Gates.

Des collines de déchets, des crassiers, il y en avait à travers tout le pays, mais à Gentry les écoliers n'escaladaient jamais les barrières. Dans les autres villes, on clôturait les crassiers pour la forme, des amas grisâtres et sans intérêt, tandis que les nôtres étaient tellement noirs qu'on les aurait crus brûlés.

Si on les barricadait, c'était vraiment parce qu'il ne fallait pas s'en approcher.

C'était le sujet préféré des gens, le genre qu'on aborde autour d'un feu de camp. Le théâtre d'histoires de fantômes et de possession, de morts-vivants grimaçants et pourris qui venaient hanter les rues désertes. On n'y croyait pas, bien sûr, mais là n'était pas la question. Peu importait qu'il ne s'agît que de contes. Personne n'avait envie de traîner dans les parages.

À mi-chemin du flanc du crassier, le chemin se divisait en deux pour suivre une passerelle enjambant le ravin. Un homme se tenait au milieu, ce qui me parut plutôt bizarre car ce n'était pas vraiment le genre d'endroit où les adultes aimaient traîner. Accoudé à la balustrade, le visage entre les mains, il regardait droit devant lui. Il me rappelait quelqu'un, mais je ne savais plus qui.

Je n'avais pas vraiment envie de m'approcher. Pourtant, il fallait bien que je passe derrière lui pour rentrer à la maison, à moins d'escalader la colline et de remonter vers Breaker Street. Je mis les mains dans mes poches et m'engageai sur le pont.

– T'as une mine effrayante, me lança-t-il quand je fus à sa hauteur.

Pourquoi envoyer une vacherie à un inconnu, surtout en regardant ailleurs ?

Il portait un long manteau aux poignets râpés, avec des galons militaires sur les manches et des trous sur le devant à la place des boutons.

– Tes yeux, dit-il en se retournant. Tes yeux sont noirs comme des pierres de lave.

Je ne pus m'empêcher de me retourner pour vérifier s'il ne s'adressait pas à quelqu'un d'autre. J'avais effectivement les yeux noirs, et ça empirait avec le fer. Je me sentais toujours en nage et blême, même si le vertige au moins avait disparu. L'homme se pencha vers moi et je vis de plus près ses paupières cernées, bouffies, son teint jaunâtre.

– Je pourrais t'aider, reprit-il.

– Je suis pas un expert, mais on dirait que c'est plutôt vous qui avez besoin d'aide.

Cela le fit sourire, sans le rendre plus avenant pour autant.

– Mon visage n'est que le résultat de mes mauvais gènes, tandis que toi, gamin, tu n'es pas en bonne forme. Il te manque quelque chose pour te remettre sur pied.

Il désigna l'autre berge du ravin, le quartier paisible où se trouvait ma maison.

– Par là, il n'y a que de la misère pour toi, c'est là que tu habites et je suis sûr que tu es au courant.

La pluie crépitait sur la passerelle, et derrière moi le crassier paraissait tellement noir qu'il en créait ses propres couleurs. Mon cœur battait trop fort.

– C'est pas mon problème, dis-je la gorge sèche.

– Ça va le devenir, assura-t-il en hochant la tête.

Dans son intonation ne résonnait aucune menace, pas même un avertissement. Sa voix restait calme. Il sortit de sa poche une montre de gousset, l'ouvrit en me cachant le cadran, alors que lui-même ne regardait que le crassier.

Je finis par reprendre mon chemin en prenant garde de ne pas l'effleurer, atterris de l'autre côté du ravin et débouchai à l'intersection d'Orchard et Concord ; je m'efforçais toujours de maîtriser la panique qui montait en moi. Quelque part, j'étais certain qu'il me suivait, pourtant, quand je me retournai, je ne vis personne.

Dans Concord Street s'alignaient des pavillons à étage, avec la véranda au rez-de-chaussée. À trois maisons de la nôtre, Mme Feely clouait un fer à cheval sur sa balustrade. Elle avait des cheveux gris frisés genre caniche et portait un imperméable jaune. Elle se retourna à moitié et, quand elle m'aperçut, sourit en me décochant un clin d'œil.

Puis elle se remit à l'ouvrage, comme si ce fer pouvait la protéger d'une menace réelle. J'arrivai chez moi au son de ses coups de marteau.

PULSATION

CHAPITRE 3

Une fois dans l'entrée, je me débarrassai de mon sac et de mon blouson à capuche. Une des manches était imbibée de sang. J'avais envie de le jeter à la poubelle, mais j'avais peur que mon père y trouve quelque chose à redire.

En guise de buanderie, nous avions aménagé un réduit au fond du couloir. J'évitais autant que possible d'y entrer à cause de la machine à laver et du sèche-linge, tous deux en Inox. Ils rendaient l'atmosphère de cette pièce sans fenêtre totalement irrespirable.

Je faillis néanmoins mettre une lessive en route, mais je dus m'arrêter sur le seuil, les tempes battantes. Je mis le blouson en boule, tout en me disant que je demanderais à Emma si elle voulait bien me le laver à l'eau bouillante et à la Javel. Après quoi, je le fourrai dans le panier et me dirigeai vers la cuisine.

Du fond de la maison, j'entendais quelqu'un taper sur un clavier. Ma mère devait être en train de travailler à son ordinateur.

– Mackie ! lança-t-elle. C'est toi ?

– Ouais.

– Il ne faudrait pas que ton père te surprenne à sécher les cours, d'accord ?

– Ouais, d'accord.

Après m'être servi un verre d'eau, j'allai m'asseoir à table, les yeux fixés sur la nappe écossaise que j'essayai de décoder : rouge, noir, blanc, vert, jusqu'à ce que j'en perde le fil. Quand Emma entra, j'étais tellement plongé dans mes réflexions que je sursautai lorsqu'elle me posa la main sur l'épaule. J'allais lui parler de la lessive quand je m'aperçus qu'elle n'était pas seule. Une grande fille au long visage anguleux et à l'air sérieux l'accompagnait.

Emma prit un pot de beurre de cacahuète dans le placard, ainsi qu'un couteau de pique-nique en plastique.

– Hé, p'tit monstre ! s'exclama-t-elle en m'ébouriffant les cheveux. Tu rentres tôt, aujourd'hui.

Elle jeta un coup d'œil vers la porte du bureau avant d'ajouter, presque à voix basse :

– Ça va ?

D'un geste de la main, je fis signe que oui, plus ou moins.

– Et toi, ajoutai-je, tu n'as pas botanique à cette heure-ci ?

À dix-neuf ans, Emma n'était pas du genre à sécher un cours de sciences. Elle se montrait même tellement assidue que c'en était presque effrayant.

– Le Pr Cranston nous a donné du temps pour travailler notre projet de groupe. (De son couteau, elle désigna la fille qui l'accompagnait.) Voici Janice.

Celle-ci s'était assise, les bras croisés, en face de moi.

– Salut, dit-elle.

Ses cheveux d'un brun terreux s'enroulaient en mèches folles autour de son visage.

Je lui répondis d'un signe de tête. Elle m'observait comme un animal de laboratoire ou un insecte piqué par une épingle. Ses yeux étaient immenses. Et tellement sombres…

– Pourquoi elle te traite de monstre ?

N'importe qui à ma place aurait pu sauver la situation en deux ou trois mots, mais ce n'était pas mon truc ; je m'obstinai à examiner la nappe en attendant qu'Emma prenne les choses en mains.

Emma, la menteuse en chef, la reine des mon-frère-est-normal, mon-frère-est-timide. Mon frère-est-malade, il a des allergies, une mononucléose, une intoxication alimentaire, la grippe… Le plus gros, le plus énorme mensonge de tous : *mon frère.*

Comme de bien entendu, elle se plaça derrière moi, posa son menton sur ma tête. Quelques mèches lisses s'étaient échappées de son bandeau et venaient me chatouiller le front.

– Quand il était bébé, dit-elle, c'était l'être le plus affreux que j'aie jamais vu, tout jaune et chiffonné, sans parler de ses *dents.*

Elle se redressa, se tourna en direction du bureau.

– Les mâchoires pleines de dents… Pas vrai, maman ?

– Comme Richard III, rappela ma mère.

Janice m'examinait toujours, penchée sur la table comme si elle avait faim.

– Bon, mais il n'est plus affreux, maintenant.

– Je monte, annonçai-je en repoussant ma chaise.

Dans ma chambre, je m'allongeai sur le lit, aussi mal à l'aise que si des milliers d'insectes grouillaient sous ma peau. L'homme que j'avais rencontré sur la passerelle m'avait attendu – *moi,* et personne d'autre. Il m'avait regardé droit dans les yeux, comme s'il y cherchait quelque chose.

J'étais encore secoué par tout ce sang que j'avais vu et senti, je tremblais de froid et de désarroi.

Je finis cependant par me relever et aller chercher mon ampli, sur lequel je branchai mon casque. J'en profitai pour attraper ma basse dans le placard.

Elle était montée avec des cordes noires Black Beauties, et j'avais retiré les frettes métalliques du manche. Si le rythme du morceau était rapide, je jouais au médiator, et quand je n'en utilisais pas, le revêtement laqué des cordes m'empêchait de trop me brûler les doigts. Je n'aurais pourtant pas hésité à le faire sur des cordes à nu, juste pour entendre ce bourdonnement grave, pour retrouver cette sensation. C'est parfois la seule chose qui m'aide… Brusquement, toutes mes peurs, toutes mes angoisses se retrouvent à des années-lumière.

Je jouais les lignes de basse des morceaux que je connaissais, et d'autres que j'avais inventés. Des progressions de notes pleines et puissantes résonnant à l'infini, et des sons lourds, étouffés, frénétiquement martelés, encore et encore…

Au bout d'un moment, j'en vins à éprouver l'étrange sensation que quelqu'un m'écoutait. Pas comme si ça venait de la maison, qu'Emma tendait l'oreille depuis le couloir ; non, c'était plutôt cette chaleureuse anxiété qu'on pouvait ressentir à jouer pour un inconnu. Ôtant mon casque, j'allai vérifier à la fenêtre, juste pour constater que le jardin était désert. Il s'était écoulé plus de temps que je n'aurais cru, le soir tombait et on distinguait moins bien les détails de la pelouse et des buissons, mais c'était tellement stupide d'imaginer que quelqu'un pût m'écouter ! Profondément, même. Après tout, j'étais assis là, le casque sur les oreilles.

Je retournai me poser au bord du lit, repris la Gibson et me lançai dans une marche sur une ligne de basse ondulante qui allait *crescendo* et montait en puissance, jusqu'à ce que je puisse la sentir dans mes propres battements de cœur.

Je fus réveillé en sursaut en entendant quelqu'un m'appeler. Mon casque toujours sur les oreilles, je sortis du lit en écartant câbles et fils. Au sol, l'ampli crachotait doucement dans la semi-obscurité et je me sentais un peu dans le coaltar. Dehors, il faisait nuit.

Tout était allumé dans la maison, ce qui signifiait que mon père avait dû rentrer. Il adore les éclairages électriques et actionne tous les interrupteurs qui lui tombent sous la main. En arrivant sur le palier, je plissai les paupières pour ne pas être ébloui.

– Malcolm ! lança-t-il de la cuisine. Descends, je te prie !

J'obéis, tout en me protégeant les yeux de mes mains.

Il était installé à table, et à son expression autant qu'à sa cravate, je sus qu'il rentrait tout juste de l'église, de l'enterrement de Natalie Stewart. Son visage habituellement rond et amical paraissait plutôt ravagé. J'aurais voulu lui demander comment ça s'était passé, mais ne pus articuler un mot.

Il avait abandonné son manteau sur le dossier d'une chaise et feuilletait une liasse de vieux sermons en prenant des notes ; me voyant descendre, il leva la tête mais ne lâcha pas son stylo, l'air fatigué, assez exaspéré, comme s'il attendait avec impatience la fin de la journée.

– Tu peux me dire pourquoi j'ai reçu un coup de fil du bureau du proviseur cet après-midi ? commença-t-il.

– Il y avait une collecte de sang...

Il me dévisagea en roulant le stylo entre ses doigts.

– Ce n'était vraiment pas le moment de te faire remarquer. Ne me dis pas qu'on ne vous avait pas prévenus !

– J'avais oublié. Mais c'est pas si grave...

– Malcolm, d'abord et avant tout, tu dois t'arranger pour passer inaperçu.

Je baissai les yeux sur le linoléum.

– C'est ce que j'ai fait... comme toujours...

Il tassa ses sermons en une pile bien nette avant de se lever pour prendre une pomme, qu'il entreprit d'éplucher avec un couteau en plastique. J'avais envie de lui demander pourquoi il ne mordait pas directement dedans comme tout le monde, mais chacun son truc.

Après avoir bien massacré ce pauvre fruit, il jeta dans l'évier le couteau qui rebondit comme une baguette de mikado avant de se casser en deux.

– Pourquoi n'y a-t-il pas de couteaux dignes de ce nom dans cette maison ?

– Il y en a dans le placard au-dessus du frigo, dis-je alors qu'il m'interrogeait du regard.

Ma mère y range les couverts comme des pions sur un échiquier, quand elle ne les y jette pas. Tout ce qui ne peut pas être en plastique ou en céramique est en aluminium. Tout ce qui n'est pas en aluminium, elle le cache.

Il ouvrit le placard, se mit à fouiller parmi les couteaux, fourchettes et cuillères en Inox, en sortit un qu'il posa devant lui. Je le voyais de dos couper sa pomme en quartiers, les épaules raides. Il sentait l'aftershave, et cette odeur aigre qu'il dégage quand il s'énerve.

– Je pensais, reprit-il sans se retourner, à ce que Missy Brandt m'a dit. Qu'il serait bien qu'elle ait quelqu'un qui vienne l'aider de temps en temps à la maternelle. Ça te dirait ?

J'aurais pu jurer que Missy n'avait strictement rien dit, qu'il venait juste d'avoir cette idée, mais que bien sûr elle ne s'y opposerait pas, car comment refuser de surveiller le fils minable du pasteur ?

Comme je ne disais rien, il jeta un coup d'œil par-dessus son épaule.

– Quoi ? Qu'est-ce qu'il y a ? Je me suis dit que ce serait une bonne solution. Ainsi, tu aurais une place officielle dans la congrégation.

Serrant les poings, je tâchai de ne pas élever la voix.

– C'est juste trop… *n'importe quoi.*

– Il te faudra peut-être plusieurs semaines pour t'habituer à la présence de jeunes enfants, mais je suis sûr que tu t'en tireras très bien. (Il soupira, secoua la tête.) C'est l'ennui, avec ta mère et toi. Tous les deux, vous trouvez toujours le moyen d'inventer de nouveaux obstacles dans toutes les situations. Vous n'essayez jamais de voir le bon côté des choses.

Ainsi, on en revenait à ses marottes : d'un côté, maman et moi – toujours pessimistes et réalistes. De l'autre, mon père et Emma, persuadés que le monde pouvait être beau ; je ne pouvais être d'accord avec eux, parce que je n'y croyais pas.

Pourtant, j'aurais bien aimé.

Je m'étais remis à examiner la nappe, mais mieux valait m'arrêter si je ne voulais pas paraître mal à l'aise, ce qui ne correspondait pas du tout à la réalité. Je savais très bien ce que j'avais à dire, seulement je ne *voulais* pas le dire.

– Papa, ce n'est pas une question de bon côté des choses. Ça se passe comme ça et il ne faut pas compter sur un coup de baguette magique pour tout arranger. Jamais je ne pourrai mener une vie normale.

Mon père se tourna vers la fenêtre, si bien que je ne voyais toujours pas son visage.

– Arrête de dire ça. Tu n'y es pour rien.

Le cœur serré, je fermai les paupières, la tête renversée en arrière, comme si je recevais des coups.

– Si, j'y suis pour beaucoup. Tu ne me traites même pas comme Emma.

Remarque qui lui arracha une sorte d'éclat de rire, comme un aboiement.

– On ne peut pas dire non plus que tu ressembles à Emma ! Je fais de mon mieux pour répondre à tes besoins, mais c'est difficile. Ça ne t'a peut-être jamais sauté aux yeux, mais ce n'est pas pour autant que je ne fais rien.

Nous en sommes tous au même point, nous faisons de notre mieux.

J'allais lui répondre que dans ce cas il ferait bien de réfléchir à ce dont j'avais vraiment besoin, au lieu de me coller sous la surveillance d'une troupe de gamins, quand Emma entra. Elle traversa la cuisine, droit vers le réfrigérateur. Je me tus et mon père nous tourna le dos à tous les deux.

Ma sœur, qui fouillait dans le tiroir à légumes, leva la tête vers nous.

– Tu avais besoin d'être aussi désagréable avec Janice ?

Sur le coup, je crus qu'elle s'adressait à moi.

Mon père déposa son couteau et la toisa d'un air contrarié :

– Écoute, tu sais très bien que nous avons des règles pour les visites impromptues.

Le règlement.

Dans cette maison, il existe un règlement pour tout. Roswell peut nous rendre visite, mais seulement parce que mon père a confiance en lui. Un nouveau venu risquerait de s'étonner de ne trouver aucune boîte de conserve chez nous, ni aucun ustensile de cuisine en métal.

Mon père se passa la main dans les cheveux.

– Écoutez-moi, tous les deux ! La famille est une partie très visible de la communauté, et nous devons prendre garde à l'image que nous projetons.

Emma claqua la porte du réfrigérateur.

– Quelle *image ?* On ne voulait pas te gêner. Elle était là pour qu'on fasse notre expérience sur les graines.

– Ce n'était pas l'endroit le mieux indiqué pour ce genre d'étude. Vous ne pouviez pas vous retrouver à la bibliothèque ?

Elle posa les mains sur ses hanches.

– Malheureusement, il est interdit de faire germer quoi que ce soit à la bibliothèque. Va savoir pourquoi.

– Ou pourquoi pas dans cette chouette petite librairie du centre-ville, ou dans un café ?

– Papa !

Ils se défièrent du regard, mais ni l'un ni l'autre ne dit quoi que ce soit.

C'étaient cependant eux les plus expansifs de la famille, eux qui riaient fort ou qui criaient. Et moi je trouvais bizarre qu'ils parviennent ainsi à se disputer sans articuler un mot. Ils pouvaient communiquer par leur seule façon de respirer.

Mon père émit une sorte de râle, sur quoi Emma leva les yeux au ciel puis les baissa. Adossée au réfrigérateur, elle se mit à considérer ses pieds d'un air concentré, jusqu'au moment où elle se précipita vers notre père et l'étreignit comme pour lui demander pardon. Celui-ci lui rendit son étreinte sans hésiter. Ils restèrent serrés l'un contre l'autre et elle finit par murmurer :

– Quand tu auras fini, range bien le couteau. Maman a horreur de trouver la cuisine en désordre.

Il rit et lui donna un petit coup avec sa serviette.

– Tu penses bien que je ne vais pas mettre la pagaille dans sa cuisine.

– Pas si tu sais où se trouve ton intérêt.

D'un air absent, elle tendit le bras vers ma tête pour m'ébouriffer les cheveux, mais elle avait toujours le regard fixé sur lui. Elle s'arrêta, puis sortit en esquissant un pas de danse. Il la suivit du regard. Ils entretenaient une relation authentique – d'un genre que je ne pourrais jamais ni comprendre ni reproduire.

Mon père abandonna sa pomme en vrac sur le comptoir et vint s'asseoir devant moi.

– Sans vouloir t'embêter... j'insiste, tu sais à quel point il est important de garder profil bas.

– Il y a des gens qui s'évanouissent à la vue du sang. C'est bien connu.

Il se pencha jusqu'à me faire parfaitement face, et je ne voyais plus que ses yeux vert pâle presque transparents, et ses cheveux autrefois bruns qui viraient lentement au gris. Il avait l'air tellement adorable, tellement juste quand on ne vivait pas sous son toit qu'on avait tendance à se confier à lui.

– Tu ne peux pas t'offrir ce luxe, tu dois te fondre dans la majorité. Je ne dis pas qu'on a tort de redouter la vue du sang, seulement nous vivons dans une ville où tout le monde a peur et se méfie, et ça ne va pas s'arranger avant un bon moment, à cause de cette famille qui vient encore d'enterrer une petite fille. Tu le sais très bien. (Son expression se radoucit.) Tu t'es donc évanoui ?

– Non. Mais j'ai dû sortir respirer un peu.

– Quelqu'un t'a vu ?

– Roswell.

Mon père se rassit sur sa chaise, croisant les mains derrière sa nuque.

– Tu es sûr que personne d'autre ne t'a vu ?

– Juste Roswell.

Il finit par hocher la tête.

– Bon.

Il prit une longue inspiration, l'air de tirer sa conclusion.

– Bon, répéta-t-il. Tu as raison. Il n'y a pas de quoi s'affoler.

Je regardai autour de moi le sol, le comptoir de granit. On se serait presque cru dans une série télé.

Accoudé à la table, je sentais plus que jamais l'odeur d'aftershave de mon père, au point d'en avoir du mal à respirer. Au mur, le tic-tac de la pendule nous menait tranquillement vers les vingt-trois heures.

Non, pas de quoi s'affoler. Sauf que quelqu'un avait écrit *Monstre* sur mon casier.

Impossible de lui dire ça. Impossible de lui faire comprendre que ses mesures de sécurité ne servaient à rien.

Ils avaient raison.

GENTRY LA NUIT

CHAPITRE 4

Allongé à plat ventre sur mon lit, j'écoutais les sons habituels de la maison, le frigo, la clim, les toilettes à l'étage qui coulent sans arrêt.

En bas, la porte d'entrée s'ouvrit et se referma. Frémissement de papier sur la table du courrier, cliquetis de clefs. Aucun bruit de pas. Ma mère porte des tennis blanches d'infirmière à semelles de caoutchouc. Totalement silencieuses.

– Sharon ! lança mon père, apparemment toujours dans la cuisine. Tu pourrais venir, s'il te plaît ?

Je ne saisis pas la réponse, sans doute un *non,* car une minute plus tard, la douche se mettait à couler. Elle prend toujours une douche dès son arrivée, parce que son travail la met constamment au contact du sang, et que toute la journée elle manipule des objets en Inox.

Je me tournai sur le dos, les yeux braqués sur la lampe du plafond, pendant que le ventilateur diffusait des ombres en forme de libellule.

Finalement, j'ouvris la fenêtre et me glissai sur le toit.

De là, j'avais une vue sur tout le quartier et sur le jardin.

Je me penchai, les coudes sur les genoux. Il ne pleuvait plus, mais l'air restait empli d'une brume humide.

Des motos passaient dans la rue bordée d'arbres devant les bouches d'incendie et les voitures garées le long du trottoir. La ville entière empestait le sang, qui masquait l'odeur plus subtile de l'herbe verte.

Dans le corridor qui menait à ma chambre, un pas glissait sur la moquette. Et puis retentit un coup léger à la porte.

Je me penchai par la fenêtre vers l'intérieur.

– Oui ?

Emma ouvrit. Elle avait déjà noué ses cheveux et passé son pyjama, avec ses horribles pantoufles en peluche. Elle grimpa sur le lit, vint me rejoindre sur le toit en écartant les bras pour maintenir son équilibre et s'assit au bord des bardeaux humides.

On regarda encore un peu la rue et ma sœur posa la tête sur mon épaule. J'appuyai la joue contre ses cheveux en murmurant :

– Vous vous êtes bien engueulés, papa et toi.

– Divergence d'opinions. Il estime que je brise une règle cardinale, je trouve qu'il se comporte comme un maniaque. Et encore, tu n'as eu que la fin. Désolée.

– Il ne s'est pas emporté. Il veut juste que je passe inaperçu. À cause de cette petite fille, aujourd'hui. Ou à cause de Kellan Caury.

– Oh ! là, là ! Il n'arrête pas de raconter cette histoire ! C'est pas en te racontant des horreurs pareilles qu'il va changer quoi que ce soit !

Du bout des doigts, je palpai les bardeaux rugueux pleins de clous galvanisés. La sensation était assez brûlante pour détourner mon attention.

– Non, là il n'en a pas parlé, mais j'ai compris le sous-entendu. Cette fille à l'école... Tate. C'était sa sœur.

Emma ôta sa tête de mon épaule et se redressa en frissonnant dans l'air froid. Elle croisa les bras pour se tenir chaud.

– C'est dur pour lui.

Elle ne me touchait plus du tout et sa voix résonnait bizarrement.

– C'est dur pour eux deux, donc ça devrait l'être pour moi aussi, mais ça me fait rien. Tu es le seul frère que j'aie jamais eu.

Je me contentais de fixer mes chaussettes noircies par le goudron du toit.

– On pourrait pas changer de sujet ?

Poussant un profond soupir, elle se tourna vers moi.

– J'en ai marre de toujours changer de sujet ! Tu n'as pas remarqué que tout le monde fait comme si de rien n'était ?

Je hochai la tête malgré mon envie d'objecter que ça rendait les choses bien plus faciles, et me contentai de me gratter les pieds sans rien dire.

– Tu lui ressemblais beaucoup, observa-t-elle.

Sans le vouloir, je rentrai les épaules. Elle parlait du frère qu'elle aurait dû avoir, et tout ce qui se rapportait à lui, même les plus petites choses, me pesait affreusement.

– Il était blond, continua-t-elle d'une voix rêveuse. Comme toi. Je sais qu'il avait les yeux bleus, parce que toi aussi pendant un certain temps. Et puis ce bleu a fini par disparaître ou a fondu, ou je ne sais quoi. Peut-être que ce n'était qu'un sort ou un charme... Enfin, un jour il a fini par partir, et te voici.

– Mais tu ne te rappelles pas à quoi il ressemblait ?

Emma examinait le dos de ses mains comme si elle avait du mal à se concentrer, à retrouver une image.

– J'étais très jeune, je n'arrive plus à faire la différence entre avant et après. Je me rappelle certains détails, sans plus vraiment savoir s'il s'agissait de toi ou de lui. Je me souviens surtout des ciseaux. Maman les avait accrochés à un ruban au-dessus du berceau. Ça faisait joli.

Je repensais aux superstitions de l'Ancien Monde, ces trucs qui protègent le bétail et la maison. Et il me semblait de plus en plus évident que ça ne marchait pas.

– En fait, je ne garde aucun souvenir de lui, soupira-t-elle. Je revois seulement les choses que maman faisait pour qu'on ne l'enlève pas.

Elle souleva un genou, l'entoura de ses bras. Ses cheveux commençaient à se décoiffer un peu et elle tâchait de les remettre en place, l'air triste et solitaire. Une vraie bonne sœur.

J'avais envie de lui dire que je l'aimais, et pas de l'amour compliqué que je portais à nos parents, mais d'une façon toute simple qui ne m'obligeait pas à réfléchir. Ça allait de soi, comme respirer.

– Quoi ? demanda-t-elle. Pourquoi tu me fixes comme ça ?

Je haussai les épaules. Si la sensation était simple, je n'arrivais pas à l'exprimer en paroles. Elle me dévisagea un long moment et finit par m'effleurer la joue.

– Bonne nuit, p'tit monstre.

Elle retraversa la fenêtre et tomba sur le lit, les pieds traînant un instant sur le rebord. Ses pantoufles s'étaient elles aussi tachées au contact des bardeaux, et je faillis lui saisir une cheville au passage, mais je n'en fis rien.

En contrebas, le quartier dormait. Appuyé sur mes coudes, je contemplais la rue.

Gentry présentait deux aspects bien différents, et la nuit, je voyais beaucoup mieux le second, cette ambiance de banlieue verdoyante, ses pelouses et ses petits secrets. Le genre d'endroit où les gens vérifiaient sans cesse leurs serrures le soir ou gardaient leurs gamins près d'eux chez l'épicier. Ils accrochaient des fers à cheval au-dessus de leurs portes d'entrée et des cloches à la place des carillons éoliens. Ils portaient des croix en Inox plutôt qu'en or, car le métal précieux ne pouvait les protéger de gens comme moi.

Peut-être que les plus courageux enterraient quartz et agate dans leurs jardins ou déposaient une soucoupe de lait dehors pour se porter bonheur – petit cadeau pour qui pourrait les guetter dans l'ombre. Si quelqu'un leur demandait de quoi il s'agissait, ils haussaient les épaules en riant, mais ne s'arrêtaient pas pour autant, parce qu'on vivait dans un endroit où les gens gardaient leur perron allumé toute la nuit et ne souriaient pas aux étrangers. Parce que quand ils assortissaient de quelques jolis cailloux leurs massifs de soucis, les neiges précoces n'arrachaient jamais les branches de leurs arbres et leurs jardins paraissaient plus jolis que ceux des autres gens. Parce que la plupart du temps, plus que tout, la nuit n'était qu'ombres et enfants volés, et que nous vivions dans le genre d'endroit où nul ne parlait jamais de ces choses-là.

Au bout d'un certain temps, je grimpai dans ma chambre et regagnai mon lit. Je laissai la fenêtre ouverte pour avoir de l'air. Vivre dans cette maison, ce n'était pas insupportable, mais j'avais du mal à dormir dans l'odeur omniprésente des vis, des rivets et des clous.

Un coup de vent me donna le frisson et je remontai mes couvertures. En bas, les grillons crissaient et les branches des arbres se fouettaient. De l'autre côté de la route montaient le froufrou des souris qui filaient dans les hautes herbes et les jacasseries grinçantes des oiseaux de nuit.

Je cachai ma tête sous l'oreiller pour ne plus entendre ces bruits, mais ça ne fit que les étouffer et je me demandai si Roswell les percevait de la même façon. Lui et tous les autres. Lui qui pouvait entrer dans une classe sans se laisser distraire par un bruissement de papier ou par le système de ventilation. Je devais prendre sur moi pour ne pas sursauter chaque fois qu'une porte se fermait ou qu'un livre tombait, au cas où ce bruit n'aurait pas été assez fort pour surprendre quelqu'un d'autre.

Ainsi allait la vie à Gentry – chaque jour le lycée, se mêler aux autres, dans un monde où il valait mieux ne pas sortir du rang et faire ce qu'on avait à faire sans importuner personne.

Sinon, comment les autres pourraient-ils continuer à mener leur petite existence tranquille ?

Ce n'était peut-être pas si difficile que ça. Il arrivait bien que des enfants meurent ; ils tombaient malades, ça empirait sans qu'on sache vraiment pourquoi. De temps à autre, un voisin perdait son fils ou sa fille. On accusait alors la pollution ou les nappes phréatiques. Ou même le plomb ou les suintements toxiques du crassier.

Natalie Stewart n'en était finalement qu'une parmi d'autres, inhumée dans le cimetière de Welsh Street dans l'ombre de mon pasteur de père, et c'était triste. Je connaissais le scénario, les réactions que je devais avoir, mais dès que je tentais d'éprouver une sorte de tristesse ou de regret, ne serait-ce que poli, je ne voyais plus que Tate dans la cantine. Et quand je pensais à elle, je ne captais pas de chagrin, plutôt un sentiment de solitude. Quand je repensais à tous ces sièges vides autour d'elle, je ne déplorais pas la disparition de sa sœur. C'était juste la même impression sinistre que tous les autres jours.

À vrai dire, il est facile de comprendre une ville, de l'aimer, de la détester, de lui adresser toutes sortes de reproches ; mais au final, ça ne nous empêche pas d'en faire partie.

LA LETTRE ÉCARLATE

CHAPITRE 5

Il faisait gris et froid, ce vendredi-là. La caravane de don du sang était partie, mais je me sentais encore assez secoué et me promis de ne pas mettre les pieds à la cantine. Dans l'atrium, la pluie inondait tellement les vitres qu'elles paraissaient fondre.

Je passai la matinée à esquiver les gens, les discussions, les personnes qui pourraient me demander pourquoi je me traînais comme un zombie. À commencer par Roswell.

Mais vers midi, j'avais épuisé toutes les excuses possibles pour le matériel de classe qui me manquait, et il me fallut retourner à mon casier. Sans réel enthousiasme.

Monstre avait disparu, pour faire place à une sorte de spirale biscornue. La peinture avait été grattée, laissant comme une toile d'araignée de métal brut à la place du mot accusateur marqué de sang. Certaines zones avaient été noircies ou recouvertes d'une épaisse peinture blanche.

– On a nettoyé ton casier, indiqua Danny derrière moi.

Drew hocha la tête en brandissant un marqueur et une bouteille de Tipp-Ex.

J'examinai ce fouillis de fines lignes sinueuses. Au bord du graffiti, le liquide correcteur avait été soigneusement appliqué par-dessus le marqueur, puis estompé, si bien que l'encre réapparaissait derrière les volutes fantomatiques. Joli travail.

Danny posa un coude sur mon épaule.

– On voulait pas écraser ton expression personnelle, ni rien. On s'est juste dit que ce serait mauvais de te cataloguer trop agressivement et trop tôt. Ça pourrait, je sais pas… donner un faux signal…

Tous deux paraissaient totalement inexpressifs, comme s'ils s'efforçaient de ne pas trop montrer leur contentement. Drew jouait avec la bouteille de liquide correcteur. Ils se tenaient tous les deux autour de moi et guettaient ma réaction. Je voulais montrer combien j'étais soulagé, mais ne réussis pas à articuler autre chose que « Merci ».

Danny me frappa du poing.

– De rien. C'est toi qui dois soixante billets à l'école pour faire repeindre ton casier.

Si la veille ça ne sautait pas aux yeux, Tate Stewart monopolisait toutes les conversations. Elle traversait les couloirs d'une démarche raide, face aux élèves qui murmuraient sur son passage et la dévisageaient avec curiosité, ne la quittant pas des yeux, même s'ils faisaient mine de regarder ailleurs.

Les paupières mi-closes, l'expression lointaine, elle semblait ne rien remarquer, comme si elle n'était pas concernée. Elle n'avait pas l'air malheureuse, ce qui rendait les choses cent fois plus tristes, mais sa bouche crispée faisait peine à voir.

À vrai dire, elle n'attachait pas d'importance à ce que les autres pouvaient penser, n'essayait jamais de se faire remarquer ou aimer. En cinquième, elle s'était inscrite dans l'équipe masculine de base-ball, même s'ils étaient nuls, histoire de prouver que pas même le département des sports ne pouvait l'arrêter.

Les heures passant, elle se crispait de plus en plus, dégageant une étrange tension électrique, qui vibrait autour d'elle comme sur le point d'exploser. Mais rien ne se produisit jusqu'au cours de littérature.

L'heure s'achevait sur l'étude du romantisme et de *La Lettre écarlate,* le roman de Nathaniel Hawthorne. Cela se passait à Boston au XVIIe siècle. On avait obligé l'héroïne, Hester, à coudre sur ses vêtements l'infamante lettre rouge – *A,* comme adultère – pour avoir conçu sa fille, Pearl, en dehors du mariage.

Mme Brummel était une grande femme mince aux cheveux décolorés, vêtue d'un pull toujours différent. Elle adorait ces œuvres classiques que personne ne songerait à lire pour se distraire.

Debout devant le tableau, elle frappa dans ses mains comme toujours.

– Bon, aujourd'hui nous allons évoquer le sentiment de culpabilité et voir comment la seule existence de Pearl condamne Hester plus sûrement que le *A.* C'est d'autant plus flagrant que certains villageois prennent Pearl pour la fille du démon.

Alors, elle écrivit au tableau : *Pearl est une manifestation concrète du sentiment de culpabilité.*

– Quelqu'un a-t-il une observation à faire sur ce point ?

Personne ne se manifesta. Devant moi, Tom Ritchie et Jeremy Sayers se renvoyaient une boule de papier froissé, avec un cri de triomphe muet chaque fois qu'ils l'interceptaient. Alice et Jenna observaient Tate en commentant à voix basse ; elles se couvrirent la bouche comme si elles venaient de dire quelque chose d'effroyable, échangèrent des regards entendus.

Le dos tourné, Mme Brummel développait les points importants de son cours en attendant que quelqu'un lui réponde.

Quant à moi, je contemplais Alice. Quand elle s'était assise au début du cours, sa jupe s'était relevée jusqu'au haut de ses cuisses, et ça m'amusait de constater qu'elle ne s'en était pas aperçue. Ses cheveux détachés lui retombaient dans le dos et brillaient comme du bronze sous les néons.

S'accoudant à son bureau, elle se pencha en avant pour murmurer à l'oreille de Jenna :

– Il paraît que sa mère ne sort plus de son lit depuis, même pas pour l'enterrement. Pourtant, tu vois, elle fait comme si de rien n'était. À sa place, je ne viendrais même pas au lycée.

Elle avait parlé assez fort pour se faire entendre de Tate, qui se leva d'un bond en faisant grincer son bureau. Elle se tourna vers nous et je ne savais plus si j'avais le vertige à cause des vis et des fils dans le mur ou à cause de son regard posé sur moi.

– Alors ? lança-t-elle d'un ton agressif. C'est ça que vous vouliez ? Me voir une bonne fois ? Profitez-en, regardez-moi, je m'en tape !

Aucun élève, sans doute, ne s'était jamais intéressé à Hester Prynne et à sa fille illégitime, mais maintenant ils écoutaient de toutes leurs oreilles. Je gardai la tête basse, agrippé à mon bureau, essayant de me faire tout petit. Les battements de mon cœur m'étreignaient la gorge et je me répétais que tout allait bien, que j'avais fantasmé cet œil accusateur. Il le fallait. Il fallait que je le croie : jamais personne à Gentry ne penserait à moi en entendant les mots *fils du démon*.

Personne ne dit rien.

La salle était si calme que je n'entendais plus que les vibrations du néon, comme un avertissement juste au-dessus de ma tête ; cependant, personne ne me fixait d'un air mauvais.

Personne ne murmurait rien, aucun doigt délateur ne se tendait vers moi.

Mme Brummel s'était adossée au tableau blanc, son marqueur ouvert à la main, les yeux posés sur Tate.

– Vous désirez quelque chose ?

Tate fit non de la tête, mais ne bougea pas.

– Si vous permettez, j'attends mon grand *A* rouge.

– Ce n'est pas drôle, dit le professeur en rebouchant son feutre.

– Non, répondit Tate. Pas drôle du tout. Mais on peut sourire quand même, car ça facilite bien des choses.

Mme Brummel regagna son bureau, désigna une boîte de mouchoirs, même si Tate ne pleurait pas.

– Désirez-vous un peu de temps pour vous reprendre ?

– Non, je ne suis ni égarée ni brisée par le chagrin, d'accord ? J'ai trop les boules.

– Désirez-vous retourner chez la psy ?

– Mais non, merde ! Je voudrais qu'on m'écoute, c'est tout !

Tate criait d'une voix suraiguë. Soudain, elle se retourna et envoya un tel coup de pied dans le bureau que toute la salle parut résonner sous le son métallique de sa lourde bottine.

– Vous pouvez sortir, rétorqua Mme Brummel.

Pas de cette voix tranquille typique de certains professeurs, mais d'un ton sans réplique laissant entendre que si Tate ne sortait pas, elle ferait appel au service de sécurité. Un instant, Tate parut relever le défi, puis elle rassembla ses livres et sortit sans un regard derrière elle.

Le reste de la classe demeura plongé dans un silence interloqué. J'agrippais encore les coins de mon bureau pour empêcher mes mains de trembler, et Mme Brummel fit de son mieux pour rediriger notre attention vers Nathaniel Hawthorne et le gros problème de Hester jusqu'à la sonnerie.

Dans le couloir, je fus rejoint par Roswell qui sortait juste de son entraînement.

– Prêt pour une petite conversation en français ?

Je fis non de la tête et me dirigeai vers le parking.

– J'ai besoin d'air.

Il me considéra d'un air perplexe, comme s'il cherchait quoi répondre.

– Je croyais que tu voulais aller au cours de français, finit-il par laisser tomber.

– Peux pas.

– Dis plutôt que tu veux pas.

– Non, je peux pas !

Il croisa les bras, ce qui lui donna soudain l'air beaucoup plus baraqué.

– En fait, tu n'as pas envie. C'est tout à fait possible d'un point de vue sémantique.

Tirant mes manches sur mes mains, j'ouvris la porte.

– Il faut que je sorte, dis-je d'une voix basse un peu tremblante. Juste un peu. J'ai vraiment besoin d'air.

– Dis-moi d'abord pourquoi tu parais à moitié mort. Mackie, qu'est-ce qui se passe ?

– J'ai horreur de tout ça, tous ces gens qui se mêlent de ce qui ne les regarde pas, qui ne peuvent pas me ficher la paix. Et j'ai horreur de Nathaniel Hawthorne.

Roswell fourra les mains dans ses poches.

– Bon. Si tu le dis…

Il ne me suivit pas.

Au fond du parking, je m'adossai à l'un des plus grands chênes, laissant la pluie s'infiltrer entre les feuilles pour tomber sur mon visage. La cloche sonna, mais je restai là, hébété, le souffle court. Je n'étais peut-être pas l'élève le plus assidu en littérature, mais je savais quand même que si Hester était obligée d'arborer un grand *A* rouge cousu sur sa robe, celui qui le portait gravé dans sa chair était Dimmesdale, le père caché de la fillette. Et que c'était lui qui mourait à la fin.

Derrière moi, j'entendis un moteur au ralenti, puis une voix :

– Hé, Mackie !

Garée le long du trottoir, dans une Buick totalement monstrueuse, Tate se pencha sur son siège. Apparemment, elle avait décidé que sa journée d'école s'arrêtait là, qu'elle en avait assez de se donner en spectacle. Elle posa la main sur la vitre côté passager.

– La pluie n'est pas près de s'arrêter. Je te dépose quelque part ?

Les essuie-glaces dansaient sur le pare-brise, mais je ne voyais que cette énorme carcasse grise aux ailes agressives comme un requin de métal.

– Ça va, merci.

– Tu es sûr ? Parce que ça ne pose aucun problème.

Je fis non de la tête en détournant les yeux vers la pluie qui tombait en cascade le long du pare-chocs avant.

Son visage paraissait plus doux, plus jeune que d'habitude. Sous mon chêne, j'avais presque envie de la féliciter pour la façon dont elle avait tenu tête à Mme Brummel, histoire de dire quelque chose. Que j'étais impressionné de l'avoir vue si triste et capable encore d'envoyer promener tout le monde.

Elle coupa le moteur, sortit de la voiture.

– Écoute, il faut que je te parle.

Elle posa les pieds sur la pelouse et il sembla qu'une fois dehors, au beau milieu du parking, elle ne se sentait plus aussi sûre d'elle. Comme si je lui faisais peur. On aurait dit qu'elle avait la bouche gonflée, les yeux cernés par le manque de sommeil.

Elle vint à côté de moi, le regard vide. Son coude effleura ma manche.

– Tu as une minute ?

Je ne répondis pas.

– Attends ! Pourquoi tu ne dis jamais rien ?

Cette fois, elle se tournait vers moi en se mordant les lèvres. Malgré l'odeur métallique de la Buick, elle conservait son parfum vif et sucré d'arbres en fleur ou de gourmandise qu'on avait envie de croquer. Rien qui ressemble aux filles marquées par la tragédie et l'acier de Detroit.

– Tu n'étais pas à l'enterrement hier, continua-t-elle.

Entre nous, le courant semblait grésiller plus fort. Je secouai la tête.

– Pourquoi ? Enfin, quand on voit ton père, on a l'impression qu'il veut que la communauté se serre les coudes et il avait bien organisé tout ça. D'autant que Roswell était là.

– La religion, c'est l'affaire de mon père. (Même moi, je m'entendais mentir comme si je récitais l'histoire de quelqu'un d'autre.) De toute façon, un enterrement, c'est pas une fête, on n'y va pas pour s'amuser, ni rien.

Tate me dévisagea un long moment, puis croisa les bras ; ses cheveux mouillés se plaquaient sur son front.

– Enfin, ce que j'en dis… conclut-elle.

– Tu as raison.

Elle poussa un long soupir, sans cesser de me fixer.

– C'était pas elle.

Sur le coup, je ne répondis pas. Et le silence s'installa entre nous, mais on continuait de se regarder. Je distinguais des taches de vert et d'or dans ses iris, ainsi que de petites pointes de violet. À vrai dire, je ne l'avais plus vraiment observée depuis des années.

Elle ferma les paupières, remua les lèvres avant de parler, comme si elle s'entraînait :

– Ce n'était pas ma sœur dans ce cercueil, c'était autre chose. Je connais ma sœur, et quoi que ce soit qui soit mort dans son lit, ce n'était pas elle.

J'avais soudain la chair de poule, et ça ne provenait pas de la pluie. Ma main se mit à me démanger, puis s'engourdit.

– Alors, tu vas encore rester planté là comme un poteau ?

– Qu'est-ce que tu veux que je te dise ?

– Rien ! Je veux juste que quelqu'un m'écoute !

– Tu ferais mieux d'aller voir la psy, dis-je en contemplant mes chaussures. Sinon, à quoi elle servirait ?

D'un seul coup, les yeux de Tate s'emplirent de larmes.

– Tu sais quoi ? Va te faire foutre !

Elle traversa la pelouse pour regagner sa voiture, s'assit au volant, claqua la portière, démarra, enclencha la marche arrière et s'éloigna du trottoir.

Après avoir remonté Benthaven, elle disparut au coin de la rue ; je me laissai glisser le long du chêne et m'accroupis contre le tronc.

Je sentais à peine la pluie qui m'inondait le front et la nuque.

Je n'avais pas révélé mon secret, parce que je ne savais même pas comment le dire. Personne n'en parlait. On s'accrochait au mensonge, les gens faisaient comme si les gosses qui mouraient étaient vraiment les leurs, et non des remplaçants. Cela leur évitait de demander ce qui était arrivé aux vrais. Moi-même, je n'avais jamais demandé ce qui était arrivé aux vrais.

C'était le pacte de la ville. On ne posait pas de questions là-dessus, jamais. Pourtant, Tate en avait posé. Elle avait eu le culot de dire tout haut ce que tout le monde pensait : que sa vraie sœur avait été remplacée par quelque chose de sinistre et de contrefait. Même ma propre famille n'avait jamais eu l'honnêteté de le reconnaître.

Cette attitude avait fait de Tate une paria, rejetée de tous, alors que c'était moi, le monstre. Je m'étais effarouché comme si elle pouvait me contaminer, alors que c'était juste une fille qui tentait de trouver des réponses à la source la plus évidente.

Oui, c'était une évidence, j'étais bizarre et anormal même dans la vie quotidienne la plus élémentaire. Dans l'alignement de tous les élèves du lycée, il sautait aux yeux que je n'étais pas à ma place, que je représentais l'anomalie. Et le jeu ne marchait que tant que tout le monde acceptait de ne rien voir.

Je me tapis sous l'arbre dégoulinant, me couvris la tête de mes mains.

Je n'avais pas le choix, si j'avais envoyé promener cette fille, c'était pour jouer le jeu : il s'agissait avant tout de demeurer invisible et tout le reste devenait secondaire. Impossible de réparer ce que j'avais fait et de reprendre la mise, dans ma situation.

– Désolé, dis-je au ciel pâle, brumeux, à l'herbe trop rare et à l'arbre.

Au parking vide et à mes mains tremblantes.

LES VENDREDIS AU STARLIGHT

CHAPITRE 6

Roswell passa me prendre après le dîner, pour notre descente hebdomadaire en ville, où nous attendaient quelques groupes locaux ; en route, on ne parla pas beaucoup. Je regardais par la vitre alors qu'il cherchait un truc sympa sur sa radio.

Il finit par l'éteindre et sa voix résonna dans le silence :

– Tu vas me dire ce qui va pas ?

– Quoi ?

Il ne détourna pas les yeux de la route.

– Je te trouve pas très drôle, ce soir.

Je haussai les épaules en regardant défiler les centres commerciaux.

– Tate Stewart est… Enfin, elle a piqué sa crise en cours, aujourd'hui. Elle voulait me parler et je ne savais pas trop quoi lui dire. Sa sœur est morte… Elle devrait voir un psy.

C'était en partie la vérité, mais pas entièrement ; du coup, je crus bon d'ajouter d'une voix à peine audible :

– Roz, je ne vais pas bien. Depuis longtemps.

Roswell suivait le rythme de la tête et tambourinait sur son volant.

– Quel effet ça fait ? demanda-t-il soudain. D'être… enfin, tu sais…

À l'entendre, tout paraissait aller de soi… comme s'il parlait d'hémophilie ou de pouces à double articulation.

Il me fallut un certain temps pour me rendre compte que j'avais bloqué ma respiration. Difficile de décrire un sujet dont on n'est pas censé parler. Et même si mon père aimait à parler de « particulier » (qualificatif neutre, hygiénique), j'aurais juré parfois, rien qu'à l'expression de son visage, qu'il pensait au surnaturel.

À côté de moi, Roswell tapotait toujours son volant. Finalement, il tourna la tête vers moi. Il n'était pas complètement idiot, je le savais bien.

On se connaissait depuis toujours ou presque, je ne risquais pas de tricher avec lui.

Une seule chose m'empêchait de parler, la crainte que si je m'exprime à haute voix, il ne se mette à me considérer d'un autre œil. Ça ne se verrait pas forcément – il essaierait de ne rien montrer – mais rien se serait plus pareil entre nous.

C'était déjà moche, mais je craignais que ce soit encore pire s'il continuait de faire comme si de rien n'était. Parce que la vérité avait quelque chose d'horrible, et que je ne pouvais supporter l'idée qu'il approuve ce qui n'était pas bien du tout.

L'air calme, il me jetait un coup d'œil chaque fois qu'il le pouvait, aux feux rouges, comme s'il attendait ma réponse.

J'abaissai la vitre pour sortir la tête, laissant la pluie m'inonder le visage. Je savais que si j'ouvrais la bouche, je lui dirais tout. L'air frais me donna du courage, mais le châssis de la voiture, sous les ailes en fibre de verre, était en acier au carbone et je commençais à me sentir mal. De fait, tout empirait.

Roswell poussa un long soupir appuyé, laissant entendre qu'il avait quelque chose derrière la tête.

– J'ai réfléchi, finit-il par dire. Ce n'est pas du tout scientifique, et peut-être que ça me regarde pas… mais tu nous ferais pas une grosse déprime ?

Je baissai la tête, serrant les poings.

– Non.

Je me doutais de l'impression que je donnais ces derniers temps, celle d'un malade mental répondant aux questions par monosyllabes, évitant toute fatigue, dormant trop. J'avais envie de lui dire que ce n'était pas si grave, que je jouais simplement mon rôle. Quand on est tout le temps fatigué, qu'on doit recouvrir ses mains de ses manches pour éviter le contact même d'une poignée métallique, qu'on peut se féliciter d'avoir passé une bonne journée parce que personne n'a fait attention à soi, c'est plutôt déprimant, non ? Mais ça n'a rien de grave.

Le Starlight était un ancien cinéma des années 1950, transformé en théâtre à deux étages de stuc blanc garni de balcons et de bordures de toit en fer forgé. Il était rongé par la rouille autant que tout le reste, et des traînées brunes coulaient le long des murs comme du sang séché. On faisait la queue et on donnait deux dollars par personne au videur.

À l'intérieur, la foule se pressait devant la scène. Le vieux rideau de velours la fermait encore au public. Des colonnes de plâtre ornaient les murs, et des moulages de fleurs et d'oiseaux surchargeaient le plafond.

C'était le groupe Dollhouse of Mayhem qui passait en ce moment, s'égosillant contre le gouvernement et les subventions aux industriels. La guitare solo résonnait comme si on mixait un accident de la circulation. Ça sentait partout la rouille et la bière, et les relents sinistres qui m'avaient hanté toute la journée se répandirent sur moi en une vague immonde.

Roswell observa d'un ton sentencieux que la musique avait été, de tout temps, le baromètre des troubles sociaux, mais sa voix se perdait dans le vacarme et ma bouche débordait de salive.

– Et puis il y a ces orchestres comme Horton Hear, continuait-il. Personne ne pourrait les accuser d'être des agitateurs sociaux, et pourtant...

Tout d'un coup, je me rendis compte que j'allais vomir, pas dans un futur incertain, mais là, illico. Je levai une main pour annoncer que je m'en allais et filai vers les toilettes.

Accroupi, j'essayai de vomir dans la cuvette, en m'efforçant de toucher le sol le moins possible, car il était dégoûtant.

Derrière moi, Roswell apparut sur le seuil.

– Encore une belle journée dans la vie glamour de Mackie Doyle ?

Ça sonnait un peu faux et j'eus l'impression qu'il voulait me réconforter, mais qu'il ne savait comment s'y prendre. Toute ma vie j'avais pu compter sur lui pour détourner les yeux et faire comme si tout allait bien.

J'allai me rincer au lavabo, face au miroir couvert de graffitis, et j'essayais de ne pas m'y regarder, mais je voyais bien mon visage blême et crispé. Je ne pouvais m'empêcher de penser à Natalie. À l'idée qu'un corps avait été enterré sous son nom, que ce n'était sans doute pas le sien, je me sentais mal.

– Tu trembles, observa Roswell.

Sans répondre, je fermai le robinet.

– Tu trembles vraiment.

Je m'essuyai la bouche avec un papier, avant de répondre d'une voix cassée.

– Ça va bientôt s'arrêter.

– C'est pas drôle. Tu ne veux pas qu'on rentre ? Si tu te détendais un peu, tu pourrais…

Il s'interrompit.

J'avais jeté le papier dans la poubelle et j'en prenais un autre.

– Mackie… Mackie, regarde-moi !

Je me tournai vers lui et rencontrai ses yeux bleus, presque transparents dans cette lumière. J'aurais aimé n'importe quelle couleur pour les miens, sauf ce noir trop noir.

– Pas besoin de faire comme si tout allait bien tout le temps.

– Si ! criai-je. (Ma voix se répercuta sur le carrelage et je m'appuyai au lavabo pour fermer les paupières.) Et puis… j'ai pas envie de parler de ça !

Après un court silence, il se rapprocha et je sentis sa main sur mon épaule. Curieusement, ce contact m'apaisa, me donna l'impression de me sentir plus solide.

Quand je rouvris les yeux, Roswell se tenait toujours à côté de moi, mais il avait sorti un paquet de chewing-gums, en versa un dans sa paume, qu'il me tendit et que je pris.

– Viens, continua-t-il en se tournant vers la porte. On va chercher Drew et Danny.

Les jumeaux jouaient au billard avec Tate dans le salon près du bar. Roswell les rejoignit, mais je traînais derrière. Tate me tournait le dos et il me fallait me reprendre, faire comme si rien ne s'était passé, comme si je ne l'avais pas envoyée balader dans le parking.

Si je m'étais attendu à une scène, j'aurais eu tort. Elle nous jeta un seul coup d'œil puis reprit son jeu sur un tir direct. Pas difficile, mais elle y mit du panache, les cheveux hérissés comme si elle sortait du lit. Pourtant, elle avait l'air très calme, certainement pas d'une fille qui venait de perdre sa sœur ; encore moins d'une fille qui poursuivrait le mec le plus glauque du lycée pour lui faire valoir que celle qu'on avait enterrée n'était pas sa sœur.

Le coup suivant se révéla plus compliqué, une bande dans un coin, et elle décrivit un coulé puissant. La bille entra en force dans la poche, mais Tate demeura impassible.

– Bravo ! s'exclama Roswell en se rapprochant.

Elle désigna Drew et Danny de la tête :

– Ils sont nuls, ces deux-là.

Si Drew se contenta de hausser les épaules, Danny lui lança une boule de papier à la tête.

– Va te faire voir, Stewart !

Je me plaçai derrière elle, tandis qu'elle calculait l'angle du coup suivant. Comparé aux autres, ce n'était rien, mais elle trembla au moment de tirer et la bille décrivit un arc de cercle en tournoyant sur elle-même, frôla la bande et s'immobilisa en équilibre au bord de la poche.

Tout sourire, Danny la gratifia d'un coup d'épaule.

– Hé, rappelle-moi qui est nul !

Elle lui lança la canne.

– Ouais, c'est ça. Je vais me prendre un Coca.

Drew se rapprocha, l'air anormalement aimable.

– On a progressé avec la *Peur rouge.* On vient de trouver un tas de pièces détachées sur Internet, et je crois qu'il y en a d'authentiques, cette fois. On a failli ne pas venir ce soir, pour rester travailler dessus.

Mme Corbett était antiquaire, façon correcte de dire qu'elle collectionnait tout un bric-à-brac de vieilleries. Les jumeaux piochaient régulièrement dans son stock depuis qu'ils étaient petits, récupérant pour les réparer des grille-pain ou des radios hors d'usage. Voilà six mois qu'ils travaillaient à ce projet de *Peur rouge.* C'était un détecteur de mensonges des années 1950 qui ne fonctionnait pas. Je ne voulais pas jouer les pessimistes, mais malgré ce que disait Drew, ça ne marcherait sans doute jamais.

Une balustrade entourait le salon à hauteur de la scène, et je m'y appuyai pour regarder les spectateurs en contrebas qui dansaient le mosh, se télescopant les uns les autres, tournoyant, se marchant sur les pieds, se séparant pour reprendre de plus belle. Ça me fatiguait de voir ça. Je m'adossai au parapet et fermai les yeux.

– Qu'est-ce que tu es venu faire ici ce soir ? me demanda Roswell.

J'entendais à peine sa voix sous la musique. Je poussai un soupir, essayai de paraître à peu près réveillé.

– C'était mieux que rien.

– Ouais.

À croire qu'il n'avait jamais rien entendu de plus bête.

En me redressant, j'aperçus Alice derrière les danseurs, en compagnie de filles venues des lotissements les plus récents. Une jolie lumière dansait sur son visage.

Sur scène, le groupe Dollhouse of Mayhem achevait son concert et saluait avec une certaine ironie. Ils débranchèrent leurs amplis dans un silence si lourd que j'en grinçai des dents. Je préférais me concentrer sur Alice et sur les lumières colorées.

D'après Roswell, j'avais un ticket avec elle. Mais même si c'était vrai, ça ne me disait pas ce que je devais faire. Elle brillait comme une étoile parmi ces gens, alors que j'étais destiné à passer fêtes et soirées collé au mur avec les mecs du club de latin. Sauf que ce n'était même pas vraiment ce qui me décrivait le mieux.

Roswell faisait partie du club de latin, du club de débats, et il faisait partie des meilleurs élèves. Il était du genre à collectionner des capsules de bouteilles et des stylos extraordinaires. Durant son temps libre, il fabriquait des pendules à partir de toutes sortes de matières, et ce n'était encore qu'un début. Il jouait aussi au football et au rugby, participait à toutes les compétitions interscolaires. Il souriait. Il étreignait tout le monde tout le temps, ne se conduisait jamais comme si quelqu'un risquait de ne pas l'aimer. Il pouvait faire ce qu'il voulait, traîner avec qui il voulait et toujours s'en tirer. Quand il parlait aux filles, même les plus jolies, les plus populaires comme Stephanie Beecham, elles pouffaient, gloussaient comme si elles n'arrivaient pas à croire qu'il ait pu les remarquer. Il partait du principe que tout allait toujours bien, pendant que moi j'essayais de me fondre dans la masse.

Le rideau se rouvrit sur le groupe Rasputin Sings the Blues.

Le Starlight avait toujours au moins cinq orchestres sous contrat, mais pour tout le monde Rasputin y était chez lui ; quant aux autres, ils voulaient tous y faire au moins une apparition.

Non pas que les autres groupes ne soient pas à la hauteur, mais Rasputin était tout simplement meilleur. Dès qu'il se lançait dans une chanson, on avait l'impression d'en entendre l'unique version originale.

Leur chanteuse, Carlina Carlyle, entra sur la scène en se pavanant, ses cheveux entièrement relevés sur le sommet du crâne. Elle portait une robe sombre à haut col d'un style un peu ancien, malgré la jupe s'arrêtant à mi-cuisses. Dans une pose de superhéroïne, elle empoigna le micro, l'air un peu fou, avec ses yeux trop bleus aux paupières maquillées de noir.

Ils se lancèrent dans une chanson de Leonard Cohen, au riff assez dur pour que la percussion évoque des battements de cœur.

Drew s'approcha de la balustrade, se pencha vers moi, l'air de s'ennuyer mortellement.

– J'en ai trop marre de Leonard Cohen. Tu te rends compte comme ce serait cool s'ils chantaient plutôt *Head*

Like a Hole, ou même du Saliva ou du Manson ? Ou du Gutter Twins ?

Sur scène, Carlina répétait *Repent,* non pas comme les choristes sur l'album, mais en grondant, en hurlant, la tête renversée en arrière. Dans l'ancienne fosse d'orchestre, à ses pieds, la foule braillait avec elle en levant le poing vers le ciel. Finalement, Leonard Cohen pouvait être aussi hard que Reznor ou Manson, si on savait le chanter.

Ils entonnèrent ensuite un air original qui parlait de mettre le feu aux tours, Carlina tira une cigarette de derrière son oreille et en arracha le filtre du bout des dents, ce qui acheva de rendre le public complètement fou.

À l'autre bout de la scène, Alice riait avec Jenna et Stephanie et d'autres filles tout aussi superbes en tops de couleur vive et jeans serrés. Quand elles dansaient, elles semblaient bouger à l'unisson comme si elles s'étaient concertées sur les pas.

Le bassiste cessa ses accords d'accompagnement pour s'avancer dans la lumière et sortir quelques allumettes de sa poche. Ses bretelles scintillèrent.

– Allume-la ! cria une voix dans la foule.

Il salua, frotta une allumette entre ses dents et l'offrit à la chanteuse : celle-ci ferma les yeux et se pencha dessus. Alors, il lâcha tout.

Il en craqua une deuxième sur sa manchette, mais quand Carlina s'inclina, le feu s'éteignit.

Pour sa troisième tentative, il n'eut plus qu'à claquer dans ses doigts pour faire jaillir la flamme. Il la tendit à Carlina, qui la fit vaciller en inhalant. Sa cigarette allumée, la chanteuse se mit à aller et venir, suivie du guitariste dont le solo évoquait du verre brisé et des cordes emmêlées. Son haut-de-forme noir creusait les traits de son visage émacié.

Derrière, le batteur conservait le tempo, mais chaque fois que Carlina se déhanchait, il soulignait le mouvement d'un coup sec sur la grosse caisse. Si elle se cambrait, s'ensuivait un claquement rythmé. Aussi fasciné que tous les autres mecs du public, je ne la quittais plus des yeux.

Elle s'arrêta dans le rayon du projecteur, tandis que le guitariste tournait autour d'elle en haletant comme un chien. Avec un clin d'œil, elle lui déposa sa cigarette sur la langue, et il poursuivit son manège dans les braillements de fin du monde de la salle déchaînée.

Carlina attrapa le micro et se remit à chanter : *Personne ne veut d'une race de monstres dans cette ville endormie...* À son côté, son partenaire crachait de la cendre, faisant monter le ton. Quand la foule cessa de l'acclamer à tout propos, il leva la tête et sourit dans la lumière, comme s'il venait de découvrir le soleil.

La vibration commença au sommet de mon crâne pour venir se répandre à travers ma poitrine et mes bras. Je le reconnaissais.

L'angle de la scène m'empêchait de bien voir ses yeux, d'autant que son chapeau lui masquait la moitié du visage, mais même dans l'ombre, je le reconnaissais. Je l'avais vu sur la passerelle. Il m'avait interpellé sur mes iris noirs, avait louché sur mes mains tremblantes et ma bouche bleuie.

Je restai là, à contempler cet homme effrayant au sourire effrayant.

Je connaissais son secret, et lui le mien.

Après l'ensemble Rasputin arriva le Concertina. La voix du chanteur était correcte, mais ils produisaient des arrangements approximatifs avec trop de distorsions. La présence experte de Carlina Carlyle manquait beaucoup. Si bien que le Starlight redevint exactement ce qu'il était : une salle poussiéreuse et fatiguée. Une scène louée.

Alice restait dans son coin parmi ses amis, et j'eus soudain très envie de boire de l'eau.

Excellent prétexte pour me rapprocher d'elle. Je passerais dans les parages, lui dirais quelque chose, à moins que ce ne soit elle. Je me dirigeai vers le bar.

Le guitariste des Rasputin apparut silencieusement. Moi qui me sentais jusque-là si seul à longer mon mur vers l'issue de secours, voilà que je me retrouvais près de ce type bizarrement éclairé par la lumière verdâtre du panneau de sortie.

Avec un sourire amusé, il indiqua du menton l'endroit où se tenait Alice.

– Elle est jolie. Seulement, tu dois te méfier de ce genre de fille. Elle pourrait te coincer dans le parking. T'embrasser avec sa langue glacée pleine de fer.

Je reculai, mais il m'attrapa par la mâchoire, enfonça les doigts sous mon menton et tira. Ma tête prit un angle inhabituel ; son haleine brûlante sentait le feu de feuilles mortes.

On se regardait dans cet éclairage blafard. Il me faisait mal, mais je ne me débattis pas. Il savait peut-être se camoufler sur scène mais là, c'était plutôt gênant, en pleine lumière. J'aurais pu me libérer, mais ses yeux étaient trop sombres, ses dents trop étroites et pointues, si serrées qu'elles se chevauchaient. Je restai immobile, prêt à tout pour passer inaperçu.

Il se pencha sur moi, si bien que le bord de son chapeau nous masqua tous les deux.

– Tu es pâle et tu as froid. Et tu pues l'acier.

Il parlait d'une voix étranglée, comme si ses mots restaient bloqués derrière ses dents.

– Ne fais pas celui qui n'est pas contaminé, qui n'a pas mal. Ton souffle te trahit, et aussi le blanc de tes yeux. C'est déjà dans ton sang.

Incapable de bouger, je le laissai m'étreindre la gorge encore plus. Il murmura d'un ton sec :

– Il te faut vraiment un pauvre type comme moi pour t'annoncer que tu es en train de mourir ?

MOURIR JEUNE

CHAPITRE 7

Mon cœur battait la chamade et je levai la main pour ne pas perdre l'équilibre, comme si tout s'écroulait sur moi.

Il n'y avait plus que le guitariste et ma main sur le mur. Je ne voulais rien faire pour lui donner raison. *Mourir ?* Ça me semblait tellement énorme que j'en étais complètement désorienté. J'étais sans doute malade, mais *mourant ?*

Pourtant, au fond, je savais qu'il disait vrai. Il me suffisait de penser à toutes les fois où j'avais mal supporté des trajets en voiture ou des travaux pratiques de sciences sur la paillasse métallique d'un labo.

Et ça ne faisait qu'empirer. Si on s'en tenait aux faits, je n'aurais même pas dû me trouver encore en vie. Dans des circonstances normales, j'aurais déjà tiré ma révérence, me retrouvant sous terre comme Natalie Stewart, depuis belle lurette.

Non. Pas comme Natalie – comme la chose enterrée à sa place.

Un soudain courant d'air froid, et je me mis à trembler. L'homme se voûta au-dessus de moi, sourit presque gentiment, son nez si près du mien qu'il le touchait presque, et c'était très désagréable.

– Je pourrais transformer ta vie, assura-t-il dans un murmure. Viens me voir ce soir, et je te sauverai.

Sur la scène, le Concertina jouait une chanson titrée *Tuez tous les lâches,* et personne n'avait sauvé Kellan Caury. Peu importait que la justice du comté ait ressemblé à un assassinat qui n'avouait pas son nom, et que lui n'ait pu se défendre. Il ne fallait jamais se fier aux inconnus, de peur de se retrouver pendu.

Je dégageai mon poignet de sa main. Ses yeux n'étaient plus que des poches obscures, pourtant traversés d'une soudaine lueur féroce et brûlante sous le rebord de son chapeau.

Je me détournai rapidement et repartis sans lui laisser le temps de me rattraper.

Le cœur battant à tout rompre, je me faufilai à travers la foule en direction de Roswell dont j'entendais le rire énorme et voyais les bras s'agiter, ce qui me donnait presque l'impression de revenir à la normale.

Cependant, cette fois, je le savais, il ne suffisait plus de faire comme si tout allait bien. J'entendais encore un faible écho de la voix du guitariste, *Tu es en train de mourir.*

Près des tables de billard, je retrouvai Drew en train d'écraser Roswell sur un neuf, empochant l'une après l'autre les billes de couleur, puis recommençant après avoir gagné.

– Alors, qu'est-ce qui se passe là-bas ? s'enquit Danny.

– Rien, dis-je en m'éclaircissant la gorge. C'était un malentendu.

Danny eut un regard oblique. Quand les choses paraissaient mal tourner, on pouvait compter sur lui pour balancer une vanne ; mais là, il n'avait pas du tout l'air de plaisanter.

– Drôle d'endroit pour un malentendu. Qu'est-ce qu'il te voulait ?

Tu es en train de mourir. Tu es en train de mourir.

La lueur verdâtre de l'issue de secours semblait papilloter légèrement. Danny me considérait d'un air atone.

Qu'est-ce qu'il voulait, ce type ? M'emmener quelque part, me dire ou me donner quelque chose ? Il voulait me sauver, et moi aussi j'aurais bien voulu. Mais pas au milieu du Starlight, au vu de tout le monde, pas ce type aux yeux trop noirs et trop brillants avec ses dents jaunes. Danny m'interrogeait du regard comme si j'allais tout lui raconter…

Ce fut Tate qui me sauva en revenant vers nous, essoufflée, le visage brillant de transpiration, son tee-shirt déchiré à l'épaule comme si on l'avait attrapée par le col.

Elle vint s'asseoir sur la balustrade à l'instant même où Alice descendait les marches derrière elle. Ces deux-là avaient dû discuter, même si on ne les voyait jamais ensemble au lycée. Pourtant, Alice dépassa Tate pour me rejoindre.

– Hé, Mackie ! Je te cherchais. Tu m'avais l'air mal en point, hier. Roswell a dit que tu étais rentré chez toi. Ça va mieux ?

Ça n'allait pas mieux du tout, cependant je haussai les épaules.

– C'était rien.

Elle se passa une mèche derrière l'oreille.

– Alors, je voulais te demander… Stephanie donne une fête demain soir. Tu viendras ?

Je lui souris. Ça faisait du bien.

– Oui, sûrement.

Je sentais le regard de Tate posé sur moi. Ça me donnait envie à la fois de me tourner vers elle et de me trouver ailleurs.

Poussant un soupir, Alice s'adossa au mur et son bras effleura le mien. Dans la clarté de la lampe de billard, ses cheveux brillaient d'un éclat métallique.

– Alors, tu es allé voir la scène ? C'est dingue, ce soir ! Tu te rends compte qu'un type m'a poussée sur la table d'harmonie, exprès ! Je suis quand même une fille, pas un gros bras excité !

L'air agacé, Tate s'éloigna de la balustrade.

– Il ne fallait pas descendre dans la fosse.

Alice ouvrit la bouche pour répondre, mais Tate était déjà loin ; alors elle posa sur moi un regard empli de tristesse.

– La pauvre. Elle est en plein déni, avec sa sœur. Elle fait comme si de rien n'était.

Je ne répondis pas, car ce n'était pas tout à fait la réalité. Ce que Tate croyait ne correspondait simplement pas à ce que les autres pensaient.

Tate disposait rageusement huit billes dans un triangle. D'un coup, j'eus envie de m'excuser de ne pas avoir eu le courage de l'écouter, et pour l'avoir laissée affronter la classe seule alors que c'était mon tour.

Appuyée sur moi, Alice la regardait ôter le triangle.

– Tu sais ce qu'ils ont décidé, avec sa famille ? Parce que là, elle devrait être chez elle en train de pleurer, de les consoler, non ?

Je haussai les épaules.

Les jumeaux connaissaient Tate depuis le collège, mais elle ne se laissait pas facilement approcher.

– Hé, Mackie, tu veux jouer ? me proposa Drew.

Je fis non de la tête, et ce fut alors le tour de Danny. Il commença par frotter sa queue de billard à la craie – mais ne toucha pas pour autant une bille. En prenant la main, Tate me décocha un sourire appuyé, et j'eus l'impression qu'elle essayait de m'imaginer avec une barre d'armature en travers de la poitrine.

– Ça vaut mieux pour toi, dit-elle, car je t'aurais anéanti.

En moi, une petite voix murmurait : *Inutile, de toute façon, je suis déjà en train de mourir.*

On échangea un court regard, jusqu'à ce que sans prévenir elle me menace d'un air dantesque et balance sa canne en direction de Drew. Alice devait l'avoir vue elle aussi, car elle avait reculé.

Les pieds de Tate touchaient presque les miens et elle me regardait dans les yeux.

– Bon, j'en ai marre, là. Il va falloir que tu me parles.

Malgré mes efforts pour avoir l'air sûr de moi, je dus fixer un objet au-dessus de sa tête pour empêcher ma voix de trembler :

– On n'a rien à se dire.

Elle m'attrapa le bras, m'attira plus près d'elle :

– Écoute, tu te contrefiches peut-être de tout ça, mais je ne vais pas rester plantée là comme s'il ne se passait rien !

– Tate, je vois pas ce que tu veux dire…

– Arrête, tu m'as crue, tout à l'heure, et ça t'a fait flipper. Mais là, tu es trop réduit en carpette pour oser le dire.

Les paupières baissées, elle se relâcha, mais ses ongles s'enfonçaient dans mon poignet.

– Pourquoi tu ne veux pas le dire ?

Elle serrait les dents et je la dévisageai bouche bée, parfaitement conscient que j'étais de loin le plus furieux de nous deux.

Ce n'est pas à toi de me dire ce que j'ai à faire, voilà ce que j'aurais dû lui dire.

Pas la peine de prendre cet air satisfait, parce que tu n'as pas la moindre idée de ce que c'est que d'être moi. Il y a des gens battus à mort pour ça, qui se font lyncher ; je dois me tenir constamment en marge, me fondre dans la masse sans la moindre chance de vivre normalement. Les plus légers poids et haltères menacent ma vie, la moindre boîte de conserve me vaut une intoxication alimentaire. Et ce qui me fait tout drôle, c'est que je suis sans doute en train de mourir !

Pourtant, je me contentai de la fixer, et comme elle n'ajoutait rien, je libérai mon bras. Adossée au mur, Alice nous contemplait d'un air estomaqué. J'avais envie de lui dire que j'étais désolé de l'avoir interrompue, que ma vie n'était pas constamment aussi bizarre, mais j'avais la gorge tellement nouée qu'aucune parole n'en sortait.

Alors je me mêlai à la foule, à la recherche de Roswell.

Il s'était installé au bar avec Stephanie et Jenna. Je le pris par le dos de sa veste et l'entraînai. Il ne me demanda même pas pourquoi je fuyais de la sorte.

Pas très glorieux. J'aurais dû filer plus vite, mais j'avais toujours manqué de discipline. Je ne jetai qu'un regard par-dessus mon épaule – un seul. Un de trop. Tate se tenait dans le salon où je l'avais laissée, l'air catastrophé.

APPEL AU SECOURS

CHAPITRE 8

Quand Roswell m'eut déposé à la maison, j'attendis que ses feux arrière aient disparu au coin de la rue pour m'asseoir sur le perron, la tête entre les genoux. Il faisait frais, mais je restai là, à écouter la pluie.

Mon cœur battait à mes oreilles. Le dernier regard de Tate à la sortie du Starlight m'avait laissé une forte impression. Je rentrai en trébuchant, essayai d'accrocher mon sweat à une patère. Il tomba et je le laissai au sol, parce que ça me semblait trop compliqué de me baisser pour le ramasser. Je dus m'arrêter au milieu de l'escalier pour reprendre mon souffle. L'obscurité m'isolait, mais j'en avais l'habitude, et je tombai sur mon lit sans remonter les couvertures ni ôter mes chaussures.

Mes rêves furent pires que jamais. Je me retrouvais seul derrière une fenêtre balayée par les feuilles, dont un coup de vent brutal faisait claquer les rideaux.

Mes articulations me faisaient mal, et même à moitié endormi, je sentais mon cœur qui battait, qui ralentissait, qui cafouillait. Lent, trop lent, trop vite. Plus rien.

Je rêvai de Kellan Caury. Les habitants de Gentry enfonçaient la porte de son petit appartement, l'entraînaient dans la rue. La scène paraissait floue ou surexposée, superposée à celle du moulin dans *Frankenstein* – les villageois avec leurs torches et cette silhouette pendue à un chêne au bout de Heath Road.

Le lendemain matin, je me réveillai assez tard, assoiffé, épuisé. D'un pas traînant, j'allai prendre une douche, restai près d'un quart d'heure sous l'eau sans toucher au savon, sans lever les bras, puis m'essuyai, m'habillai à la va-vite et descendis.

Dans la cuisine, maman secouait une poêle en cuivre d'avant en arrière sur le gaz, et ce bruit me donna envie de m'arracher le crâne.

Elle ouvrit un tiroir, en sortit la spatule. Je contemplai un instant ses beaux cheveux blonds qui s'échappaient de sa queue de cheval. Elle affichait son expression habituelle, calme, patiente. Parfaitement insouciante.

– Tu as pris ton petit déjeuner ? lança-t-elle. Je fais des pommes de terre sautées, si tu en veux.

Comme je secouais la tête, elle soupira :

– Mange quelque chose !

Je me servis de céréales à même la boîte ; maman leva les yeux au ciel, mais ne dit rien.

Dehors, la pluie tombait. Mais dans mon état, je préférais encore ce ciel gris à une lumière éblouissante qui m'aurait agressé comme un flash. Les feuilles d'automne frémissaient et s'inclinaient sous les gouttes incessantes.

Je m'assis à table pour avaler quelques poignées de céréales. J'avais envie de poser la tête sur mon bras ou

jusqu'au moment où elle poussa une exclamation. Une odeur de sang jaillit, envahit l'atmosphère, et maman se précipita vers l'évier pour ouvrir le robinet au-dessus de sa coupure.

Je me plaquai les mains sur le nez et la bouche alors que la pièce tanguait autour de moi.

Sans un mot, mon père alla ouvrir le placard au-dessus du réfrigérateur pour en sortir des pansements.

Tous deux face à face devant l'évier, elle lui tendit la main et il y pressa une serviette en papier. Elle se coupait sans arrêt. Dans son métier, elle n'avait jamais eu d'accident, mais à la maison elle se cognait bras et jambes, se heurtait souvent contre les meubles, comme si elle oubliait leur emplacement.

Après lui avoir bandé le doigt, mon père lui lâcha la main. Sur le gaz, les pommes de terre commençaient à griller, répandant un fumet carbonisé.

– Merci, dit-elle.

Il l'embrassa sur le front et sortit. Maman resta devant l'évier à regarder par la fenêtre, puis finit par éteindre le gaz.

J'éloignai les mains de mon visage et respirai. L'odeur du sang flottait autour de nous. Une légère mais frémissante douleur me prit derrière l'œil gauche.

– Je vais retourner me coucher.

Dans ma chambre, je me débarrassai de mon tee-shirt et baissai les stores. Puis je m'allongeai, tourné vers le mur, et remontai les couvertures sur ma tête.

Je m'éveillai dans un sursaut désagréable. Il faisait sombre et mon téléphone vibrait sur la table de nuit. Je me retournai. Dans une semi-obscurité, j'apercevais les silhouettes de la guitare, de l'ampli et des meubles. J'avais envie de me rendormir. Le téléphone continuait de vibrer.

Je finis par répondre.

– Oui ?

– Hé ! T'emballe pas comme ça !

C'était Roswell.

– Pardon. Je dormais.

– Bon, Stephanie donne cette fête ce soir, et il va peut-être y en avoir une autre chez Mason. Tu veux que je passe te prendre ?

Je roulai sur le dos en fermant les yeux de toutes mes forces.

– Je crois pas.

– Allez, tu vas pas rater ça ? À cette époque de l'année, les filles s'habillent comme des poules de luxe. On va rejoindre les jumeaux, picoler un peu. J'ai l'impression qu'Alice a très envie de te voir.

Je me frottai les paupières.

– Écoute, je te laisse pas tomber, enfin si… mais pas vraiment… Mince, il est quelle heure ?

– Presque 21 heures.

Au bout du fil, une porte s'ouvrit, ce qui arracha un soupir à Roswell. J'entendis sa mère, en arrière-plan, lui dire qu'il devait nourrir le chien. Je ne compris pas ce qu'il répondit d'une voix étouffée, mais ça la fit rire.

Ce qui me rappela que je m'étais levé un moment ce matin et que j'avais eu une conversation terrible avec maman. Ça me revenait un peu comme un cauchemar que j'avais du mal à reconstituer.

Et puis Roswell reprit la ligne :

– Ça va, toi ?

– Ouais, sauf que je vais pas sortir, là. Pas ce soir.

Après avoir raccroché, je me cachai la tête sous l'oreiller et recommençais à flotter dans un agréable oubli, quand le téléphone sonna encore.

Cette fois, je vérifiai mais je ne reconnus pas le numéro. Je répondis, me disant que ce devait être quelqu'un du lycée, pour les devoirs ou autre chose d'aberrant. J'espérais sans y croire que ce serait Alice.

Si j'eus du mal à reconnaître la voix de Tate, sa brusquerie aurait dû m'orienter.

– Mackie ! J'ai un truc à te dire.

Retenant mon souffle, je retombai sur l'oreiller.

– Comment tu as eu mon numéro ?

– Si tu voulais pas que je t'appelle, tu n'avais qu'à dire à Danny de ne pas me le donner. Bon, maintenant, où est-ce qu'on se retrouve, parce qu'il faut vraiment que je te parle.

– Je peux pas.

– Mais si ! Bon, d'accord, alors c'est moi qui viens. Tu es chez toi ? J'y serai dans dix minutes, tu as intérêt à t'y trouver.

– Non !… Je veux dire… j'y serai pas. Je vais à une fête avec Roswell, et là je pars.

– Une fête, répéta-t-elle d'un ton glacial.

Je me représentai très bien l'expression de son visage – ce mélange bizarre d'agacement et de tristesse. Une demi-seconde, je m'imaginai en train d'effleurer sa joue du pouce pour tenter d'effacer son chagrin, mais ce petit rêve s'effaça dès qu'elle reprit la parole.

– Tu sais très bien qu'il se passe des trucs hallucinants, et toi, tu vas à une fête ? J'y crois pas !

– Je sais rien du tout, d'accord ? Bon, je raccroche.

– Mackie, espèce de...

– Bonsoir.

J'appuyai sur *Fin.*

Puis je rappelai Roswell.

Il répondit à la première sonnerie, l'air joyeux.

– Alors ? Tu me souhaites bonne chance pour tenter de sauver Stephanie de l'infâme tyrannie de la mode ?

– Je peux venir avec toi ?

– Ouais, parfait. Enfin pas pour l'histoire de sauvetage, là ça ne concerne que moi, d'accord ?

J'éclatai d'un rire qui me parut presque normal, à mon grand soulagement.

Quant à Roswell, il continuait d'un ton faussement dégagé :

– Bon, tu te souviens que je t'ai appelé il y a un quart d'heure, non ? Dans la conversation, je t'ai demandé si tu voulais aller à une fête, picoler, tâcher de charmer Alice... Elle te trouverait charmant de toute façon, mais tu as dis non, je crois ? J'espère que tu t'en souviens, au moins ?

Je m'éclaircis la gorge.

– J'ai changé d'avis.

Il observa un moment de silence.

– Tu m'as l'air déphasé. Ça va ?

– Non, mais on s'en fiche.

– Mackie. Tu es sûr de vouloir sortir ?

Je respirai un bon coup.

– Je veux surtout sortir de cette maison.

Après avoir raccroché, je fermai les yeux pour essayer de voir clair dans mes pensées. Puis je me levai. Si je voulais sortir avec Roswell, il fallait commencer par mettre de l'ordre dans mes cheveux, ouvrir le dressing, enfiler une chemise. En général, quand je dormais toute la journée, mon vertige disparaissait. Mais là, dès que je tournais la tête, c'était comme si la pièce entière exécutait un salto arrière, et je devais me retenir à la porte du placard pour garder mon équilibre.

– Mackie ?

Emma se tenait à l'entrée de ma chambre en jogging, les cheveux relevés sur la tête, comme d'habitude. Elle ne sortait pas beaucoup, et là encore on avait l'impression qu'elle s'apprêtait à passer sa nuit à lire.

Je fermai le tiroir, me tournai vers elle.

– Tu peux entrer si tu veux.

Elle fit deux pas, s'arrêta de nouveau.

– Janice… ma copine du labo… euh… elle m'a donné quelque chose. (Elle tenait un sac en papier.) Elle a dit que c'était une espèce de… d'extrait holistique. (Sa voix vibrait d'excitation.) Elle a dit… elle a dit que ça te ferait du bien.

Elle traversa la pièce pour poser le sachet sur le bureau.

– Merci, dis-je alors qu'elle repartait. Emma…

Mais elle était déjà sortie.

J'ouvris le sac. Il contenait un minuscule flacon de verre brun à l'étiquette manuscrite : *Aubépine forte stimulante. Buvable.*

Il n'avait ni bouchon ni capsule, de la cire en bouchait le goulot. Je la cassai avec l'ongle du pouce et sentis aussitôt monter une forte odeur de feuilles. Forte, mais ni putréfiée ni vénéneuse.

Je faisais confiance à Emma. Depuis toujours elle s'était donné pour mission de veiller sur moi, de s'assurer que j'allais bien. Mais me faire boire un truc inconnu, c'était différent. Je n'étais pas certain de faire aussi confiance à Janice.

Mon impression première était que si les choses continuaient sur cette lancée, soit je me réveillerais un matin incapable de sortir de mon lit, soit je m'endormirais définitivement.

Je léchai une goutte du liquide sur mon doigt et attendis. Au bout de quelques minutes, la potion hippie de Janice ne m'avait pas tué. J'en avalai une bonne gorgée, puis une autre. Ça m'évoquait vaguement une vieille eau-de-vie diluée. Pas mauvais. Pas très bon non plus.

Je rangeai la bouteille, enfilai une chemise au col pas trop froissé et m'aperçus que je me sentais mieux, bien mieux. J'étais fatigué depuis si longtemps que je l'avais presque oublié. Je m'étirai, les muscles de mon cou se détendirent…

Dans la salle de bains, devant la glace, je vis que mes yeux avaient retrouvé leur couleur ténébreuse habituelle – pupilles noires, iris brun foncé. Si ma peau restait très blanche, mon teint clair ne paraissait plus cadavérique. J'avais l'air de quelqu'un d'ordinaire qui sortait le samedi soir. L'air normal.

Je regagnai ma chambre pour examiner le flacon. L'étiquette, du papier épais, ne comportait rien d'autre que l'inscription manuscrite *Aubépine forte stimulante. Buvable.* Je connaissais l'aubépine, un petit buisson épineux poussant le long des routes de campagne, mais rien n'indiquait la composition du liquide.

Ma tête fourmillait de questions. Ce que c'était au juste, comment cela agissait. Si se sentir mieux équivalait à une guérison, si Emma m'avait sauvé la vie… Même si d'instinct j'en doutais, un sourire naissait sur mes lèvres. Voilà des semaines que je ne m'étais pas porté aussi bien. Des mois, peut-être.

Tout d'un coup, j'avais envie de me dépenser à fond, de gambader à travers la chambre, de rire comme un fou, de retrouver Emma pour la serrer dans mes bras jusqu'à ce qu'elle rie elle aussi et qu'on tombe par terre à bout de souffle. J'avais envie de faire la roue, des sauts périlleux, mais il n'y avait pas assez d'espace. J'éteignis et sortis.

– Emma ! (J'appuyai le front contre sa porte, et comme elle ne répondait pas, j'ouvris.) Emma, c'est quoi, ce truc ? C'est dingue !

Mais Emma n'était pas dans sa chambre, ni nulle part ailleurs.

Pour la première fois depuis ma rencontre avec le guitariste, la voix dans ma tête avait baissé le ton. Peut-être que la mort n'était pas forcément au programme. Peut-être qu'il me restait une chance de mener une existence vraiment normale. Je n'y croyais pas vraiment, je doutais de l'effet de cette bouteille : trop beau pour être vrai… Mais je n'avais pas envie de jouer à ça pour le moment, j'éprouvais trop de plaisir à me sentir libre.

Quand j'entendis la voiture de Roswell devant la maison, je dévalai l'escalier. Sur le perron, je fus assailli par un barrage d'odeurs : la puanteur des citrouilles évidées, le fumet des feux de feuilles sèches, et même le parfum plus léger, mais bien réel, du lac asséché de County Road. La nuit était profonde, vibrante et férocement vivante.

À trois rues de là, j'entendis Mme Carson-Scott qui appelait son chat, puis le tintement léger du collier de l'animal arrivant à travers les buissons. Même les voitures de Benthaven semblaient passer juste devant moi.

Tant pis pour Tate. Tant pis pour les enfants morts, les casiers sanglants, et même cette migraine qui me prenait chaque fois que je pensais à ma famille ou à mon avenir. Ma vie était là, juste là.

Et j'y tenais.

DEUXIÈME PARTIE

LES MENSONGES QU'ON RACONTE

TOUT CE QUI BRILLE

CHAPITRE 9

Devant la maison de Stephanie Beecham, la rue retentissait de claquements de portières. Un bruit de voix régulier accompagnait l'entrée des gens, la plupart déguisés bien que Halloween ne tombât que le mardi suivant.

Tout le quartier était décoré pour l'occasion, des squelettes pendaient aux fenêtres et des citrouilles-lanternes gardaient les portes. La pluie avait fait place à une bruine incessante. Au pied du perron, on avait installé un épouvantail représentant le monstre légendaire de Gentry, Poussière la Sorcière, avec ses cheveux de ficelle et de fil de fer et sa figure ricanante. Elle se profilait devant l'escalier, énorme et sinistre.

Je remontai l'allée sans échanger un mot avec Roswell. Il n'était pas vraiment déguisé, mais portait des crocs de plastique sur ses canines. Il n'arrêtait pas de me surveiller du coin de l'œil.

– Quoi ? Pourquoi tu me regardes comme ça ?

– Tu as laissé… aïe ! (Il porta la main à ses fausses dents.) Tu as laissé ta vitre fermée. Tu sais depuis combien de temps tu l'ouvrais toujours dans ma voiture ?

Je me rendis compte qu'il avait raison. Je me sentais bien, même après un quart d'heure de voiture.

– C'est embêtant ?

– Non, mais ça fait drôle.

On s'arrêta devant le perron, et derrière nous quelqu'un entonna l'hymne de l'équipe sportive du lycée, fort mais faux.

On fit le tour de la maison pour entrer directement par le jardin, sur lequel donnait la cuisine vivement illuminée, et décorée surtout de dessins de vaches.

Et là, il y avait Tate. Elle s'insinuait décidément partout, toujours en train d'embrouiller ma vie, elle ne me lâchait pas. Dès qu'elle m'aperçut, elle eut un sourire agressif et triomphant, comme si elle m'avait battu à je ne sais quel jeu.

Elle était assise entre Drew et Danny. Elle ne s'était pas déguisée non plus, mais portait un drôle de serre-tête orné de deux étoiles, comme des antennes plantées sur des tiges souples qui se balançaient, scintillant à chacun de ses mouvements.

Retenant mon souffle, j'essayai de ne rien montrer, passai devant elle et me dirigeai vers le réfrigérateur. J'en sortis une canette de bière sans alcool et amorçai un mouvement de retraite.

Devant l'évier, Danny, en squelette et veste à capuche grise genre *Donnie Darko,* s'affairait à préparer une sorte de cocktail. Quant à Drew, habillé en lapin, il avait ôté son masque qui traînait sur le plan de travail.

Quand il eut terminé de mélanger le gin, la prunelle et la grenadine, Danny tendit le verre à Drew.

– Goûte et dis-moi ce qui manque.

Son frère but une gorgée, toussa.

– C'est infect !

Furieux, Danny lui administra un coup de cuillère.

– C'est toi l'infect. Je te demande une critique constructive, abruti. Qu'est-ce qui manque ?

Drew lui renvoya la cuillère.

– Juste de le vider dans l'évier.

– Alors débrouille-toi.

Ils firent mine de se battre jusqu'à ce que Danny enfile son masque de lapin sur la tête de Drew, et ils passèrent au salon. Roswell avait déjà trouvé le moyen de s'éclipser, sans doute à la recherche de Stephanie. Je me retrouvai seul avec Tate sans trop savoir comment m'esquiver, parce que si je n'avais aucune envie d'entamer la conversation sur la mort de sa sœur, j'étais certain qu'elle allait me suivre. En fin de compte, il valait sans doute mieux la laisser parler tant que personne ne nous écoutait.

Je ne pouvais m'empêcher de remarquer ses formes sous son tee-shirt moulant. Je savais que j'aurais eu tort d'entreprendre quoi que ce soit, mais d'un seul coup je n'avais plus qu'une envie, la toucher. Je m'approchai d'elle, ne serait-ce que pour nous éviter de hurler nos secrets d'un bout à l'autre de la pièce. Elle arborait toujours son sourire cynique qui ne présageait rien de bon. Ses cheveux sentaient le pamplemousse, et autre chose de plus léger, d'assez inapproprié tout en restant agréable.

– Tu es déguisée en quoi, au juste ? demandai-je en tendant la main vers une de ses antennes.

– J'en sais rien… En mante religieuse robotisée. Un Martien en papier d'alu. Et toi, au fait ?

Je posai ma bière, appuyai mes mains sur le plan de travail.

Je ne suis pas moi – je suis quelqu'un d'autre. Je suis une personne normale, ordinaire, née dans une famille biologique normale, aux iris bruns et aux ongles qui ne virent pas au bleu parce que les employés de la cantine ont déposé les frites dans des plateaux en Inox et non en aluminium.

Pourtant, je ne dis rien. Elle me fixait d'un air dur et mystérieux ; sans détourner les yeux, elle attrapa le verre laissé par Danny. Ce fut moi qui finis par baisser les paupières.

– Me regarde pas comme ça.

– Comme quoi ?

Comme si j'étais débile et nul et que tu me détestais.

– J'en sais rien, marmonnai-je en haussant les épaules. Qu'est-ce que tu fous ici ?

À côté, les filles dansaient et reprenaient en chœur la chanson pop qui conseillait de rester soi-même, de faire de son mieux et autres niaiseries.

– Et dire, observa Tate d'un ton faussement enjoué, qu'elles y croient à fond !

Son expression s'était teintée d'un chagrin si violent qu'il en devenait palpable, encerclant ses pupilles d'étoiles rousses ; pourtant elle souriait toujours de ce terrible sourire, de cet air féroce, comme si elle allait vous arracher la gorge.

Je m'appuyai au plan de travail en cherchant quelque chose à dire pour mettre fin à cette discussion, pendant qu'elle vidait le cocktail de Danny d'un seul trait.

Impossible de savoir ce qu'elle voulait. Sa sœur était morte, et que la petite se trouve maintenant dans un beau cercueil de Welsh Street ou ailleurs ne changeait rien à l'affaire. La mort était irréversible, permanente, impossible de rien y faire ; pourtant, Tate semblait décidée à y revenir, comme s'il lui suffisait de trouver la bonne réponse pour tout réparer.

Les étoiles de son serre-tête se reflétaient sur ses épaules.

– Tu crois aux contes de fées ? me demanda-t-elle.

– Non.

– Même pas au bon gros truc pour adultes où il suffit de faire tout bien comme il faut, de travailler dur pour obtenir de bons résultats et vivre heureux avec beaucoup d'enfants ?

Pour toute réponse, je reniflai avec mépris.

– Bon, conclut-elle, alors tu devrais être aussi furax que moi de voir que tout le monde ici joue à *On fait semblant*...

– Écoute, tu sors les choses de leur contexte. Je suis désolé pour ta sœur, c'est vrai. C'est terrible. Mais bon sang, ça n'a rien à voir avec mon problème !

Son sourire se figea et elle écarquilla les yeux avant de répliquer d'une voix mauvaise :

– Oh ! si on faisait semblant, Mackie ? Si on faisait comme si tu évoluais un peu et regardais les choses en face au lieu de croire que le soleil brille partout et que les licornes existent ? Si tu te rappelais que la fille en face de toi possède au moins un demi-cerveau, et que tu lui parlais de temps en temps des affreux petits monstres qui apparaissaient dans le lit où dormait sa sœur ? Si tu lui racontais ça ?

Je sentis mes joues s'empourprer, comme si je venais de recevoir une gifle.

– Pourquoi ? m'entendis-je aboyer.

Je me repris et continuai dans un murmure :

– Pourquoi ? Qu'est-ce que ça me rapportera ?

De nouveau, elle secoua la tête, dispersant des étincelles argentées autour d'elle.

– Tu les prends vraiment tous pour des nases ?

J'en restai un instant le souffle coupé, mais finis par me pencher vers elle avec toute l'agressivité possible :

– Parce que maintenant, je deviendrais une sorte d'expert en tragédie pour ta famille ? Qu'est-ce qui te fait croire que j'y suis pour quelque chose ?

Elle partit d'un rire arrogant :

– Crois-moi, si j'avais pu, j'aurais choisi quelqu'un d'un peu plus viril. Mais on ne m'a pas demandé mon avis.

Je vidai dans l'évier la bière qui se mit à mousser, puis m'éloignai du plan de travail, de la cuisine, du sourire glacial de Tate.

Pour la première fois depuis l'initiative artistique de Drew et Danny, je repensai à mon casier et m'avisai que c'était peut-être bien Tate qui y avait écrit *Monstre.* Mais cette idée ne dura pas longtemps. Le graffiti était apparu le jour de l'enterrement, ce qui l'excluait d'office puisque je ne l'avais alors pas encore mise en pétard.

Dans le living, la sono devenait assourdissante et la foule plus compacte. Je me frayai un chemin entre superhéros et sorcières sexy, à la recherche d'un abri où me réfugier.

– Mackie !

Alice me faisait signe du canapé où elle était assise.

– Mackie, viens par là !

Avec elle, tout semblait plus facile, comme sur un îlot pacifique, normal, apaisant. Exactement ce qu'il me fallait.

Dès que je fus assis à côté d'elle, elle se rapprocha et sa jambe se colla contre la mienne. Elle sentait la tequila et un puissant parfum poudré qui me fit larmoyer.

Elle était déguisée en chat, un costume un peu voyant. Il m'était plus facile de penser à elle en tenue de tennis, lointaine et discrète, mais là, impossible de ne pas remarquer les oreilles pointues et les moustaches noires peintes sur ses joues. Une fille sur trois avait opté pour ce genre de tenue.

– Salut ! lança-t-elle en se rapprochant.

Ses cheveux dépassaient de la barrette censée les discipliner, pour venir effleurer mon bras par vagues onduleuses.

– On devrait se trouver un coin plus tranquille, ajouta-t-elle.

Elle avait les lèvres lisses et brillantes. Dans sa bouche, le piercing me marmonnait une méchante petite chanson et je me demandai si l'*Aubépine forte stimulante* était assez forte pour me protéger de l'acier, mais également si je désirais vraiment ce que je croyais désirer. J'avais envie de l'embrasser, et je ne me contenterais pas de juste y rêver. J'en avais envie comme parfois on voulait plonger dans l'eau glacée, même en sachant que ça risquait de ne pas faire du bien. J'avais envie de perdre la tête.

De savoir ce que ça faisait d'être quelqu'un d'autre.

Elle s'arrangea pour serrer sa poitrine contre mon épaule.

– Tu veux qu'on aille s'asseoir ailleurs ?

– On est assis, là, non ?

J'en avais les mains moites.

Elle me lança un regard contrarié, pencha la tête de côté.

– Je te parie qu'il y a d'autres endroits plus intimes… en haut. Des chambres…

Je ne sus que répondre. Oui, oui et non, et oui.

Mais ce que j'aperçus dans l'escalier me coupa le souffle.

Deux filles se tenaient au milieu, chuchotant, les coudes appuyés sur la rampe.

L'une était ravissante, dans une large robe rose à volants, la tête couronnée d'un diadème, à la main une baguette magique ornée d'une étoile d'argent. Elle semblait douce et rougissante, le genre de fille qu'un prince vous réveillait d'un baiser dans les contes de fées, mais elle était petite. Très petite. À côté de moi, elle ne me serait pas arrivée au coude. Et puis elle avait les plus grandes oreilles que j'aie jamais vues.

Quant à l'autre fille, elle n'était ni petite, ni rose ni mignonne. Elle avait le visage luisant comme si elle venait de prendre un coup de soleil, et dévoilait une entaille en dents de scie autour de son cou. Pas de sang, juste de la chair déchirée à angles vifs. Le pire, c'était encore son sourire crispé, presque aussi large que sa balafre.

Elle dominait toute la salle, mais c'était à moi qu'elle souriait.

Je me tournai vers Alice :

– On ferait mieux de sortir.

– Il fait froid dehors !

Là-haut, la fille lâchait la rampe et commençait à descendre. Même de mon canapé, je sentais son infecte odeur de mort. Ce n'était pas un déguisement.

Je serrai Alice plus fort, trop fort, l'arrachant au canapé.

– On sort, d'accord ? On va se balader.

Dehors, les gens s'étaient regroupés dans le patio couvert, riant et fumant, buvant de la bière dans des gobelets en plastique. J'essayai de respirer moins bruyamment, mais les pulsations de mon cœur m'enserraient la gorge.

À côté de moi, Alice se débattait dans son costume de chat.

– Cette queue est horripilante !

Ce qui ne l'empêcha pas de se dresser soudain sur la pointe des pieds, juste devant moi.

Dans sa bouche, le piercing vibrait vers ma langue. Elle avait posé une main chaude sur mon bras et ses lèvres effleuraient presque les miennes. Je déglutis en me demandant pourquoi ce n'était pas le plus beau moment de ma vie.

– Qu'est-ce qu'il y a ? demanda-t-elle avec son haleine d'Inox et de tequila.

Elle prit un air avantageux.

– Dis donc, tu es gay ou quoi ?

Je la dévisageai, si belle dans la lumière du perron, en même temps si lointaine. Je fis non de la tête.

– Alors qu'est-ce que tu as ? Sérieux.

À vrai dire, elle ne m'avait jamais vraiment regardé, ni même vu. Elle était là, à inventer des histoires compliquées alors que Tate avait raison – la réponse était depuis toujours dangereusement évidente pour qui voulait se donner la peine de regarder.

Tate, les yeux levés sur moi, son visage tout près du mien, me disant que l'être dans le cercueil n'était pas sa sœur, que quelque chose d'autre avait trouvé la mort dans le petit lit et qu'elle désirait juste que quelqu'un l'écoute enfin.

Alice se rapprocha davantage.

– Tu m'écoutes ?

Non, je n'écoutais pas. Sous un arbre dégoulinant de pluie, j'étais en compagnie d'une fille dont la sœur n'était qu'une victime de plus de notre sale petite ville, et qui avait le bon sens de s'en offusquer, plutôt que de se laisser abattre. Je n'arrivais pas à songer à autre chose, et cela nous éloignait, Alice et moi.

La porte moustiquaire claqua derrière nous ; je me retournai, certain de voir surgir les deux drôles de filles, mais ce fut Tate qui vint poser la main sur la rampe du perron. Ses étoiles d'argent se balançaient sur sa tête.

La lumière de la cuisine brillait derrière elle, formant un halo surnaturel. Je ne distinguais pas son visage, mais son ombre se propageait entre nous.

Moi. Alice. Moi. Alice.

Et moi, je gardais la tête levée comme un chevalier sous le balcon de sa belle. Elle s'avança un peu et la lumière éclaira enfin son visage. Je ne sais pas à quoi je m'attendais. À quelque chose de remarquable, j'imagine. Mais elle avait son air de tous les jours. Complètement blasée.

– Roswell te cherche.

Je le trouvai dans le living au milieu d'un groupe de filles du club des meilleurs élèves. Il sourit, m'adressa un signe puis se pencha vers Stephanie, la faisant éclater de rire en lui montrant ses crocs.

Je bousculai un peu Jenna Porter qui paraissait s'ennuyer ferme et buvait trop. Elle portait une toge et une couronne de laurier, mais avait gardé ses chaussures habituelles rouge vif, avec des petites fleurs découpées sur les orteils qui n'allaient pas du tout avec son costume.

– Salut ! lançai-je.

Elle m'adressa un vague sourire. Plus loin, face au vestiaire, les deux drôles de filles bavardaient derrière leurs mains. Je fis semblant de ne rien voir, mais Jenna les aperçut et secoua la tête.

– J'ai hâte de m'en aller, marmonna-t-elle en touchant sa petite croix d'acier. L'année prochaine, je m'installe à New York.

– Qu'est-ce qu'il y a de spécial, à New York ? demandai-je en haussant les sourcils.

J'avais réussi à garder un ton calme, malgré ces deux filles qui me perturbaient, au point que je me mettais à faire la conversation – certainement la réaction la plus singulière de ma vie.

– Ou alors à Chicago, continuait Jenna. Ou à Boston. Ou à Los Angeles, n'importe où. (Elle plissa les yeux d'un air sinistre.) Et zut ! J'irais même à Newark ou à Detroit, pourvu que ce soit loin de ce trou perdu.

Elle n'avait pas besoin de préciser le fond de sa pensée – pourvu que ce soit loin *de ces gens.*

Je cherchais quelque parole neutre et rassurante, quand je sentis une odeur de viande pourrie.

La fille à la gorge coupée venait vers moi, se frayant un chemin dans la foule, avec la petite fée rose qui trottinait derrière. Mon pouls s'emballa.

Jenna émit un gémissement aussi apeuré que dégoûté.

– C'est le pire costume que j'aie vu de ma vie. Je te jure. Tu es déguisée en quoi ?

La fille ne lui répondit pas, se contentant de lui décocher un sourire halluciné, si bien que Jenna préféra s'éloigner. Je restai seul, face à cette espèce de cadavre ambulant.

– Tu nous évites ? demanda-t-elle dans un souffle pestilentiel. J'aurais pourtant cru que l'aubépine favorisait la discussion.

– Va-t'en…

Je n'arrivais même pas à la regarder, avec son cou béant qui chuintait quand elle parlait.

Son sourire s'élargit sur des dents jaunes et acérées.

– Qu'est-ce qu'il y a ? Tu as peur d'attirer l'attention ? De révéler ton petit secret ? C'est notre saison, mon cher… L'époque où même les pires d'entre nous peuvent sortir en ville et passer inaperçus.

– Tu as vu la pluie d'Orionides, cette nuit ? demanda la petite rose en passant la tête devant son amie. Il y a plein d'étoiles filantes en ce moment – des corps astraux séparés du corps mère, originaires de la comète de Halley. Tu les as vues ?

– Non.

Ses joues s'empourprèrent.

– Elles ne vont pas atteindre leur apogée avant lundi. Tu as tout le temps.

L'autre fille se tourna vers elle :

– Tais-toi, bêtasse. Les gens s'en fichent, des étoiles.

– Pas lui. Je l'ai vu les regarder dans la cuisine. Il les mangeait des yeux. (Elle agita sa baguette vers son amie, essaya de me tapoter le bras.) C'est bon, tu sais. Tout le monde n'est pas aussi insensible qu'elle à la beauté.

Je regardais droit devant moi, avec l'impression de goûter de la viande rance à chaque respiration.

– Qu'est-ce que vous cherchez, toutes les deux ?

Le sourire de l'autre fille s'élargit.

– Toi, bien sûr. C'est toi qu'on cherche.

– Oui, renchérit la petite rose avec un sourire qui lui plissait les paupières. On est en chasse.

Elle renversa la tête en arrière comme si elle n'avait jamais rien entendu de plus drôle.

– Ta sœur adoptive, insista l'autre fille avec son regard laiteux, a accepté notre aide et elle nous doit maintenant un petit service. Viens au crassier et dépêche-toi, sinon on trouvera Emma et on se paiera sur sa peau.

– Oh, ne sois pas méchante ! dit la rose en la tapotant de sa baguette. Malcolm, s'il te plaît ! Sois aimable et coopératif, et tout se passera bien.

Là-dessus, elles s'éclipsèrent et je me retrouvai au milieu du living fleuri de Stephanie Beecham avec un goût de cendre dans la bouche. Elle m'avait appelé Malcolm.

Soudain, Drew était à côté de moi, l'haleine chargée, le teint en papier mâché.

– Mince ! s'exclama-t-il. C'était quoi, ça ?

– Quoi ?

– Ces filles, là. Tu avais l'air de sacrément t'entendre avec elles.

– Jamais vues de ma vie.

En quoi, comme nous le savions tous les deux, je ne répondais ni à sa question ni à son affirmation.

Il haussa les sourcils d'un air entendu.

– Tant que tu ne comptais pas t'en envoyer une... La grande était trop moche.

– Ça risque pas. (J'effleurai le bras de Roswell.) Dis-moi, tu ne veux pas t'en aller, là ?

Il ne parut pas très surpris – ce n'était pas son genre –, pinça juste la joue de Stephanie et se dirigea vers la porte.

Dans la voiture, on s'assit sans rien dire, on regardait juste devant nous. J'avais encore le cœur qui battait à tout rompre.

Roswell tourna la clef de contact.

– Alors, tu veux aller faire un tour chez Mason ?

– Nan... (Ma voix résonna étrangement, et je me repris.) Il faut que je rentre. J'ai un truc à faire...

Il acquiesça et enclencha la vitesse. Je lui trouvai le profil sérieux, un peu plus jeune que d'habitude.

Je ne dis rien d'autre, car rien ne me venait à l'esprit, j'avais trop de choses en tête. Je me rappelai qu'Emma était à la maison, en train de travailler sur son projet de botanique ou blottie dans son lit avec un bon bouquin ; autrement dit, en sécurité. Il le fallait, car je ne pouvais m'empêcher de redouter le contraire.

Viens au crassier, une pure invitation. Mais le crassier n'était qu'un amas de gravats abandonné et envahi par les mauvaises herbes, je n'y trouverais rien.

Sauf si ces filles étaient aussi surnaturelles qu'elles le paraissaient. Il devait s'y cacher un secret. Il devait exister un moyen d'y entrer, car parfois, la nuit, les morts se relevaient pour errer par les rues désertes. Selon les sombres rumeurs, des histoires destinées à endormir les enfants, quelque chose vivait sous la chaux et le schiste. Sans être expert en la matière, je pouvais affirmer que la fille de la soirée était morte. Témoin, son odeur de chair en décomposition, et puis nul ne pouvait vivre avec les artères ouvertes. Elle arborait un sourire atroce, et en moi s'insinuait la peur qu'elle ne représente que la partie émergée de ce qui m'attendait si je me rendais là-bas.

En fait, une seule chose m'importait, maintenant que je regardais par la vitre sur le trajet du retour : Emma. Elle avait voulu m'aider – et cette petite bouteille d'aubépine m'avait bien servi – mais quel serait le prix à payer ? À vrai dire, peu importait. Il n'était pas question que je laisse quoi que ce soit lui arriver. Je savais donc ce qu'il me restait à faire.

MONSTRES

CHAPITRE 10

Le quartier était tranquille. Pas de créatures, pas de morts-vivants, rien ne me guettait dans l'ombre.

Je longeai Concord en direction d'Orchard Circle au bout de l'impasse, et descendis la pente vers la passerelle.

Je me sentais un peu seul à marcher si tard dans la nuit, et ce fut encore pire quand j'abordai le ravin profond qui séparait mon quartier du centre-ville, sans savoir où je m'engageais. Alors que je descendais, je perçus une odeur humide, écœurante, aux relents de pourriture.

Le guitariste des Rasputin Sings the Blues attendait sur la passerelle, à peine visible dans l'ombre, l'air encore plus grand sous son haut-de-forme. Il fumait, et quand il leva la tête, le bout de sa cigarette parut d'un rouge plus incandescent que jamais.

J'avançai d'un pas sur le pont.

– C'est moi que vous attendez ?

Il fit signe que oui, puis m'indiqua l'autre rive.

– Allons faire un tour.

Je ressentis quelques fourmillements.

– Qui vous êtes… comment vous vous appelez ?

– Tu peux m'appeler Luther, si tu veux.

– Et si je veux pas ?

– Appelle-moi comme ça te chante.

Après une pause un rien cabalistique, il me désigna de nouveau l'autre rive du ravin, puis tourna la tête vers le crassier.

– Où est-ce qu'on va ?

– Dans la fosse, évidemment.

Son intonation me donna la chair de poule. Il fallait être fou pour vouloir descendre dans cette fosse de mort, il fallait avoir perdu la tête. Je savais que je devais refuser à tout prix, m'en aller.

Pourtant, ce serait une erreur. J'avais toutes les raisons de la terre de tourner les talons, de remonter le chemin, de courir droit vers la maison et de m'y enfermer à double tour. Seulement, il y avait Emma, et je ne l'aurais jamais trahie. J'aurais tout fait pour elle.

Alors je suivis Luther sur le pont, le long d'un sentier sinueux qui menait au fond du ravin. Plus on s'enfonçait dans l'obscurité, plus j'avais l'impression qu'il se dressait contre le ciel.

Luther sourit en touchant le bord de son chapeau.

– Enfin chez soi !

– Parce que vous vivez dans le crassier ?

Il esquissa un haussement d'épaules.

– Pour tout dire, en dessous.

Ouvrant son manteau, il en sortit un couteau à longue lame jaunâtre, sans doute de l'ivoire ou de l'os. Je reculai.

– Ne t'inquiète pas ! s'esclaffa-t-il. Je ne vais pas te blesser.

Il l'enfonça dans la paroi du crassier jusqu'au manche. Sur le moment, rien ne se passa. Puis une couche de gravier s'écarta, dévoilant un panneau étroit.

Il reprit son couteau, le rangea dans sa poche, puis poussa la porte et me fit entrer. Ça sentait la moisissure. Je dus me pencher pour passer par cette ouverture qui dégageait un air froid et humide. Pourtant, je n'hésitai pas, et Luther me suivit dans un tunnel bas. Je me retournai une fois, pour n'apercevoir que le noir de son manteau.

Nous progressions lentement, je gardais une main sur la paroi rugueuse dont des débris se détachaient à mon passage ; pourtant l'endroit paraissait stable. Le sol descendait plus profondément sous terre, plus bas que les caves et les égouts. Le poids de la terre au-dessus de nos têtes devenait oppressant, bien qu'il y eût là quelque chose de presque rassurant. Je me sentais entouré, en sécurité.

À mesure qu'on progressait, le tunnel s'élargissait, l'air devenait plus froid et plus humide, et loin devant on voyait de la lumière.

Arrivé au bout, Luther s'arrêta, redressa son col. La lumière provenait d'une double porte. Il posa les mains sur les deux poignées à la fois et tira.

Puis il ôta son chapeau et plongea dans un profond salut, courbé en deux.

– Bienvenue dans la Maison du Chaos !

Je me trouvais dans une sorte de vestibule haut de plafond, à sol de pierre, éclairé par des torches alignées le long des murs dont la fumée noire empestait le kérosène. Elles étaient composées de branches mortes, de battes de base-ball et même de manches de haches. Plus loin apparaissaient d'autres portes, plus basses et plus étroites que celle par laquelle nous étions entrés, et devant nous se dressaient deux énormes cheminées sans feu.

Autour de l'une d'elles, un groupe de filles en longue robe crasseuse et veste austère nouée dans le dos nous regardait ; elles dégageaient une odeur de morgue, pire que celle de la fille au cou balafré.

Au fond de la salle il n'y avait qu'un grand bureau de bibliothécaire ou de réceptionniste.

Luther me posa si brusquement la main dans le dos que je sursautai.

– Viens, dit-il doucement. N'aie pas peur, elle veut juste te recevoir.

Il me poussa vers le bureau, derrière lequel j'aperçus une petite fille assise par terre, les jambes allongées, occupée à dessiner à même le sol, à l'aide d'une sorte de fusain, des yeux et des bouches géantes pleines de dents. Sa longue robe blanche semblait coupée dans de la gaze chirurgicale brûlée en plusieurs endroits.

Luther se pencha sur le bureau, agita une petite cloche en cuivre.

– Voilà ton gars.

La fillette leva la tête vers moi, mais quand elle sourit, j'eus un mouvement de recul. Si son visage semblait plutôt jeune et timide, son sourire laissait apparaître plusieurs rangées de quenottes acérées, cinquante ou soixante plutôt que trente-deux.

– Oh non ! s'écria-t-elle en brandissant sa main noircie par le fusain. J'aurais dû faire attention.

Elle avait la voix douce, mais cette bouche effrayante la faisait zézayer.

– Tu me trouves affreuse.

À vrai dire, oui. Elle l'était vraiment, elle semblait même assez effrayante. Pourtant, elle avait des yeux immenses. Pour le moment elle était encore mignonne, comme les bébés animaux, mais en grandissant, elle deviendrait carrément terrifiante.

Elle tapota la lourde chaise à côté d'elle.

– Tiens, assieds-toi et parle-moi un peu de toi.

Je ne m'assis pas tout de suite. Je ne savais que penser. Elle était différente de Luther, différente des filles rencontrées à la soirée de Stephanie. Ses dents pointues et sa petite taille la rendaient encore plus invraisemblable que les autres.

Quand je m'assis au bord de la chaise, elle se remit à dessiner par terre.

– Je me posais des questions sur toi, reprit-elle. Nous étions si contents que tu aies survécu à l'enfance. Normalement, les Surplus n'y arrivent pas.

Je ne voyais plus que le sommet de son crâne.

– Qui êtes-vous ?

Elle se mit alors debout, posant sur moi ses yeux noirs et ternes comme les plumes d'un oiseau mort.

– Je suis la Morrigane.

Ce mot me parut étrange, comme prononcé dans une autre langue.

– Je suis ravie que tu aies eu le courage de venir nous rendre visite, murmura-t-elle en tendant la main vers mon menton. C'est bien que tu aies besoin de nous, parce que nous avons besoin de toi, vois-tu, et les accords commerciaux se révèlent infiniment plus productifs quand ils sont réciproques.

– Comment ça, j'ai « besoin de vous » ? J'ai besoin de rien.

– Oh, mon chéri ! Ne dis pas de bêtises. Bien sûr, que tu as besoin de nous ! Tu deviens si fragile ! Et ça ne va aller qu'en empirant. C'est la meilleure solution pour nous tous. Tu m'aides, et en échange je m'arrange pour que tu reçoives tous les remèdes et analeptiques nécessaires, si tu ne veux pas que ta vie s'achève par une mort lente et douloureuse.

Je scrutais son expression en tâchant de comprendre ce que ça cachait.

– Qu'est-ce que vous voulez ?

Je n'avais pu réprimer un tremblement dans ma voix.

– N'aie pas peur, je ne vais pas te demander de faire des choses qui te répugnent. (Elle se détourna, s'agenouilla de nouveau sur le sol, tira sur ses cheveux.) Ce n'est peut-être pas la musique qui attire les plus grandes ferveurs, mais c'est joli et ça conviendra. Nous tentons continuellement d'apporter un sang nouveau à nos concerts.

– Qu'est-ce que j'ai à voir là-dedans ? Je suis… rien du tout…

– Tu as un beau visage, dit-elle en étalant sa robe sur ses jambes croisées, tu as un corps intact, dont l'intégrité revêt une immense importance pour moi. Si tu es d'accord, je vais t'envoyer sur scène parmi mes plus brillants musiciens, pour vous présenter aux citoyens de cette ville et en recueillir l'admiration.

Chaque fois qu'elle s'arrachait un cheveu, elle le déposait près de ses dessins, comme si elle entamait une collection.

– Vous voulez dire les Rasputin ? Quand ?

– Demain, dans ce remarquable lieu qu'est le Starlight.

– Mais je viens d'assister à leur spectacle. Ils ont joué hier soir.

– Nous traversons une mauvaise période. Ne me dis pas que tu n'en as pas capté les signes.

Hochant la tête, je repensai aux balcons et aux bordures de toits pleins de rouille du Starlight.

– Le public s'éloigne de nous. La pluie le démoralise, son attention a baissé de moitié. Il nous faut toute l'adulation possible. Si la saison est trop mauvaise, je les enverrai jouer tous les soirs jusqu'à ce que le pire soit passé.

– Mais qu'est-ce que vous voulez que je fasse ?

La Morrigane sourit.

– Nous y voilà ! Ta sœur travaille beaucoup, comme tu le sais sûrement. Elle a fait appel à nous en ton nom pour nous demander des médicaments et des soins que nous nous sommes empressés de lui fournir. Il est assez facile de préparer ceux dont tu as besoin. Tout ce que nous voulons, c'est que tu nous aides à récolter davantage d'applaudissements.

Je ne demandai pas en quoi je devais me faire applaudir, ni même ce que je pourrais jouer. En fait, la phrase qui me sortit de la bouche était aussi hébétée que stupide.

– À quoi ça sert de leur faire plaisir ?

La fillette s'arracha une touffe de cheveux.

– Ils nous aimeront encore plus s'ils sont heureux.

J'avais l'impression qu'on tournait en rond.

– Comment ça, ils nous aimeront ? Comment ils peuvent vous aimer ? Alors qu'ils ne croient même pas en votre existence.

– Ils doivent aimer, pour ne pas laisser la peur et la haine s'emparer d'eux, ce qui nous entraînerait tous dans la longue spirale du déclin. Ils partiraient en chasse contre nous... Ils l'ont déjà fait. Si nous ne maintenons pas la paix, ils nous tueront.

Je savais qu'elle disait la vérité.

Toutes mes inquiétudes quotidiennes, tout ce qui définissait ma vie – tout revenait à ce qu'on avait fait à Kellan Caury.

Quand elle ricanait, la Morrigane devenait laide à faire peur.

– Ils peuvent devenir très dangereux s'ils se mettent ça dans la tête, donc il est impératif de les apaiser. Leur admiration nous soutient, notre musique les fait sourire, même s'ils ne savent pas que c'est à nous qu'ils sourient.

– Vous vivez aux dépens des groupies ?

Haussant les épaules, elle dessina un gros animal plein de bourrelets.

– Grâce à leurs attentions et à leurs petites faveurs.

Elle y ajouta deux yeux, y centra deux pupilles.

– Ce n'est pas la seule forme de tribut que nous en tirons, mais c'en est une bonne.

– Si ce n'est pas la seule forme, quelles sont les autres ?

– J'ai une sœur qui croit autre chose. (Elle avait répondu d'un ton dégagé, mais détourné la tête, et sa voix semblait soudain très haut perchée.) Ce qui ne l'empêche pas d'être une belle salope.

– Pas très gentil de dire ça de sa sœur.

– Pas très gentil non plus d'enlever des enfants. Ça met la ville en émoi.

Lâchant son fusain, elle rampa vers le bureau pour jeter un coup d'œil sur le portail d'entrée.

– D'autant que ça nous oblige à abandonner nos propres bébés pour remplacer les leurs.

Les deux filles de la soirée de Stephanie venaient d'entrer ; elles aussi avaient donc longé le tunnel menant au crassier. Celle à la gorge coupée s'adossa au panneau pendant que la petite princesse rose la contournait en agitant sa baguette.

La Morrigane se leva, tendit le doigt vers la morte-vivante.

– Elle, là-bas, sa famille savait qui elle était. Ils l'ont amenée jusqu'au fossé de Heath Road et lui ont tranché la gorge avec une faucille.

Pendant une seconde, mes poumons cessèrent de fonctionner. La fille était abominable, mais son histoire l'était encore plus.

– Terrible, n'est-ce pas ? insista la Morrigane en me tapotant la main. Elle était très jeune, encore bébé.

La fille restait devant la double porte, haute silhouette ravagée passant les doigts sur la plaie de sa gorge. Quand elle m'aperçut, elle sourit.

Je détournai les yeux, revins vers la Morrigane.

– Alors, comment elle a pu mourir quand elle était bébé ? Je veux dire… c'est même plus une petite fille… elle a grandi.

– Oui, pourquoi ?

– Parce que quand les gens sont morts, ils ne... ils ne vieillissent pas.

Elle eut un geste de mépris.

– C'est idiot. Comment pourrais-je entretenir ma maison si je devais passer mon temps à surveiller des nourrissons incapables de se conduire tout seuls ? (Elle sourit, très contente d'elle-même.) Les morts m'écoutent. Ce n'est pas difficile de les faire revivre, pourvu qu'on possède le matériel adéquat, qu'on sache quel sort invoquer et sous quels noms les désigner.

– Je sais pas, mais j'ai l'impression que beaucoup de gens trouveraient ça plutôt difficile.

Secouant la tête, elle me dévisagea d'un air grave.

– En fait, la plupart des gens n'y tiennent pas.

– Des gens comme votre sœur ?

Elle attrapa le fusain, le jeta au sol.

– Ma sœur vit de sang et de sacrifices. Tout ce qui est mort ne l'intéresse plus, elle a l'avantage d'être née sans cœur.

– C'est sans cœur de penser que les morts devraient rester morts ?

– Non. Mais il ne faut pas avoir de cœur pour traiter les enfants ainsi, pour les rejeter dès qu'elle trouve autre chose. Enfin regarde, j'insiste. Tu es venu pour l'analeptique à l'aubépine et je vais te le donner...

Comme elle retournait vers le bureau et me tendait la main, je la suivis.

Elle me conduisit par une porte étroite, me fit descendre quelques marches de pierre. L'air avait quelque chose d'humide, de minéral, mais j'aimais ce parfum, j'avais envie de le respirer. Je la suivis à travers passages et tunnels, tout étonné de constater à quel point la Maison du Chaos avait pu s'étendre.

Par un large vestibule, elle m'entraîna dans une salle gigantesque au sol constellé de flaques d'eau. Il y en avait tellement qu'on était obligé de marcher dedans.

La Morrigane pataugeait avec délice, sautant dans les plus petites, éclaboussant autour d'elle. Je la suivis prudemment, les contournant autant que possible.

– Attention aux plus profondes, me prévint-elle, si tu tombes dedans, je devrai appeler Luther pour qu'il te tire de là.

Je vérifiai alors de plus près celle dans laquelle j'allais mettre le pied. Les bords en étaient abrupts, taillés à vif dans la pierre, et à vrai dire je n'en voyais pas le fond.

Au bout de la salle, il fallut en contourner une autre, de la taille d'une piscine. Une femme y flottait sur le dos, sans couler, les bras croisés liés par des sangles. Sa robe se collait contre ses jambes et on ne voyait pas le reste de son corps, immergé dans le fond boueux. Ses yeux vides étaient tournés vers le plafond et ses cheveux éparpillés s'emmêlaient de feuilles et de brindilles. De profondes cicatrices lui marquaient les joues, s'entrecroisant comme si on lui avait appliqué une grille sur le visage.

C'est à peine si la Morrigane la regarda, alors que je m'arrêtai pour me pencher sur le bassin.

– Elle aussi est morte ?

– Elle ? Oh non, loin de là !

– Qu'est-ce qui lui est arrivé ?

La fillette poussa un soupir avant de se lancer dans une patiente explication :

– Certains peuvent sortir d'ici, d'autres non. Et certains ne peuvent se promener que la nuit, quand extravagance rime avec réjouissance. D'autres s'éloignaient jusqu'à ce que la malchance ou un accident le leur interdise un jour. (Elle glissa un bras sous le mien.) C'est l'homme de ma sœur qui lui a fait ça… le Coupeur. Il s'est amusé à lui lier des fils de fer sur le visage, et c'est si douloureux qu'on doit maintenant attacher les bras de cette malheureuse pour qu'elle ne s'arrache pas la peau.

À mes pieds, la femme ouvrit la bouche mais n'émit aucun son. Ses lèvres étaient bleues de froid et ses yeux me contemplaient, écarquillés d'angoisse.

Je me tournai vers la Morrigane.

– Mais pourquoi ? À quoi ça sert de faire tant de mal à quelqu'un ?

– À rien. Il ne s'agit pas que ça serve à quelque chose. Mais ma sœur adore punir des innocents pour nos propres fautes. Je l'avais mécontentée, alors elle s'en est prise à quelqu'un d'autre. Allons, je n'avais pas l'intention de te causer du chagrin ! Ne ressasse pas ces horreurs. Viens, nous allons te trouver un remède qui te convienne.

Je ne pus m'empêcher de jeter un coup d'œil derrière moi. La femme flottait toujours, les yeux au plafond, l'eau effleurait ses joues saccagées.

– Ce n'est pas toujours si vilain, observa la Morrigane. Ma sœur n'est cruelle qu'envers ceux qui l'ont énervée. Elle veut tester à qui l'on a affaire, mais si tu ne te mets pas en travers de son chemin, tu n'as rien à craindre.

On passa une autre porte, redescendit quelques marches dans une petite pièce au bout d'un corridor.

Je m'arrêtai sur le seuil, intrigué par toutes ces armoires vitrées, ce comptoir de marbre qui courait le long du mur, surmonté d'étagères et de placards, parcouru de tuyaux et chargé de tubes à essai de toutes tailles.

Janice, l'amie d'Emma, était assise devant sur un petit coussin, elle manipulait des racines et des feuilles. Un chignon sévère au sommet de son crâne avait remplacé sa masse de cheveux rebelles, à croire qu'elle s'était inspirée de la coiffure nocturne d'Emma ; mais ce qui donnait à ma sœur un air aimable et doux provoquait exactement l'opposé chez Janice, dégageant son visage aux pommettes hautes et à la mâchoire délicate.

Elle était d'une beauté renversante, quasi invraisemblable dans le monde réel, trop parfaite pour ne pas en devenir menaçante. Au point qu'on aurait plutôt été tenté de la détruire.

Elle tenait une jambe curieusement calée derrière elle, son pied nu barbotant au beau milieu d'une flaque.

– Salut, l'affreux pas si affreux ! lança-t-elle sans lever la tête. Tu viens me réclamer d'autres reconstituants, d'autres analeptiques ?

La Morrigane la rejoignit en sautant parmi les flaques, lui passa un bras autour du cou.

– Il prendrait bien un autre petit verre d'aubépine. Juste une goutte pour commencer. S'il réussit bien demain soir, nous tâcherons de lui en donner davantage.

Janice se leva pour aller ouvrir un placard. Elle portait une sorte de bloomer et un corsage boutonné sur le devant avec de la dentelle autour du cou et des manches, ressemblant à un sous-vêtement démodé. Elle ouvrit une armoire vitrée, fouilla parmi les flacons.

Elle trouva celui qu'elle cherchait et le déposa sur le comptoir. Très concentrée, elle lécha une étiquette qu'elle colla, tira un stylo de son chignon et y traça une sorte de 3 fluctuant.

– Un petit verre, répéta-t-elle en déposant le flacon dans ma main. Ça ne fera pas beaucoup d'effet, mais ça devrait suffire pour t'aider à tenir jusqu'à ce que tu aies gagné ta participation.

Derrière elle, la Morrigane se faufila vers la table de travail et tendit le bras en direction d'une pile de boutures.

Janice fit volte-face pour lui taper sur la main.

– Vilaine !

La fillette recula, l'air contrit. Janice fouilla parmi les tiges et les feuilles, en sortit une petite fleur jaune qu'elle vint lui planter derrière l'oreille.

La Morrigane caressa la fleur en souriant.

– Elle est très gentille, notre Janice, tu ne trouves pas ?

– C'est pour ça que les mortes et les musiciens ont l'air contents ? lui demandai-je en brandissant le flacon.

Elle appuya la tête sur mon bras. Elle avait la joue chaude.

– Décidément, vous formez des groupes très différents. À chacun sa façon de survivre. Les filles bleues sont plutôt vigoureuses, on ne peut vraiment les détruire que par la découpe et par le feu. Pour prospérer, mes musiciens n'ont besoin que d'adulation, alors que ma chère sœur vit de sanglants sacrifices sur la personne de malheureuses créatures comme Malcolm Doyle.

– Qui, moi ?

– Mais non, Malcolm Doyle était un petit garçon arraché à son berceau pour satisfaire l'appétit insatiable de ma sœur. Toi, tu es quelqu'un d'autre.

Je le savais bien, mais ça faisait drôle de l'entendre dire. *Je ne suis pas Malcolm Doyle. Je suis quelqu'un d'autre.*

– Alors, on lui a fait du mal.

– Elle lui a arraché la tête. Ça s'est passé très vite. Il n'a sans doute pas souffert, mais je ne peux l'affirmer.

Elle réfléchit un instant avant d'ajouter, en enroulant une mèche de cheveux autour de son poignet :

– À vrai dire, j'imagine que ça a quand même dû faire mal.

– Si je comprends bien, elle se nourrit sur la population, c'est un meurtre.

– Oh non, non ! Pas un meurtre… un sacrifice. Et ce n'est pas cher payé. On peut difficilement parler d'épreuve alors qu'elle ne se produit que tous les sept ans. Chaque fois, la ville en profite pour plusieurs années. Et quand la ville va bien, nous allons bien aussi.

Ce qui me rappela cette collecte de sang qui sentait tellement le fer.

– Vous le buvez ?

– Non, les méthodes de la Dame ne regardent qu'elle et n'ont pour ainsi dire rien à voir avec la Maison du Chaos. Pour nous, il s'agit seulement d'occuper le cimetière et de témoigner.

– Qu'est-ce que vous racontez ? Vous ne pouvez pas aller dans le cimetière.

– Ne dis pas de sottises. Un carré nous y est réservé… Tu sais, pour les hérétiques et les impurs.

– Pour les suicidés, les mort-nés et les meurtriers. Pas pour les gens comme vous.

La Morrigane me sourit, me serra la main.

– Si, c'est pour nous. Tous les sept ans, nous nous rendons dans ce carré non consacré, pour assister à l'offrande de versement du sang.

– Mais ça veut dire que ce sang ne sert à rien si on le répand !

– Il n'existe rien de plus puissant que l'intention. Quand tu fais quelque chose, c'est ce que tu comptais faire qui détermine le résultat. La loi crée le monde.

– Mais on ne peut pas se contenter de verser du sang sur le sol pour qu'il donne des forces. Le monde reste… le monde.

– Les plus belles actions sont guidées par l'intention. On n'obtient que ce qu'on cherchait. Dans la Maison du Chaos, nous obtenons ce dont nous avons besoin grâce à l'amour que nous porte la population. C'est pourquoi nous avons besoin d'êtres charmants. Comme toi, tu vois.

Je pensai à Alice, qui n'occupait le sommet de l'échelle sociale que grâce à la parfaite symétrie de son visage ; elle était si belle que tout le monde avait envie de la satisfaire.

Les bras croisés, la Morrigane se balançait. Tout d'un coup, elle s'appuya sur moi, posant de nouveau la joue sur mon bras.

– Nous aimons cette ville autant que nous le pouvons, et ses habitants nous aiment, même s'ils n'en ont pas vraiment conscience. Mais ce n'est pas suffisant pour ma sœur. Il lui faut des sacrifices.

Jouant avec la fleur derrière son oreille, elle ajouta d'un ton grave et mélodieux :

– Elle leur prend leurs jolis bébés et, en échange, leur laisse notre progéniture malade. Ce sont eux qui meurent, bien sûr… presque toujours. Il nous est quasi impossible de survivre à l'extérieur de la colline. Alors tu vois, nous nous sacrifions, nous aussi. Mais nous y gagnons au change, puisque nous abandonnons nos petits malades, ceux qui sont de toute façon destinés à mourir. Sauf…

– Sauf quoi ?

Elle posa ses mains tièdes sur les miennes, me sourit de ses innombrables dents acérées.

– Sauf que toi, tu n'es pas mort. N'est-ce pas merveilleux ?

Je ne répondis pas, trop plongé dans mes souvenirs les plus dérangeants, cette silhouette noire, le store. Ce que cela signifiait d'être abandonné quelque part sans qu'on vous retrouve jamais…

La Morrigane entrelaça ses doigts avec les miens, les serra. Je surpris alors son sourire horrible et crispé, comme si elle prenait conscience d'être face à un vide atroce – à moi. Elle me contemplait de ses immenses yeux noirs, et pris de pitié, je lui souris à mon tour.

Elle semblait si triste !

– Promets, dit-elle en m'entraînant vers la porte, promets de travailler pour moi, de jouer une musique magnifique.

Et en échange, je m'assurerai que tu ne manques de rien. Promets de rester à l'abri, de ne jamais tomber entre les griffes de ma sœur, et en échange nous cesserons de tourmenter la tienne.

– C'est promis.

Pas besoin de me forcer pour répondre, puisque Emma était la personne la plus importante de ma vie, et aussi parce que ça faisait du bien de pouvoir respirer.

AMOUR HUMAIN

CHAPITRE II

En quittant le crassier, je retrouvai l'atmosphère moite et poisseuse de l'automne, avec cette pluie qui n'arrêtait pas de tomber. J'escaladai la pente du ravin, traversai la passerelle, remontai Orchard Circle en direction de la maison. Dans Concord Street, les lampes des perrons formaient une ligne à peu près droite d'un carrefour à l'autre.

Arrivé chez moi, je grimpai au premier, m'arrêtai sur la dernière marche et m'appuyai à la rampe, le temps de faire bonne figure avant d'entrer dans la chambre d'Emma. J'entrouvris sa porte, collant ma bouche dans l'embrasure pour pouvoir murmurer sans laisser entrer trop de lumière.

– Emma ?

J'entendis un soupir, un mouvement sous les couvertures.

– Oui…

Soulagé, je respirai, entrai et fermai doucement derrière moi. Seul passait encore le rai de lumière sous la porte. Je m'étendis à même le sol à côté du lit, regardant les ombres au plafond. Elle ne dit rien, elle attendait que je parle.

– J'ai rencontré des gens ce soir.

Elle se retourna en silence, poussa un profond soupir.

– Quels gens ?

Des morts-vivants. Des qui puaient, qui empestaient, qui moisissaient de l'intérieur. Des qui vous souriaient avec trop de dents trop pointues, des crasseux empoussiérés par l'atmosphère des mines abandonnées. Mais la vérité allait bien au-delà. C'étaient des Luther, des Carlina électrisants sur scène. Des Morrigane aux mains collées sur mon bras comme si on se connaissait depuis toujours. Et pas la Janice maigre et bizarre qui s'était pointée avec Emma après l'école pour préparer son exposé de botanique, mais la belle qui vivait dans la Maison du Chaos. Et aussi celle qui aimait les étoiles, joyeuse, rose et mignonne dans son genre.

– Pourquoi Janice travaille avec toi au labo ?

Emma me répondit d'une petite voix trop maîtrisée :

– Tu sais, les projets de groupe exigent presque toujours un travail de groupe.

– Tu mens, là ?

Un long moment, elle ne dit plus rien. Je la sentais sur la défensive.

– Je l'ai vue effleurer une table en Inox, finit-elle par lâcher. Elle s'en est écartée aussitôt en regardant autour d'elle pour vérifier que personne n'y avait fait attention. Je me suis dit qu'elle pouvait être… comme toi. Alors, je lui ai proposé qu'on travaille ensemble.

– Tu leur as demandé quelque chose ? dis-je en collant mes mains au sol.

– Pour t'aider, murmura-t-elle. Juste pour t'aider.

– Ce n'est pas gratis, Emma. Je crois qu'ils veulent autre chose en échange.

– Eh bien, on paiera. (Elle avait dit ça d'un ton tellement convaincu que j'en fermai les yeux.) On paiera ce qu'il faudra.

– Tu crois que c'est si simple ? Et s'ils demandaient un truc glauque ou impossible ou… malfaisant ?

On resta tous les deux silencieux. Parfois, les choses deviennent si compliquées qu'on ne peut plus en parler.

– Ils font des sacrifices de sang, expliquai-je. Comme dans les livres. Ça paraît dingue, comme si on était en pleine fiction. Mais c'est tout ce qu'il y a de vrai.

Emma ne répondit qu'au bout d'un certain temps, d'une voix étrangement calme.

– Ça n'a sans doute rien de surprenant. Beaucoup de cultures ont une tradition de sacrifices humains.

– Si, c'est surprenant, parce que c'est dément. On n'est plus à l'âge de pierre. On passe plus sa vie à faire des sacrifices aux dieux.

Elle partit d'un rire suraigu qui s'acheva en hoquet.

– Mais si, justement ! On trouve presque normal, parfois, que l'un de nous perde un môme. Et là, toutes les autres villes sont frappées par la récession, le chômage grimpe en flèche, les entreprises mettent la clef sous la porte, les fermes tombent en ruines, mais pas chez nous. Car tant qu'on nourrit le sol, le sol vous le rend bien. On en tire nourriture, paix et prospérité, on ne subit pas d'épidémies, il n'arrive rien de négatif.

– Sauf que tous les sept ans, quelqu'un tue un môme.

– Tu dois comprendre, ça n'a pas toujours été négatif.

– Donc, un petit gamin se fait massacrer, mais c'est cool ?

De nouveau, Emma parut retenir son souffle. Elle répliqua d'un ton très calme :

– Je dirais que c'est compliqué. Ça n'a pas toujours été un enfant. Certaines tribus germaniques croyaient qu'en se portant volontaire pour un sacrifice, on accomplissait un acte magique. Comme une métamorphose. L'un des anciens textes druidiques du *Livre de Bevelry* raconte comment on entrait dans une grotte pour y être dévoré par une déesse. On en ressortait sous la forme du plus grand poète de tous les temps. On pénétrait dans l'ombre et s'y réincarnait.

Je plissais tellement les paupières que j'en voyais des étoiles.

– Explique-moi comment on devient poète après s'être fait dévorer.

– Ne sois donc pas si terre à terre ! Tu sais très bien que c'est une métaphore. (Elle se retourna, et j'eus l'impression qu'elle parlait au mur.) Les rites de prospérité fonctionnent sur la base de l'échange. Le prix à payer est une façon de prouver qu'on est sérieux, qu'on est prêt à donner quelque chose en échange d'une faveur.

Ça me semblait tout de même plus compliqué qu'un simple troc. Elle ne racontait pas seulement ce qu'il en coûtait de nourrir la Dame ou de détourner les yeux quand des enfants disparaissaient de leurs berceaux.

Je sortais bien de quelque part. J'aurais pu mener une vie affreuse dans un monde de tunnels et d'eau boueuse, de filles mortes avec une petite princesse tatouée pour veiller sur nous. C'était ma destinée. Au lieu de quoi je n'étais qu'un étranger dans une maison étrange trop éclairée. Cela aussi avait un prix.

– Ça a été dur pour toi, acheva Emma. Tout le temps. Qu'est-ce que ça me fait, à ton avis, que tout risque de t'empoisonner, de te blesser, et que je n'y puisse rien ? Et qu'il faille garder le secret. Tout le monde demande toujours pourquoi on se ressemble si peu. Ils veulent tout savoir, pourquoi c'est toi le plus délicat, comme si c'était ma faute si mon frère était le plus beau... Normalement, c'est la fille qui doit être jolie.

– Tu es jolie.

Je savais qu'en disant ça à haute voix, je le confirmais.

Au-dessus de moi retentit le rire d'Emma, comme si je venais de dire que je rêvais de devenir un grille-pain ou une girafe. Je me relevai, allumai la lampe de chevet.

Ma sœur cligna des yeux.

– Quoi ? Qu'est-ce qu'il y a ?

Je m'assis au bord du lit en essayant de me faire une idée de ce que les autres voyaient.

– Arrête, dit-elle. Qu'est-ce que tu fais ?

– Je te regarde.

Elle avait un doux visage, plus large et plus plat que le mien, des cheveux bruns un peu décolorés qui retombaient souplement sur son pyjama imprimé de marguerites. Les joues roses et brillantes, elle s'assit en tenant à deux mains ses couvertures.

Autour de nous, les étagères montaient presque jusqu'au plafond. Des livres de chimie et de physique, de botanique aussi, bien sûr, mais également de mythologie, d'histoire, et toutes sortes de contes de fées. Elle lisait des revues spécialisées et commandait tout sur Internet, accumulant essais et critiques littéraires. Sa chambre avait tout d'une bibliothèque privée consacrée à la recherche de réponses à mes problèmes, à me décrypter, à me sauver. Une autre raison de la trouver belle.

Elle regardait au plafond.

– Ils échangent leurs enfants malades contre des bébés en bonne santé.

Je hochai la tête.

Évitant mon regard, elle croisa les bras.

– Parfois, si sa nouvelle mère l'aime et s'en occupe, le bébé malade va mieux. Il grandit, acquiert une bonne santé et devient normal. Parfois, du moins si sa mère l'aime assez pour ça, il devient beau.

Je le savais déjà, mais elle le disait d'un ton tellement triste que j'avais l'impression d'y capter un autre message. Peut-être pensait-elle que grâce à l'amour de sa mère, elle aurait pu, le cas échéant, ressembler à un top model et non à la fille que je connaissais depuis toujours. J'avais envie de souligner que les mots *fort, en bonne santé* et *normal* ne semblaient pas forcément s'appliquer à moi.

De toute façon, ces histoires omettaient toujours un point crucial. Les mères n'aimaient pas ces petits êtres affreux qui remplaçaient leurs gosses. Ce n'était tout de même pas leur faute, on ne pouvait pas les forcer à aimer des monstres.

Cependant, les sœurs le pouvaient peut-être, pour peu qu'elles soient miraculeusement désintéressées, et pour peu que l'échange ait eu lieu quand elles étaient encore assez jeunes.

Toute ma vie, Emma avait été là. Pour me couper les cheveux avec des ciseaux de gamin en aluminium, afin de m'éviter le coiffeur du coin, ses comptoirs en métal et ses cisailles en Inox. Pour me préparer mon petit déjeuner, pour s'assurer que je mangeais, que je voyais mes amis et que je faisais mes devoirs. Pour veiller à ce qu'il ne m'arrive rien de mal. J'avais envie de la serrer dans mes bras et de lui dire que tout allait mieux qu'elle ne le croyait. C'était trop bizarre qu'elle ne s'en rende pas compte.

– Emma… (J'avais la gorge tellement serrée que je dus m'y prendre à deux fois.) Emma, ce n'est pas maman qui m'a gardé en vie si longtemps… C'est toi.

CONSACRÉ

CHAPITRE 12

Le lendemain matin, on était dimanche. Je restai au lit à regarder la pluie dégouliner sur les carreaux, en attendant la sonnerie de mon réveil. Tout me paraissait aussi gris et triste que le ciel. Même la nuit passée ne m'avait pas semblé d'une réalité aussi lugubre.

Je roulai sur le dos sans savoir si j'avais envie de me lever ou de traîner un peu.

Finalement, je repoussai mes couvertures. Malgré le temps couvert, la lumière me semblait plus brillante que les semaines passées, sans m'agresser la vue pour autant. Dehors, tout paraissait clair et net.

Je sortis le flacon que m'avait donné la Morrigane, en cassai le bouchon de cire et avalai une gorgée. Aussitôt, je me sentis bien, et mon reflet dans la glace me parut extraordinairement normal.

J'entendais mon père chantonner en bas. Il se déplaçait d'un pas rapide et léger. Incroyable que le dimanche puisse vous rendre aussi heureux.

Je trouvai Emma attablée dans la cuisine. Elle leva le nez de son livre en souriant. Je m'étais arrêté sur le seuil pour la contempler, petite bonne femme à l'aspect fragile, aux mains douces, aux cheveux raides…

J'aurais aimé me sentir choqué, concevoir de l'effroi face aux créatures fantasques, aux rituels secrets et aux morts dans les souterrains. Mais je n'y parvenais pas, car toute ma vie je m'étais senti moi-même un monstre inavoué, et c'était à peine différent.

Ce fut à ce stade de mes pensées qu'apparut maman, dans ses tennis d'hôpital et sa blouse. Ce n'était pourtant pas le genre de vêtements qu'elle portait à l'église et je me demandais si elle se rappelait quel jour on était. Elle avait ramené ses cheveux en queue de cheval et me parut plus blonde que jamais dans la lumière.

– Bonjour, mon chéri.

Elle se versa une tasse de thé, le sucra plus encore que d'habitude.

– Qu'est-ce que tu fais déjà debout ?

Je haussai les épaules.

– Je vais peut-être aller à l'église avec vous.

Emma referma son livre.

– D'après la météo, il va pleuvoir toute la journée. Tu ne préférerais pas rester à la maison ?

– Non, il ne fait pas si mauvais que ça. Je vous attendrai sur la pelouse ou dans la rue.

On partit en retard de la maison, tout ça parce que mon père ne voulait pas démarrer avant que ma mère ne se soit changée.

Une fois qu'ils furent entrés dans l'église, j'allai m'asseoir sur la pelouse et regardai les portes se refermer. C'était un grand édifice de couleur crème, et même sous un ciel gris, j'avais l'impression que le soleil brillait sur ces murailles et ce toit en voûte de brique claire. Les vitraux s'ornaient de losanges colorés.

Au-delà, le cimetière s'étendait sur presque un hectare, avec ses alignements de tombes, son gazon bien tondu. Du côté nord, le carré non consacré semblait moins bien entretenu. Les pierres tombales, penchées autour d'un haut mausolée de marbre blanc surmontant une crypte ouverte, paraissaient sales et vieilles. Les noms, quand ils y figuraient, étaient à moitié effacés. J'ignorais l'âge de ce mausolée, mais c'était l'une des bâtisses les plus anciennes du cimetière, à croire que tout le reste avait été construit autour.

Les nuages étaient bas, je levai la tête et pris la pluie sur le visage.

Dans le parc, de l'autre côté de la rue, les arbres avaient depuis longtemps viré aux couleurs d'automne, ils tiraient sur le brun.

Je m'étendis dans l'herbe humide, sentis le sol froid sous mon blouson, fermai les paupières en tâchant d'oublier la bruine et la silhouette de l'église. C'était là que ma vie s'éloignait le plus de celle des autres. Ma mère, mon père et ma sœur disparaissaient derrière le portail tous les dimanches, et moi je restais dehors.

Peu importait combien de coloriages bibliques j'avais remplis ou à quel point mon père s'efforçait d'entretenir une atmosphère normale à la maison. En attendant, ma famille se trouvait sous ce clocher, à l'intérieur de cette église où je ne pouvais mettre les pieds.

Mais peut-être que les choses allaient changer. Difficile de ne pas me rendre compte à quel point je me sentais bien, différent de ce que j'avais été jusque-là.

– Bonjour ! lança une voix au-dessus de moi.

Une voix âpre que je ne connaissais que trop.

En ouvrant les yeux, j'aperçus Carlina Carlyle dans ses vieilles bottes et son long manteau. Elle portait un drôle de bonnet de pilote attaché sous le menton et avait exactement la même allure que sur scène. Pourtant ce n'étaient pas ses traits ordinaires et son comportement sauvage qui paraissaient maintenant bizarres en elle. Au moins autant que Janice avait paru sinistre dans ma cuisine et magnifique quand elle se penchait sur ses flacons et ses fleurs. Penchés au-dessus de moi, les yeux de Carlina devenaient bleu pâle comme des œufs de merle, dénués de cette lueur diabolique que lui donnaient les feux de la rampe.

Comme je ne répondais pas, elle s'affala près de moi.

– Tu n'attrapes pas froid comme ça ?

– Ça pourrait arriver.

Elle semblait attendre la suite, avec sa grande bouche étirée, on aurait dit qu'elle pouvait me comprendre.

– La plupart du temps, je me sens plutôt seul.

– On aime bien se dire qu'on est des solitaires, des indépendants.

Elle accompagna cette remarque d'un sourire ironique et las. Ses boucles dépassaient de son bonnet.

– On se vante de ce qu'on peut, non ?

– Qui on est ? demandai-je d'une voix sèche, comme si je ne tenais pas vraiment à entendre la réponse.

Elle se pencha en avant, le menton dans les mains. Quand elle détournait les yeux du ciel, ils viraient presque au bleu marine.

– Tu tiens vraiment à le savoir ? insista-t-elle. Depuis toujours, dans tous les pays, on nous a trouvé des noms différents, fantômes, anges, démons, esprits élémentaires, tout ça ne sert pas à grand-chose. Depuis quand un nom changerait-il l'essence d'un être ?

Là, je comprenais. Parce que peu importait que mon père m'appelle Malcolm ou me présente comme son fils, ça ne faisait qu'empirer les choses. En fait, quand il l'avait dit une fois, il semblait vouloir systématiquement le répéter, au point que ça finissait par en perdre toute sa valeur.

– Est-ce que Dieu ne nous aime pas ? demandai-je, les yeux fixés au sol.

Carlina ne répondit pas tout de suite, apparemment perdue dans la contemplation d'un bosquet d'érables rouges et brillants comme le sang.

– Je ne sais pas pour Dieu, finit-elle par déclarer, mais je sais pour la tradition. Toi et moi, nous sommes des gens terre à terre. Quoi qu'on en pense, c'est notre vérité. Quand les religions anciennes ont élaboré leurs lois, elles ont créé un précédent. Elles croient que la terre consacrée rejette nos âmes, et leur croyance est si forte que nos corps en souffrent.

J'acquiesçai, mais il me semblait désespérant qu'on puisse être rejeté et même haï par quelque chose d'inanimé à cause d'étrangers qu'on n'a jamais rencontrés.

– Tu seras au Starlight ce soir ? me demanda Carlina.

– Il faut bien, non ?

– Oui. (Brossant les feuilles mortes tombées sur son manteau, elle se leva.) Il faut.

Et elle partit tranquillement, remonta la rue de sa démarche fière, aussi décalée que si elle émergeait du siècle dernier.

Je restai allongé sous la pluie, le dos et la nuque inondés d'eau froide, et je sentais les feuilles mortes crisser à chacune de mes respirations.

Je pensais à l'église et ne pouvais m'empêcher d'évoquer mon père, là-haut, en chaire. Sur le papier, ses sermons paraissaient sereins, mais ce n'était pas un homme tranquille. Et je savais que quand il lisait ces mots à haute voix, cela devait sonner comme des anathèmes.

Je me levai.

J'avais envie de le voir dans toute sa vérité, quand celle-ci se matérialisait sur son visage, dans sa voix. J'avais envie de voir ce qu'il voyait. Je ne l'avais jamais observé dans ces moments qui revêtaient une telle importance pour lui, et maintenant je comprenais que ça n'arriverait sans doute jamais.

Je traversai la pelouse pour me retrouver dans l'enceinte consacrée avant même d'en avoir pris conscience. Aussitôt revint la violente douleur. Mes joues et mon front se mirent à brûler et je reculai vivement.

J'aurais tellement aimé que ce sol produise un autre effet sur moi – qu'il corresponde à ma réalité, mais l'Église ne fléchissait pas. Rien ne changerait. Elle m'infligerait toujours comme des décharges électriques, car il n'existait aucune boisson magique, aucune croyance assez puissante pour faire de moi ce que je n'étais pas.

APPLAUDISSEMENTS

CHAPITRE 13

Ce soir-là, Roswell vint me chercher sans poser de questions. J'avais presque envie qu'il me demande pourquoi j'emportais ma guitare basse, mais il n'en fit rien. On écouta la radio. Toutes les chansons parlaient d'amour et de drogue.

Quand on s'arrêta devant le Starlight, aucun musicien des Rasputin ne s'y trouvait encore. Avec Roswell on alla se mêler à la foule. Beaucoup de gens étaient déguisés, même si Halloween n'allait avoir lieu que dans deux jours. Ils se baladaient à travers la salle, me jetaient parfois un coup d'œil, et je me demandais ce qu'ils voyaient alors. Ni un dieu ni un monstre, peut-être rien.

J'entendis soudain un rire aigu et me retournai, juste le temps d'apercevoir Alice, les joues peintes de moustaches violettes, toujours dans son costume de chat, mais cette fois rehaussé d'un collier de faux diamants. Elle était accompagnée d'un type qui s'appelait Levi Anderson, et s'accrochait à son bras en venant dans notre direction. Arrivée presque à notre hauteur, elle me jeta un regard malveillant, puis se serra contre Levi.

– Trop la classe, maugréa Roswell.

Moi, je ne me sentais ni vexé ni énervé. Mon cœur battait juste un peu plus fort, mais je ne ressentais rien. Je nous trouvai un box libre dans un coin et m'assis en contemplant mes mains, pendant que Roswell allait chercher quelque chose à boire.

– Ça va ? dit-il en revenant se glisser en face de moi, armé de sodas. Parce que tu as une tête à faire peur.

Je gardai les yeux baissés vers la table, il y avait des trous de cigarettes sur toute la surface.

– Qu'est-ce qui va pas ? insista-t-il.

– Tu penses jamais au secret de Gentry, à ces trucs immondes ? À ce qui arrive à ces mômes… quand ils meurent ?

Il me dévisagea un long moment avant de répondre, tournant son gobelet dans sa main pour en faire fondre la glace et pétiller la surface.

– Je crois que les gens sont compliqués et que tout le monde a ses petits secrets.

Je me demandais pourquoi il ne cherchait pas à approfondir le sujet. J'aurais voulu qu'il me fasse dire des choses impossibles à exprimer sans y être contraint. S'il m'avait posé la bonne question, il aurait bien fallu que je lui réponde, mais il ne dit rien.

Au bout de la piste de danse, Carlina Carlyle se tenait à côté de la table d'harmonie. Quand elle m'aperçut, elle ouvrit de grands yeux et me fit signe de venir.

Elle avait de nouveau les cheveux noués sur la tête. Je la trouvais à la fois étrange et fantastique, surprenante et normale. Je me levai, pris ma guitare.

– Il faut que j'y aille, dis-je à Roswell.

– Où ça ?

– Travailler, jouer pour eux. Je suis là-dedans maintenant, et je crois pas que je pourrai en sortir. Je sais pas quoi faire.

Il se contenta de hausser les épaules, désigna la scène.

– Alors, vas-y et mets-nous-en plein les oreilles.

Carlina me conduisit par un corridor étroit dans une minuscule loge qui tenait plutôt du placard à balais, avec sa commode miteuse, une chaise et rien d'autre. Tout ça sentait la poussière.

Debout au milieu de la pièce, j'avais le cœur qui battait.

– C'est tout ce que vous espérez pour survivre ? Je veux dire, il faut pas que je fasse quelque chose de spécial pour la musique ?

Carlina fouillait dans la commode ; elle ferma un tiroir et se retourna vers moi.

– C'est la vie. Gentry oublie souvent notre présence, mais se souvient qu'elle aime la bonne musique. Tout le monde aime la bonne musique. (Elle me lança un paquet de vêtements.) Tiens, mets ça.

Je choisis un pantalon de laine noire, une chemise blanche, des chaussures noires étincelantes et des bretelles. N'empêche que ça ne faisait pas de moi son vrai bassiste ; je restais le même mec placide et maigre de seize ans, et j'avais plutôt l'impression d'aller passer un oral à l'école.

– Dépêche-toi, soupira-t-elle. Enfile ça.

Je me déshabillai, passai le pantalon, boutonnai la chemise, essayai de fixer les bretelles de mes mains tremblantes.

– Là, dit Carlina en fermant la boucle. Essaie de te détendre.

Elle me fit asseoir devant la commode, saisit un peigne et entreprit de me coiffer les cheveux en arrière, les fixant avec une espèce de gomina qui sentait la menthe, le miel et la cire. Ses mains laissaient un sillage de fraîcheur sur mon front.

Je me penchai pour tâcher de me voir dans la glace.

– Vous voulez me faire ressembler à quelqu'un d'autre ?

– Non, tu restes toi-même, mais pas au point que tout le monde puisse te reconnaître du premier coup, si tu vois ce que je veux dire. Selon la plupart des gens, même Luther ne ressemble pas à Luther et moi je ne me ressemble pas.

Elle prit un peu de produit dans ses mains et mit en forme une boucle de cheveux qui retomba sur mon front.

– Ce n'est pas de la magie ni de la bouffonnerie, rien ne change, mais les gens ne voient que ce qu'ils veulent voir.

Après un dernier coup d'œil sur mes chaussures rutilantes, je revins vers le miroir, où je ne me reconnus qu'à moitié. Je m'étais toujours demandé comment ressembler à quelqu'un d'entièrement nouveau quand j'avais les iris brun foncé et le teint normal, mais là c'était autre chose.

Mon image dans la glace arborait une expression lointaine, comme le reflet de quelqu'un d'autre. Si je voyais ce que j'avais envie de voir, c'est que j'avais envie d'être une autre personne. Ce qui n'avait en soi rien de réconfortant, c'est que le type en face de moi avait l'air fatigué, misérable.

Carlina rangea le peigne, me fit pivoter sur mon siège, prit mon visage entre ses mains et me décocha son étrange sourire triste.

– Alors, insistai-je, on leur offre juste une espèce de distraction. Un nouveau mensonge.

Fermant les yeux, elle appuya son front contre le mien.

– Non, ce qu'on leur offre, c'est la vérité toute nue. Seulement, ils ne le savent pas. Quand tu entreras en scène, tu seras toi-même comme jamais, et ça, c'est génial ! Ils en auront pour leur argent.

Ce qui ne me rassura pas du tout. Mes mains tremblaient plus que jamais et j'avais la bouche sèche.

– J'ai le trac. J'ai l'impression d'être différent, bizarre, de ne servir à rien et que personne ne veut le reconnaître. Je ne peux pas leur en donner pour leur argent.

– Même si c'est ton impression, murmura-t-elle si près que je sentis son souffle sur mon nez, tu dois y aller et faire ton travail. On entre en scène dans une minute et tu dois leur faire croire que tout ce que tu vas leur montrer correspond à ton moi réel, parce que parfois c'est en parvenant à faire croire en soi qu'on survit.

Moi qui avais passé ma vie entière à guetter la mort, des années à la croire arrivée, jour après jour, car c'était ma destinée… Entrer en scène, c'était tout autre chose, avec les spots qui vous éblouissaient, vous interdisaient de regarder ailleurs ; je ne pouvais supporter cette idée, mais en même temps ne pouvais la rejeter. Pour quelqu'un comme moi, il n'y avait rien de pire que de se donner en spectacle.

– C'est que… j'ai encore jamais joué devant personne.

– Ils vont t'adorer, souffla-t-elle contre mon front. Tout comme ils nous aiment déjà. Tu veux qu'on te présente comme notre invité spécial ?

– Non, traitez-moi plutôt comme si je faisais partie du groupe.

Elle se redressa.

– C'est le cas.

Dès que le rideau se leva, le bruit de la foule m'assourdit, les feux de la rampe m'aveuglèrent ; au delà, ce n'était qu'un océan de voix et de longs sifflets stridents.

En principe, c'étaient le batteur et moi qui devions donner le tempo, mais Luther s'avança pour lancer l'introduction comme si elle lui revenait d'office, comme si la chanson lui appartenait – rapide, cadencée, ce que mes doigts savaient, même si je ne la connaissais ni d'oreille ni de mémoire.

Un peu plus tôt, Luther avait ri quand je lui avais demandé de vérifier le programme. Mais maintenant, je comprenais que ça ne servait à rien, car ils jouaient selon l'inspiration.

Luther me regardait en souriant, comme s'il me défiait de suivre chacun de ses couplets-refrains, de faire la course avec lui. J'écoutais ses variations et trouvais le contrepoint, faisant gronder et grincer chaque note, car la chanson parlait de chaos, d'êtres arrogants et totalement incontrôlables.

L'adrénaline me picotait les doigts et filait dans mon sang. Voilà ce que ça faisait d'être une star du rock.

Pourtant, à la fin de la chanson, la sensation s'effaça et les mains froides et tremblantes, je laissai la guitare suspendue à mon cou. Je me rendis soudain compte que j'étais sur une scène devant deux cents personnes, et que je n'avais qu'une Gibson Reissue rouge cerise et les chaussures de quelqu'un d'autre.

Ricanant à l'adresse du public, Luther fit tournoyer sa guitare autour de lui. Puis il attaqua directement *Common People*, l'air de se ficher qu'il y faille un synthétiseur ou que cette chanson remonte à trente ans, alors que la plupart des jeunes du public n'avaient même pas entendu parler de Pulp. Il l'avait choisie et la jouait, faisant chanter la guitare entre ses mains, pendant que Carlina interprétait à elle seule les deux protagonistes de la chanson, une fille riche et un homme du peuple, criant de sa voix rocailleuse que la pauvreté, c'était nul.

De temps en temps, Luther me jetait un coup d'œil que j'essayais d'interpréter. Il accélérait la cadence pour prouver que toute chanson était une conversation, un débat entre rythme et harmonie. Je n'avais qu'à écouter et répondre.

On jouait en tandem, nous surpassant mutuellement, jusqu'au moment où il bifurqua sur un vieil air de Pearl Jam, *Yellow Ledbetter*.

La ligne de basse en était grave, essentielle. J'attaquai la première note et tout le bâtiment parut trembler sur ses fondations.

Ça parlait d'une rupture, mais la mélodie en était douce, et si dans sa version Eddie Vedder évoquait plutôt une espèce de poivrot titubant, Carlina chantait d'une voix à la fois rauque et claire.

Une voix qui évoquait la solitude, le regret. Elle suggérait un passé dont on ne pouvait ni ne voulait s'extraire, et seule dans ce rayon de lumière bleue, elle était belle. Plus belle qu'au cours du précédent concert où elle frimait en parcourant la scène de long en large, beaucoup plus belle que lorsqu'elle s'était penchée au-dessus de moi sur la pelouse du cimetière.

Les mains serrées autour du micro, c'était elle la véritable incarnation du Starlight, la voix la plus authentique de Gentry. Luther et moi ajoutions la mélodie, mais toutes les notes menaient à elle, la plus pure, la plus grande vérité devant ce public de gamins déguisés.

Le menton dressé, droite comme un I, elle interpréta le refrain avant de rendre le micro en souriant à Luther.

– Maintenant, fais-moi pleurer.

Il lui répondit, non pas par son habituel rictus plein de dents, mais d'un authentique et loyal sourire, puis se pencha vers sa guitare pour jouer un solo à sa seule intention – une lente progression de notes scandées, dures, aiguës.

Je le suivis, faisant résonner ma propre mélodie qui grondait sous la sienne comme une pulsation cardiaque, étirant chaque note des minutes, des années. Ce fut là que se produisit l'inattendu.

Ça ne se passait pas comme dans les autres chansons. Là, il n'y avait pas d'histoire à raconter, pas de conversation. C'était juste une sensation, sans images ni paroles, rien à voir avec Luther sur son instrument bien propre et bien affûté.

Ce son-là provenait de l'extérieur, d'un autre univers, ce pouls qui animait toute vie sans jamais vous laisser oublier que vous étiez différent, que le moindre contact avec le monde pouvait vous faire souffrir. Des sentiments trop compliqués pour être jamais exprimés en paroles, mais qui se répandaient à travers les amplis, s'infiltrant dans l'air et inondant la salle.

Debout dans la fosse, le public s'était immobilisé et tous me regardaient ; quand j'arrêtai de jouer, ils applaudirent.

– Mackie, vint me murmurer Carlina à l'oreille. Il ne faut pas faire ça !

– Ça leur a plu, non ?

– C'est juste que... que ce n'est pas bon pour eux de ressentir ça si longtemps. Ça les épuise.

Dans la salle, les applaudissements faiblissaient déjà. Les gens regardaient la scène, les lumières colorées. Luther entonna une version frénétique de *Here Comes Your Man* qui évoquait une défonce de trois jours à la coke, mais ils restaient là, passifs comme des vaches dans leur étable.

Pas plus de résultat avec les Pixies, ni avec Nick Cave ou même Nine Inch Nails ; rien ne semblait devoir les faire repartir.

Il joua un dernier morceau, puis cessa de torturer *Mr. Self-Destruct* au milieu du riff.

Derrière nous, le batteur continua un peu, puis s'arrêta et se leva. Et on resta ainsi tous les quatre, immobiles sur la scène ; je venais de faire foirer dans les grandes largeurs le concert spécial de Halloween.

Luther jeta un regard écœuré à Carlina avant de balancer la tête du côté des coulisses.

– Il faut apporter le piano. Vas-y... joue-leur une de ces ballades pourries, ça nous achèvera bien. D'ailleurs, c'est tout ce qu'ils demandent, maintenant.

– Bon, souffla-t-elle. Apportez-le.

Aidé du batteur, il poussa jusqu'au centre de la scène un vieux piano droit au vernis écaillé.

Carlina dénoua ses cheveux, les rassembla sur une épaule et s'installa sur le tabouret, leva les mains sur les touches et plaqua son premier accord.

C'était une chanson de Leonard Cohen. Je le savais, mais ne l'avais jamais entendue ainsi, ni amère ni cynique, brisée.

Le piano ne passait pas dans le micro, mais ce n'était pas grave. Les notes grimpaient, vibraient, craquaient. Un silence total régnait dans la salle alors que Carlina entamait le premier couplet d'une voix douloureuse. Elle cria, sanglota, murmura *Hallelujah* sans jamais le chanter.

À nos pieds, les gens se cherchaient, s'étreignaient, se tenaient par la main. À l'avant, une fille aux cheveux plus charcutés que coupés, aux piercings trop nombreux, pleurait si fort qu'elle en avait le nez qui coulait. Son maquillage faisait plutôt peur, mais elle avait la bouche comme celle d'un gamin en larmes.

Carlina jouait comme une malade, pourtant sa voix restait sonore, parlait de tromperie et de rejet, racontant comment, quand on aimait quelqu'un, on se retrouvait parfois dépouillé des pieds à la tête, le cœur à nu, et qu'il fallait encore se laisser faire sans penser aux douleurs à venir.

Moi aussi, je m'accrochais à ma Gibson, trop fort. À la fin de la chanson, j'avais les doigts crispés, poisseux.

– Alléluia ! acheva-t-elle en claquant la dernière note, qu'elle laissa longtemps sonner.

Plus rien.

Luther et le batteur commençaient à récupérer leur matériel, mais je restais au bord de la scène à contempler la foule. Personne ne portait des vêtements normaux, mais ils semblaient soudain tous illuminés d'une authentique clarté, leur propre version de la chanson. Elle était entrée en eux. Et moi je les voyais à mes pieds, à la lumière de leurs histoires d'amour et de leurs tragédies.

Jusqu'à ce que Carlina vienne me tirer par le bras pour m'entraîner dans la petite loge. Essoufflée, elle souriait, mais elle était pâle et semblait fatiguée.

– Tu t'es bien amusé ?

Je fis oui de la tête en détachant mes bretelles. Je sentais le froid me gagner à mesure que l'excitation me lâchait. Je me débarrassai de la chemise blanche pour reprendre aussitôt mon tee-shirt et mon sweat à capuche.

Carlina s'était poliment tournée vers la porte pendant l'opération.

– On va faire la fête ce soir dans la fosse. Une sorte de… d'after. Tu devrais venir.

– Non merci ! déclinai-je en riant. Je passe.

– Tu es sûr ? Tu ne nous as jamais vus déchaînés. Ce n'est pas pour rien qu'on l'appelle le Chaos, tu sais.

Elle cherchait juste à se montrer gentille, et si je voulais survivre, c'était sûrement de gens comme elle que je devais me rapprocher. Mais ça ne signifiait pas pour autant que j'adorais la maison de la Morrigane ; ni aucun endroit où des mortes bavardaient en se cachant derrière leurs mains, et où des femmes mutilées flottaient dans un bassin. Je ne tenais pas spécialement à les voir se déchaîner.

– Une autre fois, peut-être.

– Comme tu voudras, mais ne te sens pas exclu. Notre maison est la tienne.

Curieusement, je n'en doutais pas.

Une fois rhabillé, je restai devant la glace à observer mon étrange image.

– C'était magique, non, ce qui vient de se passer ?

Carlina haussa les épaules.

– Plus ou moins. Pour autant que la musique est sans doute toujours magique. Il n'existe pas de plus beau langage. Et ça, on sait faire.

– Vous pourriez même conquérir le monde, avec votre talent.

Elle se mit à rire, avec beaucoup plus de gentillesse et de douceur que je ne l'aurais imaginé de sa part encore une semaine auparavant.

– Gentry nous suffit.

DÉSASTRE

CHAPITRE 14

Je pus me mêler à la foule sans me faire remarquer. Je portais pourtant ma guitare et mes cheveux restaient pommadés, mais tout était rentré dans l'ordre.

Je me rendis compte que je souriais, chose d'autant plus étrange que c'était sincère. En général, je ne souriais qu'en présence des gens, quand c'était ce qu'ils attendaient de moi.

On me toucha le bras et, en me retournant, j'aperçus Tate tout près de moi.

– C'est toi, dit-elle très bas. Je n'en étais pas sûre…

Mon cœur battait fort, mais régulièrement. Je me sentais ragaillardi, comme dans la peau d'un autre.

Derrière elle, j'aperçus Drew et Danny à la table de billard la plus éloignée. Drew me vit, me sourit, me fit signe.

Je ne les rejoignis pas tout de suite. Peut-être parce que Tate me fixait avec une telle intensité que j'eus l'impression qu'elle discernait ce que je ressentais pour elle – quoi que ce fût – à travers tous les artifices ordinaires. Comme si mes yeux me trahissaient quand j'oubliais de ciller.

Son visage s'approcha du mien.

– Je ne te comprends pas. Tu passes tes journées au lycée à te rendre invisible, et là tu te donnes en spectacle, tu joues les rock stars comme si plus rien ne te retenait. Tu es qui, en fin de compte ?

Il n'y avait rien à répondre à ça. J'ignorais ce qu'elle avait vu au juste, mais je ne m'étais pas senti libéré là-haut, loin de là.

Elle se détourna avec un ricanement. Pourtant, j'avais envie de la suivre.

Pour une fois, le bon sens l'emporta et je montai rejoindre Danny qui alignait un tir combiné.

– Tu as été très bien, dit-il sans relever la tête.

Il s'agissait d'envoyer la bille blanche frapper la numéro huit, pour projeter la deux dans la poche d'angle. Appuyant sa canne sur le dessus de sa main, il exécuta un coulé. Comme il gardait la tête penchée, je me rapprochai pour lui sourire.

– Tu m'as reconnu ?

Cette fois, il se redressa, me décocha un regard incrédule.

– Ben oui.

– Attends ! intervint Drew en tapant sa canne contre le sol. On venait juste de te voir à la fête, hier. On n'est pas gâteux.

– J'ai pas l'air d'avoir changé ?

– Si, grommela Danny, mais en mieux. Tu as l'air heureux, Mackie, et ça t'arrive pas souvent.

– Je… ça va plutôt mieux, ces jours-ci.

Drew jouait avec sa craie, laissant des traces bleues sur le dos de sa main.

– Tant mieux, dit-il sans me regarder.

– Quoi ? Qu'est-ce qu'il y a ?

– Rien, dit Danny. Mais fais attention. Pigé ?

J'acquiesçai et attendis la suite, qui ne vint pas ; tous deux se remirent à étudier la table. Au bout d'une minute, Drew releva la tête, me désigna Tate dans la galerie, haussa les sourcils.

– Qu'est-ce qui vous arrive à tous les deux ? J'attends le premier qui va dégoupiller la grenade.

Je ne répondis pas. À quoi bon définir ce qui se passait entre nous ? C'était tellement bête et incompréhensible, et Tate le prenait de si haut que j'avais juste envie de me rapprocher plus que nécessaire.

Je me faufilai à travers la foule, évitant mes camarades de lycée et les inconnus.

Tate jouait au flipper avec une stupéfiante précision.

– Salut ! lançai-je en arrivant près d'elle.

Elle continua de diriger sa bille dans une débauche de lumières et de coups de sirènes. Je m'appuyai sur la machine.

– Alors, tu as aimé le concert ?

En plein jeu, elle surveillait sa bille qui se faufilait à travers un champ de mines.

– C'était très bien, du moins pour ceux qui aiment ça.

– Et, toi tu aimes quel genre de musique ?

– N'importe. Un tas de choses. Tu peux dégager de la vitre, s'il te plaît ?

Le son de sa voix me donnait des frissons, pour une fois pas désagréables du tout. Je restai près d'elle à la regarder actionner ses boutons. L'effet du tonique de la Morrigane commençait à diminuer, mais là encore, cette sensation un peu déroutante ne me déplaisait pas. Je me sentais libre de tout, un peu ivre peut-être, au point de percevoir le monde à ma portée comme si rien ne m'était plus inaccessible. Et je restai là, au milieu de la galerie, à regarder Tate qui jouait d'un air terriblement sérieux. Elle n'articulait plus un mot.

Quand la dernière bille eut disparu, avalée par la machine, elle poussa un soupir et se tourna vers moi.

– Quoi ? Qu'est-ce que tu veux ?

– Tu me ramènes chez moi ?

C'était sorti tout seul, je n'y avais même pas réfléchi.

Elle demeura impassible, le menton toujours obstinément levé, au point que j'eus envie de la saisir par les épaules pour l'empêcher de continuer à me toiser ainsi.

Au bout d'un long moment de fulgurances et de sirènes, elle hocha la tête.

On n'était pas à deux rues du Starlight que je commençai à me demander si j'avais bien fait. L'effet de l'aubépine disparaissait plus vite que la nuit précédente, emportant mon euphorie d'avoir joué en public. Chaque irrégularité de la chaussée, chaque nid de poule secouait la voiture et me mettait les nerfs en vrille.

Tate ne parut pas s'en apercevoir, regardant droit devant elle à travers le pare-brise inondé de pluie, parlant de cours et de films d'auteurs d'une voix légère, sans se presser. Elle préparait tranquillement la question qu'elle allait me poser, à laquelle je ne pourrais me soustraire. L'atmosphère était empoisonnée d'une odeur de fer. Je déglutis et baissai ma vitre.

À proximité de ma rue, cela m'envahit, écœurant, brutal. Je fermai les yeux pour mieux compter à rebours en m'efforçant de ne pas trembler, de respirer régulièrement. Déjà mon estomac se serrait, j'essayai de ne pas y penser en prenant de longues inspirations.

Mais je transpirais.

Pris d'un haut-le-cœur, je m'éclaircis la gorge.

– Tate, tu pourrais te garer ?

– Hé… qu'est-ce qui se passe ?

– J'ai mal au cœur.

Ce n'était pas peu dire. En fait, je n'avais jamais rien éprouvé d'aussi lourd, même en présence de fer dans le sang ou au contact de l'Inox. Le vertige me prenait par vagues et tout glissait autour de moi, mes oreilles bourdonnaient, une pluie de taches noires m'aveuglait, l'odeur de métal m'emplissait la bouche et le nez, martelait mes articulations jusqu'aux os.

Tate s'arrêta au bord du trottoir, mit le frein à main.

– C'est encore…

J'avais déjà ouvert la porte.

Je sortis, mais je tenais à peine debout. Dans l'obscurité, ce fut comme si le sol me fonçait dessus. Je me retrouvai à genoux, mais demeurai immobile jusqu'à ce que le pire soit passé et que je me sente assez solide pour pouvoir m'allonger. Il me fallait un endroit tranquille et solitaire.

J'avais envie de me pelotonner dans une chambre obscure, sans mouvement, sans bruit.

J'appuyai mon visage dans l'herbe, respirai les odeurs vertes des feuilles, des tiges et des racines. La pluie coulait, légère et froide sur mon visage.

J'avais besoin de la Morrigane.

– Mackie, ça va ?

Tate s'agenouilla devant moi, tendit le bras mais parut avoir peur de me toucher entre deux spasmes.

Je plissai les paupières, m'évertuant à rester immobile. Chaque fois que je respirais, c'était toute une tempête qui m'agitait la poitrine.

– Mackie, dis-moi si ça va, insista-t-elle d'un ton anxieux.

La douleur dans mes genoux et mes épaules ne faisait qu'empirer, comme des coups de marteau. Je levai la tête vers elle en cherchant une réponse pour qu'elle cesse de parler. Mais j'avais peur du son que pourrait prendre ma voix. Elle me prit la main, ses doigts glissèrent sur ma paume d'un geste délicat, mais le moindre contact m'élançait, si bien que je sursautai en me mordant la langue.

– Tu as les mains froides, observa-t-elle.

Son inquiétude me serra le cœur et je refermai les yeux en priant pour qu'elle s'en aille, qu'elle me laisse seul, le temps de me reprendre. Son attitude ne faisait que souligner à quel point ma réaction était brutale et ça me coupait la respiration. Il fallait qu'elle s'en aille, mais rien ne pouvait l'en convaincre. Même si je la vexais, même si je la traitais de tous les noms, elle resterait. Je ne voyais que son visage blême au-dessus du mien. Mon seul refuge restait la Maison du Chaos.

– Pars, dis-je d'un ton aussi ferme que possible.

– Attends, je ne vais pas te laisser au bord de la route. Tu es en état de choc, là. Si tu es malade, il faut que quelqu'un reste auprès de toi.

– Tate, écoute. Je voudrais que tu ailles chercher Roswell, d'accord ?

– Mackie, tu me fais peur.

– S'il te plaît, va chercher Roswell.

Elle n'aimait pas ça ; pourtant elle se leva, l'air inquiet comme jamais, et se dirigea vers sa voiture.

Quand la Buick eut démarré, je respirai, mais pas de soulagement. Pour me rassurer, je m'imaginais que je rêvais dans mon lit à la maison, et que je n'avais pas besoin de prendre de longues inspirations. L'air était épais, lourd comme de l'eau, et le sol ne me paraissait plus froid du tout.

Je reposai le visage dans l'herbe en me demandant si c'était ce qu'on ressentait quand on savait qu'on allait mourir.

TROISIÈME PARTIE

LES MORTS ERRANTS

L'AFTER

CHAPITRE 15

Je restai allongé sur le sol beaucoup trop longtemps, le visage enfoui dans l'herbe humide, sous la pluie qui détrempait mes vêtements. Je savais que Tate allait bientôt ramener Roswell et qu'ils voudraient tous les deux me conduire à la maison – ou pire, aux urgences.

Il fallait que je me lève et m'en aille, pénible processus à plusieurs étapes, mais j'y parvins. La pluie me désorientait, je me perdais à travers les taches de lumière et d'ombre de cette rue déserte. Les réverbères vibraient si fort chaque fois que je passais devant que mes articulations me faisaient mal. Je suivis les panneaux, Welsh Street, puis Orchard, jusqu'au flanc du ravin et à la passerelle que je traversai les genoux flageolants. Je me rendis compte que je n'avais pas compris mon envie de vivre chaque fois que j'avais pensé à ma maladie ou à ma mort.

Le sol boueux se dérobait sous mes pas, mais je finis par gagner le fond de la fosse sous la masse informe et peu engageante du crassier.

Je m'effondrai, la tête à même le gravier. Impossible de retrouver l'endroit où Luther avait dégagé la porte. Je m'aperçus que je ne sentais presque plus mes mains, quand j'entendis crisser des pas, non dans le ravin, mais à l'intérieur. Dans un petit éboulement de cailloux, le panneau s'ouvrit sur un rectangle de lumière.

Carlina. Armée d'une lanterne qu'elle braqua sur moi.

– Finalement, tu as décidé de nous rejoindre ? Tu m'as l'air un peu mal en point.

Je tâchai de m'asseoir, de reprendre mon souffle.

– S'il vous plaît, vous croyez que je pourrais recevoir ma rétribution, maintenant ?

Elle restait dans l'encadrement, si violemment éclairée par la lampe que je distinguais mal ses traits.

– Qu'est-ce que qui t'arrive ? Non, oublie, tu ferais mieux d'entrer.

Je me relevai péniblement et la suivis à l'intérieur.

Elle ferma la porte derrière nous, m'examina encore.

– Tu es malade ? Tu ne gardes pas sur toi tes remèdes ?

Je fis non de la tête.

Avec un soupir, elle sortit un minuscule flacon de sa poche, le déboucha.

– Bon. Respire.

Elle le tenait sous mon nez et je le humai longuement, sentant mes poumons se détendre. Ce n'était pas l'analeptique, mais cette odeur verte de feuilles me permit enfin d'absorber une bonne goulée d'air.

Bientôt, je pus me tenir debout sans m'accrocher au mur ; alors, Carlina me prit par le coude pour m'emmener vers le vestibule.

– Ça va mieux ?

Je confirmai, encore un peu abasourdi par la différence qu'il y avait entre respirer et suffoquer.

Tout en me conduisant, Carlina ne cessait de marmonner entre ses dents.

– Les mecs... Il faut toujours que vous poussiez les choses à l'extrême. Tout ça parce que tant que vous n'êtes pas complètement écrabouillés, vous vous croyez invincibles.

J'eus l'impression qu'on arrivait plus vite à la grande salle des flaques. Cette fois, elle grouillait de monde parlant et riant. Certains jouaient de la contrebasse ou du violon, dans un coin une fille aux longs cheveux accordait une harpe, la plupart se pressaient par petits groupes animés. Tout cela parmi les flaques, où flottaient des feuilles d'automne.

Assise devant un bassin, la Morrigane avait ôté chaussures et chaussettes pour tremper ses pieds dans l'eau. Elle jouait avec un bateau en papier, qu'elle poussait à l'aide d'une baguette.

Carlina me posa une main sur l'épaule.

– Tiens, assieds-toi. Je vais demander à Janice de t'apporter de l'aubépine et on va te soigner.

Je me laissai tomber à terre en évitant les flaques. Ça faisait du bien de respirer, mais j'étais épuisé.

En m'apercevant, la Morrigane se leva d'un bond et courut vers nous, s'accrocha à mes jambes pour me sauter au cou, inondant mon jean avec ses pieds mouillés.

Après un baiser sonore sur ma joue, elle s'installa sur mes genoux pour observer la foule. Je m'adossai au mur, la laissai m'entourer de ses bras. J'avais froid et elle était si tiède…

Quelques mortes-vivantes barbotaient autour du bassin, riant et essayant de se jeter à l'eau mutuellement. La petite fée rose de la soirée de Halloween trottinait parmi elles, toujours dans sa robe de princesse, avec sa baguette magique.

Au fond de la salle, une fille au teint bleu remontait lentement à la surface d'un autre bassin et sortait de l'eau dans un silence de mort ; elle avait des cheveux verdâtres couleur de moisi, et son nez pourrissait par endroits.

La Morrigane me serra le visage entre ses mains.

– Tu peux être content de toi. Tu as réussi… Toi et les musiciens, vous avez rendu tout le monde heureux.

Je ne savais que répondre. Comment se réjouir d'envoyer au bain des filles à moitié décomposées ?

– Ils sont contents, poursuivait la Morrigane, la tête sur mon épaule. Ce concert était très réussi et tout le monde fait la fête maintenant.

Une fille en robe à crinoline déchirée, les épaules décharnées, leva son verre par-dessus la natte qu'elle portait en couronne.

– Maudite soit la Maison des Misères ! Que Dieu abatte la harpie et qu'elle pourrisse en enfer !

Les autres filles éclatèrent de rire, poussèrent de petits cris en s'arrosant et en s'envoyant des poignées de feuilles rouge et orange.

– Qu'elle pourrisse, chantaient-elles en chœur. Qu'elle pourrisse dans la Maison des Misères !

Leurs hurlements et leurs danses me mettaient mal à l'aise, mais la Morrigane poussa un petit soupir, comme pour me rassurer.

– La quoi ? demandai-je. De quoi est-ce qu'elles parlent ?

– En principe, c'est la Maison des Mystères, la vénérable demeure de ma sœur, dont elles devraient parler plus poliment. Mais si elles préfèrent s'en moquer, c'est pour conjurer leur peur.

– Leur peur ?

– Ma sœur l'a bien voulu. D'ailleurs, elle me fait peur à moi aussi.

Janice se fraya un chemin à travers la foule pour nous rejoindre. Elle était toujours pieds nus, mais avait mis une robe et agitait un énorme éventail coloré. Elle semblait épuisée, à moitié endormie, et la fiole qu'elle apportait était beaucoup plus grosse que le flacon de la veille.

– Aux nuits folles et aux foules déchaînées, dit-elle en me la donnant. Puisses-tu continuer à faire bon usage de cette basse. Et toi, ajouta-t-elle à l'adresse de la Morrigane, laisse-le tranquille le temps qu'il reprenne son souffle.

La fillette me tapota la joue avant de sauter à terre pour retourner à son bateau.

– Repose-toi ! lança-t-elle par-dessus son épaule.

Je cassai le bouchon et avalai une rasade d'analeptique. Mon soulagement évident amusait Janice.

– Si tu vivais ici comme n'importe quel affreux, tout ça ne t'arriverait pas.

Luther et Carlina s'approchèrent, main dans la main.

– Vous avez parlé à ce type ? s'enquit Janice. Il vit en ville comme un habitant du coin.

Luther leva les yeux au ciel.

– On se demande bien pourquoi. Ça ne doit être ni agréable ni facile. Tu es aussi insupportable que ce malade de Caury.

– Kellan Caury ? m'exclamai-je. Celui de la boutique de musique sur Hanover Street ?

– Oui, c'était un drôle de type. Il croyait pouvoir vivre à la surface, pourvu qu'il prenne ses fortifiants et s'entende bien avec les habitants. On a vu où ça l'a conduit.

Je regardai ma fiole en me disant que c'était une belle erreur.

Au bord de son bassin, la Morrigane et la fille aux étoiles avaient lâché leurs jouets pour danser et formaient des rondes en se tenant par la main. Jusqu'au moment où elles glissèrent dans une flaque.

– Elle est adorable, observa Janice. Assez audacieuse pour parfois tenter le diable, mais elle n'abuse jamais de personne et n'en demande pas plus qu'on ne peut lui en donner. Elle nous aime bien.

– À quoi lui sert la musique ? demandai-je. C'est vrai que la ville en a si besoin que ça ?

Ce fut Carlina qui répondit.

– Quand on joue pour eux, on leur offre un cadeau rare et fantastique, en échange duquel ils nous vouent leur admiration. C'est ce que tu as ressenti ce soir. Tu sais que tu as ta place ici, parmi nous, que tu dois continuer de jouer pour entretenir cet engouement et nous aider à maintenir la paix.

Luther lui passa un bras autour de la taille, l'attira contre lui et se pencha pour l'embrasser.

Je détournai les yeux, car cela me semblait inconvenant de les regarder de la sorte, alors qu'ils cherchaient juste à se témoigner leur sincérité et leur amour sans ostentation. En ce qui me concernait, à vrai dire, toute marque d'amour, même envers ma famille, me mettait plutôt mal à l'aise.

Dans la Maison du Chaos, c'était différent. Comment se sentir gêné d'être anormal quand tout le monde l'était ?

Mon état s'améliorant, je traversai la salle pour aller m'asseoir au bord du bassin de la Morrigane. Son bateau de papier enduit de cire ne resterait pas imperméable éternellement, le fond commençait à prendre l'eau.

La soirée s'écoula ainsi jusqu'à ce que les gens s'égaillent, quittant les lieux par groupes de deux ou trois, tandis que d'autres restaient allongés côte à côte à même le sol près de couples serrés le long des murs.

Les filles bleues ne semblaient pas s'amuser tout autant. Même dans la Maison du Chaos, les mortes-vivantes n'étaient pas très appréciées.

Dans un coin, Carlina et Luther s'embrassaient avec avidité. Carlina était belle pour deux, et la face émaciée aux dents jaunes de son compagnon ne semblait pas la rebuter. L'effet euphorisant de l'analeptique dans sa phase initiale commençait à s'atténuer, et à présent je me posais des questions sur Tate.

Qu'avait-elle dû penser en revenant avec Roswell pour constater que j'étais parti ? Je n'avais pas vraiment le choix. Soit je rejoignais les seules personnes qui pouvaient m'aider, soit je mourais sur place. Maintenant encore, je me rappelais ma douleur, ce poids terrible dans ma poitrine, comme si je n'allais plus jamais pouvoir respirer.

Je ne tenais pas trop à me mêler de sa vie. Mais j'avais du mal à oublier, dans ses yeux, ce chagrin qui paraissait réel. Je ne pouvais m'empêcher de penser à elle.

Là non plus, on ne voyait pas le fond du bassin, mais on apercevait quelques marches taillées sur le côté.

– À quoi sert cet escalier ?

La Morrigane me jeta un œil surpris.

– À monter et à descendre.

– Pourquoi monter et descendre dans l'eau ?

Avec sa baguette, elle retourna le bateau, qui oscilla.

– Il n'y a pas toujours eu de l'eau. Ma chère sœur m'a punie en m'envoyant ces inondations. À présent, on ne peut plus accéder aux étages inférieurs, à part les morts errants qui n'ont pas besoin de respirer.

– D'où provenaient ces eaux ?

– De partout, en pluie du ciel, en gerbes du sol.

– Vous n'avez pas peur qu'elle finisse par vous noyer ?

– Elle finira par se laisser attendrir, elle se lassera de nous harceler. Peut-être même qu'elle finira par regretter ses sautes d'humeur. En attendant, nous nous adaptons.

Dans un sourire, elle agita ses pieds dans l'eau.

– Ma sœur commet l'erreur de croire que nous nous accrochons à un certain mode de vie, mais c'est faux. Donnez-nous des cadavres d'enfants et nous les élevons. Donnez-nous de l'eau et nous apprenons à nager.

– Ça fait quand même beaucoup d'eau. Je veux dire, qu'est-ce que vous ferez si ça ne s'arrête pas ?

– Elle sera plus gentille quand le jour des Morts sera passé, une fois qu'elle aura fait ses libations. Nous pourrions peut-être même obtenir qu'elle diminue un peu la pluie.

– Je ne connais pas le jour des Morts. C'est la même chose que Halloween ?

Éclatant de rire, elle me tapa sur la tête avec sa baguette.

– Ne dis pas de bêtises ! Halloween ne correspond qu'à la veille de la fête de tous les saints, quand les villageois allument leurs lanternes et jettent les os de leur bétail dans le feu pour écarter les démons. Ensuite c'est la Toussaint proprement dite, où l'on célèbre les fidèles morts en état de sainteté, où on leur coupe les doigts pour en faire des reliques.

Et enfin vient le jour des Morts pour nous tous.

– Nous tous ?

– Toutes les créatures souterraines. C'est là que ma sœur renouvelle son emprise sur la ville et s'offre un sacrifice, pendant que nous nous réunissons au cimetière pour brûler de la sauge et de la rue. Peu avant le lever du soleil, nous portons témoignage de l'effusion de sang, et le monde se porte mieux.

Elle avait dit ça comme si elle récitait un poème ou racontait une légende, sûrement pas comme si elle me rapportait des faits se déroulant à l'époque contemporaine dans une ville minière.

Je lui jetai un regard mauvais.

– Vous n'y voyez aucun inconvénient ? La Dame enlève des gosses pour pouvoir les massacrer, et ça vous dérange pas ? Vous avez l'air de trouver ça normal. Vous répétez sans cesse qu'elle est mauvaise, qu'elle se conduit mal avec tout le monde... Pourquoi personne n'est encore intervenu ?

Elle gardait la main devant sa bouche, comme si inconsciemment elle cherchait à cacher ses dents.

– Ne t'avise pas de croiser son chemin. C'est une maîtresse impitoyable et cruelle qui te punirait sans ciller. Elle a pris l'enfant dans sa maison et le gardera à l'abri jusqu'à la nuit du sacrifice.

– Si je comprends bien, vous allez tous la laisser tuer un môme ?

Je repensais aux yeux de Tate, à sa conviction que la petite fille morte n'était pas sa sœur. Ma mère n'avait pas voulu en discuter, mais il fallait bien que les gosses remplacés aillent quelque part. Ils ne s'évanouissaient pas dans la nature. S'il existait une raison à ces substitutions, alors Natalie était encore vivante, en attendant que quelqu'un vienne la vider de son sang.

La Morrigane se leva, brandissant sa baguette comme une épée ou un sceptre.

– Tu ne peux rien pour cette enfant. Ma sœur est une vraie bête sauvage. Si tu t'en prends à elle, tu n'en sortiras pas vivant.

– C'est de la mort d'une gamine qu'on parle en ce moment ! La fille, la sœur de quelqu'un...

– Ce qui ne représente pas grand-chose, face au grand dessein du monde. Juste une toute petite chose tous les sept ans. Trois fois rien pour s'assurer santé et prospérité.

Janice s'était approchée et elle s'assit près de moi, plongeant à son tour ses pieds dans le bassin.

– La ville en a besoin, Mackie. Nous en avons tous besoin.

– Vous allez donc vous réunir dans le cimetière, brûler votre sauge et tuer des enfants. Génial ! C'est à tomber par terre.

– Ce n'est pas nous qui faisons ça.

Je sentis ma gorge se serrer, comme si j'allais éclater d'un rire qui n'aurait rien de joyeux.

– Vous laissez faire.

– Tâche d'être un peu plus rationnel, soupira Janice. Tout le monde en bénéficie. Nous, la Maison des Misères, les habitants de cette ville.

– Non, dis-je. Les habitants n'en bénéficient pas du tout. Ça les fait souffrir et les terrorise. Qui peut être content qu'on lui enlève son gosse ?

– C'est à ça que sert la musique, intervint la Morrigane avec ardeur. La Dame punit la population, à qui nous rendons le sourire.

– Parce qu'il vous est jamais venu à l'esprit de commencer par éviter de la faire pleurer ?

– Tu ne comprends pas, dit Janice, c'est exactement ce que nous faisons.

– Ah oui ? Eh bien pas moi.

La Morrigane me saisit le poignet d'une paume encore mouillée, mais toujours tiède.

– Ne sois pas méchant. Tu sais aussi bien que nous comment se passent les choses. Tu sais comment ça doit finir.

– Oui, dis-je en me dégageant. Je m'en vais.

ASSEZ NORMAL

CHAPITRE 16

J'escaladai le ravin vers Orchard pour retourner à la maison, dégoûté et furieux contre moi-même. Je n'allais pas me laisser entraîner dans ces horreurs, c'était impensable, et pourtant, c'était bien de la Maison du Chaos que j'étais issu. Si je voulais rester en bonne santé, il fallait que je travaille pour la Morrigane, mais cette idée me donnait la nausée.

J'avais envie d'en parler à Emma, mais en même temps je ne tenais pas à lui faire part de mes inquiétudes ; de toute façon, elle devait dormir. Mon mobile indiquait 2 h 45. Et pour changer, il pleuvait.

Une voiture descendait la rue dans ma direction, ses phares illuminant la chaussée mouillée. Elle s'arrêta si brusquement que sa roue avant heurta le bord du trottoir.

Tate en sortit, traversa, laissant la Buick garée de travers sur la piste cyclable.

– Hé ! lança-t-elle en pataugeant dans le caniveau.

Je m'arrêtai pour l'attendre.

Arrivée à ma hauteur, elle posa les mains sur ses hanches. Elle avait laissé clignoter son stop qui lançait de furieuses pulsations orange.

– J'ai ta guitare.

J'eus envie de lui demander ce qu'elle faisait dehors si tard.

– Tu sais quelle heure il est ?

– Oui, justement. On est au beau milieu de la nuit. Qu'est-ce qui t'est arrivé ?

Haussant les épaules, je m'efforçai de rester hermétique. Elle chassa une mèche humide de son front.

– Ça va, au moins ?

– Oui, t'inquiète.

– Attends, c'est quoi, ton problème ?

Je ne répondis pas tout de suite. J'avais l'impression que même si je parvenais à ne pas lui donner trop de précisions, elle reformulerait sa question sans en démordre. Aussi je détournai carrément la conversation :

– Il y a quelque chose en toi… ou dans ta vie… que tu détestes vraiment ?

Elle partit d'un petit rire sec.

– Oh là ! Je commence par quoi ?

Un vague sourire encore empreint sur ses lèvres, elle me fixait, jusqu'au moment où son expression changea.

– Quoi ?

– Rien. C'est juste que tu as les yeux très foncés.

Elle m'opposa une expression pensive, vaguement inquiète, comme pour dire qu'elle ne me condamnait pas, qu'elle ne me jugeait même pas.

Dans un profond soupir, je lui pris le bras.

– Je voudrais te parler de Natalie. (Et je l'entraînai vers la pelouse de Mme Feely.) Là, assieds-toi.

Sans grande conviction, elle fit ce que je lui demandais et je pris place à côté d'elle.

– Je peux te poser une question, d'abord ?

Elle fit oui de la tête, arracha une poignée d'herbes mortes.

– Qu'est-ce que tu ferais si je te disais qu'on a enlevé ta sœur… Que tu n'as pas tort en disant que cette foutue ville laisse faire ces saloperies ? Ça changerait quelque chose pour toi ? Ça t'aiderait ?

La pluie éclaboussait le trottoir, toujours illuminé par le stop de la Buick. Au carrefour, le feu passa au rouge et la chaussée parut s'ensanglanter. Je me dis que toute ma vie il n'avait fait que pleuvoir.

Tate ne répondit pas. Avec une expression fermée, elle se contenta d'arracher une autre poignée d'herbes. Je ne pus m'empêcher de murmurer :

– Qu'est-ce que tu en penses ?

– Rien, souffla-t-elle tristement. En fait, je crois que tu as raison. Mais ça n'a pas d'importance. Qu'est-ce que ça change de savoir quelque chose après coup ? Personne n'aurait pu la sauver.

Deux jours auparavant, j'aurais payé cher pour l'entendre dire ça, admettre qu'elle acceptait la situation et qu'il fallait passer à autre chose. Maintenant, tout avait changé. Si la Morrigane avait raison, Natalie était toujours vivante, du moins jusqu'à vendredi à l'aube, et j'étais à des années-lumière de savoir ce qu'il fallait faire.

Elle me laissa prendre sa main.

– Je voudrais simplement savoir comment c'est arrivé. Comment une telle chose a pu se produire.

Incapable de lui répondre, je me contentai de promener le pouce sur sa peau délicate, en marmonnant :

– Personne ne lui voulait de mal, ce sont des choses qui arrivent, voilà tout. Comme les ouragans et les tremblements de terre ailleurs.

Elle détourna les yeux et je reconnus son expression ; elle retenait son souffle. De ma main libre, je lui caressai les cheveux et ils me parurent plus doux que je n'aurais cru. J'écartai quelques mèches de son visage tandis qu'elle fermait les paupières.

– C'est incroyable comme cette ville est remplie d'hypocrites. Ils sont tous là aux ventes de charité et aux enterrements, mais ils ne font rien pour arrêter ça. Ils se contentent de dire : « Que c'est triste ! »

Lui lâchant la main, je passai un bras autour de son cou ; je me demandais si elle n'allait pas se mettre à pleurer. Emma pleurait pour tout et n'importe quoi, même pour les dessins animés et les pubs de cartes de vœux.

Tate était différente, mais elle montrait contre toute attente une certaine fragilité physique. Je l'attirai contre moi.

– Je t'ai crue. Dès le début.

– Alors, pourquoi tu ne l'as pas dit ? Tu aurais pu au moins me dire ça.

Elle posa la tête sur mon épaule, et sur le moment j'eus l'impression que le rêve de ma vie se réalisait. Jusqu'à ce que je ressente une violente douleur dans la poitrine. Retenant mon souffle, j'essayai de ne pas tout gâcher en me dégageant.

– Je ne veux pas te faire de reproches, reprit-elle d'une voix douce, ce qui est fait est fait. Tu n'y es pour rien, je le sais.

Je serrais les dents pour résister aux brûlures sur mon épaule. C'était à ce moment qu'elle aurait dû protester, se montrer agressive, me prier de lui raconter tout ce que je savais, de lui apporter une réponse définitive.

Dont elle n'avait aucune idée.

Quand elle bougea, la souffrance me déchira jusqu'au cou et à travers la poitrine comme une décharge électrique. Dans un hoquet, je lâchai prise.

Elle s'écarta aussitôt de moi, les yeux rivés sur le sol. Elle portait un collier métallique, caché sous sa chemise. J'aurais voulu lui expliquer, mais impossible de formuler la moindre parole. Je me levai.

– Tu vas où ? demanda-t-elle d'une voix cassée.

– Nulle part. On va marcher un peu. (Je lui tendis la main.) Je ne crois pas que je pourrai rentrer dans ta voiture. Tu veux bien m'accompagner à pied à la maison ?

Une fois debout, elle essaya de me faire lâcher prise, mais je tins bon. Une seconde, on resta au bord de la chaussée à se tenir les mains. Et puis elle se libéra d'un mouvement sec, comme si elle ne pouvait soudain plus supporter que je la touche.

On descendit Welsh Street vers l'église sans échanger trois mots. Au cimetière, on s'arrêta.

– C'est là qu'ils ont enterré le corps, indiqua-t-elle. Je peux te montrer, si tu veux.

– Non, c'est bon.

– Je te promets de ne pas faire ma gamine, de ne pas céder à la charge émotionnelle…

– Je peux pas entrer dans le cimetière.

Elle parut beaucoup plus étonnée qu'agacée.

– Ça veut dire quoi ? C'est ton père, le pasteur. Tu peux aller où tu veux.

– C'est compliqué. À cause de… cette histoire.

Elle me dévisagea un long moment comme si elle cherchait quoi répondre, et finit par se diriger vers la clôture du cimetière.

– Tant pis, on va faire le tour et on regardera de l'extérieur.

Derrière l'église, elle rejoignit une barrière au pied de laquelle un massif de fleurs orange tournait au brun.

– Là, dit-elle en tendant le doigt. Ils viennent de hisser la stèle. La petite blanche, contre le mur.

Au-delà des tombes anonymes, au-delà du mausolée, elle désignait le carré non consacré où les premiers paroissiens avaient pris l'habitude d'entreposer ceux qu'ils croyaient impurs. Dans l'obscurité, seul le marbre blanc restait à peu près visible, tandis que le granit ne laissait apparaître que des silhouettes informes. La pierre que me montrait Tate se dressait bien droite, quand la plupart commençaient à pencher sur le côté.

Il y avait d'autres places libres dans ce cimetière. Consacrées. C'était la preuve évidente que ce n'était pas Natalie qu'on avait enterrée là, puisque l'enfant reposait parmi les exclus. Comme le disait la Morrigane, ce carré non consacré correspondait donc bien à un tribut payé par la ville, que celle-ci avait accepté sans jamais l'avouer.

Tate me dévisageait et je me dis qu'elle n'était pas du genre à détourner les yeux, qu'elle pouvait vous mettre à nu par la seule force de son regard. Je fermai les paupières.

– Je voudrais pouvoir faire quelque chose. Je sais pas comment t'aider.

Elle se rapprocha et me souffla, comme si elle me confiait un horrible secret :

– Tu sais pourquoi j'en suis absolument sûre ? Pas à cause de ses dents tout d'un coup trop grandes, ni de ses yeux qui devenaient bizarres. En fait, ça aussi, ça comptait, mais ça ne prouvait rien. Tandis que son pyjama… tu sais, le dors-bien rose avec des nounours… elle le portait tout le temps. Et puis voilà que quelques mois avant sa mort, je l'ai plus retrouvé. Mais figure-toi que ça n'avait pas d'importance, car elle le réclamait plus. Et elle n'aimait plus les livres d'images ni les jouets. Je me disais que c'était parce qu'elle était malade, mais j'avais tort. Et la nuit, quand on se met à penser à toutes ces choses auxquelles on veut pas penser le jour, la nuit je savais bien que c'était pas ma sœur.

Debout sur le massif, je m'appuyai à la barrière, et à côté de moi Tate paraissait petite et triste, la bouche un peu crispée. C'était la première fois, depuis cet après-midi sous le chêne, qu'elle n'avait pas l'air d'attendre quelque chose de moi.

J'avais envie de la prendre dans mes bras, mais ce n'était ni le moment ni l'endroit, et de toute façon son attitude agressive donnait l'impression qu'elle ne supporterait pas le moindre contact.

– J'ai autre chose à te dire.

– Vas-y !

– Je t'aime beaucoup.

Énoncé à voix haute, ça me semblait un aveu désespéré, inéluctable, comme si je venais de toucher un point qui m'avait échappé jusque-là. Mais on dit bien qu'il n'y a que la vérité qui blesse. Elle partit d'un rire incrédule.

– Tu quoi ?

Je regardai le sol, le ciel obscur et bruineux, partout où elle n'était pas.

– Je t'aime bien. Beaucoup.

Quand je parvins enfin à me tourner vers elle, j'avais le visage brûlant et beaucoup de mal à soutenir son regard.

Pourtant elle grimaça, croisant les bras.

– C'est vraiment pas l'endroit !

– Je sais, n'empêche que je t'aime bien.

À le répéter ainsi, je semblais prononcer une incantation. Elle se radoucit, prit une expression lointaine.

– Ne le dis pas ça si c'est pas sincère.

– Je dis jamais des trucs pas sincères. (Je me penchai vers elle, sentis de nouveau l'odeur métallique.) Enlève ton collier.

– Pourquoi ?

– Parce que sinon, je peux pas t'embrasser.

Après une courte hésitation elle ôta le collier, le mit dans sa poche, et je pus lui poser ma paume sur la joue. Et puis je me jetai à l'eau.

Je n'avais jamais rien attendu de Tate, sinon des regards las et quelques vannes sans réplique. Des minables défaites au billard, aux fléchettes ou aux cartes. Et voilà que je me retrouvais à l'embrasser derrière l'église. Elle avait les lèvres tièdes et je n'en revenais pas de me sentir si bien, le souffle court.

Elle me passa les bras autour du cou, recula en attrapant le dos de ma chemise jusqu'à ce qu'on se retrouve assis par terre, et me poussa pour que je m'allonge dans l'herbe. Au-dessus d'elle, le ciel dégoulinait toujours. Près de la barrière, un grand chêne étendait ses branches au-dessus du cimetière, dont quelques feuilles trempées captaient les brillances de la rue.

Tate m'effleura la joue du bout des doigts, comme si elle voulait en chasser les taches de lumière ou juste la pluie. Après un coup d'œil sur l'arbre iridescent, elle me décocha un sourire timide, presque tendre. Bizarre comment, après avoir passé de si longs moments de tristesse, on est soudain heureux.

Comme elle se penchait vers moi, je respirai son baume à lèvres, l'odeur du fer et du shampooing, cette sensation de propre.

On était allongés dans l'herbe à deux pas du cimetière, on s'embrassait en tremblant. Elle se mit à claquer des dents, et je l'attirai contre moi avec l'impression inattendue d'être un superhéros. Elle s'accrochait au col de mon blouson comme si je venais d'accomplir quelque chose d'extraordinaire.

Elle se mit à pianoter sur ma poitrine, à m'en donner des frissons partout. Je la rapprochai de moi, calai sa tête sous mon menton.

– Je suis pas normal, Tate.

– Je sais, soupira-t-elle en me caressant la peau sous ma chemise, en descendant jusque sous mon jean. Ça te fait du bien ?

Je hochai la tête en fermant les yeux.

– Alors, tu es assez normal pour moi.

CONFESSION

CHAPITRE 17

Le lendemain, la journée de lycée passa en un éclair. J'avais très peu dormi, mais l'analeptique me permit de tenir. Roswell voulait savoir ce qui avait mis Tate dans cet état et je lui racontai une histoire de mal des transports à dormir debout ; il n'en crut pas un mot, mais n'insista pas.

J'avais passé la matinée à me préparer pour une nouvelle rencontre avec elle, mais elle n'était pas venue. C'était la première fois qu'elle manquait un cours depuis l'enterrement, aussi personne ne s'en étonna. Pourtant, je ne pouvais m'empêcher de penser qu'après m'avoir raconté ces choses sur sa sœur, ou peut-être parce que je l'avais embrassée, elle m'évitait.

Curieusement, cette idée me soulageait presque. Ces derniers temps, ma vie avait pris un tour inimaginable et Tate représentait une complication que je n'étais pas sûr de pouvoir gérer. Pourtant, toute la journée, pendant les cours ou les corrections de devoirs, je me rejouais le moment où on s'était embrassés.

De retour à la maison, je n'avais qu'une envie, m'asseoir devant la télé et débrancher mon cerveau.

Dans l'entrée, alors que je m'essuyais les semelles et ôtais mon blouson trempé, Emma sortit du living en riant à gorge déployée, comme si elle ne pouvait plus s'arrêter. Elle ôta son chapeau de pluie noir.

– C'est Janice, expliqua-t-elle en se lissant les cheveux. On délirait. (Elle s'approcha de moi, l'air inquiet, prit mon visage entre ses mains pour m'obliger à la regarder.) Tu as l'air épuisé. Tu es sûr que ça va ?

Encore une fois, je fus surpris de répondre la vérité : la seule raison pour laquelle j'étais épuisé, c'était d'avoir trop peu dormi.

– Juste fatigué.

Emma parut ne me croire qu'à moitié. Je pris une pomme dans la cuisine avant de la rejoindre. Sur le canapé, Janice feuilletait un livre de cours. Elle avait laissé retomber ses cheveux autour de son visage et repris son air ordinaire et maussade.

– Qu'est-ce que tu fais là ? demandai-je. Je vous ai donné ce que vous vouliez, alors arrête d'embêter Emma.

– Je ne l'embête pas, on prépare un devoir. Et sans vouloir pinailler, c'est elle qui est venue me trouver. Je suivais les cours, et ne m'étais pas lancée à la recherche de beaux musiciens.

Je m'assis en face d'elle, la regardai prendre des notes sur un carnet de cuir.

– Et toi, qu'est-ce que tu fais dans une école ? À quoi ça te sert ?

Passant le doigt sous le diagramme coloré d'une cellule, elle répondit :

– Il s'agit d'apprendre tout ce que je peux dans mon domaine.

– Ton domaine ?

– De nos jours, on appelle ça la « pharmacologie ». Les connaissances scientifiques évoluent si vite que c'est difficile de suivre, mais Emma a été très gentille. Elle m'a donné beaucoup d'explications en horticulture. Je n'avais jamais rien fait pousser jusque-là, et c'est intéressant de comprendre des choses comme la propagation des semences.

Comment imaginer qu'on puisse faire pousser des plantes dans la Maison du Chaos ?

– Emma ! lança maman de l'entrée. Tu as l'intention d'utiliser toute cette tourbe de sphaigne, ou je peux la ranger ?

Au son de sa voix, Janice haussa les sourcils, se tourna vers la porte.

– Emma ! reprit maman en entrant dans le living.

Elle s'arrêta net.

Janice se leva, lui tendit la main :

– Bonjour, je suis...

– Allez-vous-en, je sais qui vous êtes ! Sortez de ma maison.

– S'il vous plaît...

Maman lui faisait face, la tête haute, prête à tout, comme si Janice allait profiter du moment où elle détournerait les yeux pour commettre l'irréparable.

Emma arriva derrière elle, les bras chargés de livres, alors que son amie prenait déjà le chemin de la sortie, l'air triste mais résignée.

– Qu'est-ce qui se passe ? demanda ma sœur. Qu'est-ce que tu lui as dit ?

Maman inspira un grand coup, comme pour se grandir.

– Dis-lui de s'en aller ! intima-t-elle d'un ton que je ne lui avais jamais entendu. Dis-lui qu'elle n'a rien à faire ici.

Emma écarquilla les yeux, serra les lèvres. Ses joues s'empourprèrent, signe qu'elle allait dire quelque chose de déplaisant. Si elle s'emportait souvent contre notre père, elle n'élevait jamais la voix contre maman, mais je n'aurais su dire si c'était par facilité ou parce que les silences de notre mère pouvaient se révéler terrifiants.

Finalement, elle ferma les paupières, poussa un grand soupir, se retint de perdre patience.

– Elle m'aide pour les cours de botanique.

L'argument aurait pu paraître convaincant, du moins si ma mère s'était laissé désarçonner.

– Elle n'est pas normale.

J'enfonçai mes ongles dans mes paumes. Quant à Janice, elle s'était immobilisée.

Emma parvint encore à se dominer trois secondes. Puis elle jeta les livres par terre.

– Alors comme ça, tu as décidé de la détester juste parce qu'elle n'est pas exactement comme toi ? Ça ne compte pas si elle est gentille, ou si depuis qu'on se connaît elle n'a fait que m'aider ?

– Tu ne sais pas de quoi tu parles. C'est un être de la pire espèce.

– Tu ne la connais même pas ! Ils ne sont pas automatiquement mauvais. Et Mackie, alors ?

– Je t'interdis de le mêler à ça ! Mackie est parfait. Il a été élevé dans un milieu favorable, on lui a enseigné des principes honnêtes. Il est comme nous.

– Et alors, enchaîna Emma gravement, qui te dit qu'ils ne sont pas tous comme nous ?

Maman ne répondit pas tout de suite, mais finit par sourire avec amertume.

– Comme nous... Dis-moi, connais-tu un seul de nos voisins ou amis qui voue un culte fanatique à un démon ? Qui enlève des enfants ? Des paroissiens de l'église méthodiste qui élèvent les bébés comme du bétail, afin de les sacrifier pour une cause perdue ? Mackie est un garçon gentil, normal. Eux, ce sont des monstres.

On restait tous pétrifiés. Aux pieds d'Emma, les livres tombés en équilibre s'effondrèrent sur le tapis. Maman porta les mains à sa bouche, comme pour se faire taire avant d'en dire davantage.

D'un seul coup, je sentis qu'elle était allée trop loin, que la suite de la discussion serait sanglante : tous les sales secrets de Gentry allaient remonter à la surface. Comme ces beaux bébés tout à fait normaux échangés contre des monstres. Peut-être irait-elle jusqu'à dire que je n'étais pas son fils et qu'un gamin du nom de Malcolm Doyle était mort à cause de gens qui vivaient sous terre et remontaient à la surface pour faire le plein de sang.

À travers ses mains, maman soupira :

– Ils reviennent toujours. Ce n'était qu'une question de temps. Ils guettent, ils patientent, et dès qu'on baisse un peu la garde, ils reviennent tout vous prendre.

– Arrête de dire *ils*. Janice est une personne !

Mais ma mère continuait sur le même ton :

– Je savais qu'ils prendraient mes enfants si je les laissais faire. J'ai fait tout ce que j'ai pu pour les en empêcher, j'ai essayé tous les trucs, tous les sortilèges. J'ai rempli la maison de clochettes, de pièces et de ciseaux à broder, mais au final, ça n'a servi à rien. Quelqu'un a ôté les ciseaux, ils sont venus et l'ont enlevé.

Emma et maman se défiaient du regard. Je me représentais la maison pleine de grigris, qu'elle avait dû finir par jeter pour que je cesse de hurler dans le berceau.

– Oui, souffla Emma. Oui, c'est moi qui les ai enlevés… J'ai détaché les ciseaux et je ne les ai pas remis en place… C'est moi. Voilà, tu es contente ? Tu l'as, ton bel aveu ? J'avais quatre ans, je n'étais qu'une idiote de gamine.

La pièce semblait maintenant trop petite pour nous quatre, même si j'essayais de passer complètement inaperçu et si Janice ne bougeait plus, adossée à la bibliothèque. J'avais les mains qui tremblaient et Emma paraissait hors d'elle.

En fait, elle endossait seule la faute.

Les raisons n'en étaient pas toutes simples : bien sûr, elle avait pris les ciseaux, bien sûr, elle n'avait ni crié ni appelé quand quelqu'un était entré par la fenêtre pour enlever son frère. Bien sûr, elle n'avait même pas prévenu après son départ, elle était restée auprès de moi toute la nuit, en passant ses mains à travers les barreaux. Mais si j'étais encore là, je le devais surtout à son attention des années durant, à sa protection. Parce qu'elle m'aimait. Je lui devais tout.

– D'accord ! cria-t-elle d'une voix suraiguë. D'accord, c'est ma faute, ça te va ?

Maman se tenait maintenant seule au milieu du living, les épaules basses, les bras ballants.

– Non, lâcha-t-elle catégoriquement. C'est la mienne.

Janice restait adossée à la bibliothèque, les bras croisés. À l'instant où je détournais les yeux, elle plongea tête en avant et se glissa au dehors. Quelques secondes plus tard, j'entendis claquer la porte d'entrée ; on se retrouva seuls face à quinze années de silence et au triste fantôme de Mackie Doyle.

Personne ne dit rien, la pièce semblait résonner d'une sourde vibration électrique qui n'avait rien à voir avec les lampes, ni les câbles de la télé. Je m'approchai de ma mère, lui pris les mains.

– Maman, arrête !

– Qu'est-ce que tu as fait ? hurla-t-elle au bord de l'hystérie. Tu es descendu sous terre ? Quand est-ce que tu as fait ça, bon sang ?

Je bondis en arrière, abasourdi par ce ton affolé.

– Assieds-toi, continua-t-elle. On a des choses à se dire, tous les deux.

Je pris place au bord du canapé et elle se posa en face de moi, d'abord sans ouvrir la bouche pendant un long moment, au point que j'entendais le tic-tac de l'horloge. J'eus l'impression que cet instant ne finirait jamais, que j'en avais pour la vie à rester devant elle sans qu'on sache quoi se dire.

Finalement, elle posa la main sur la table basse pour me saisir le poignet.

Je ne bougeais pas, j'attendais.

– Quand j'ai rencontré ton père, j'ai cru qu'il m'aiderait à oublier, à repartir de zéro, mais j'étais bien naïve. Ils ne s'en vont jamais vraiment quand ils estiment avoir encore une chance d'obtenir quelque chose.

Je fermai les paupières en tâchant d'imaginer ce qu'ils pouvaient vouloir obtenir – ce que je pourrais bien leur donner. Ils avaient toute la Maison du Chaos pleine de monstres rieurs et de tunnels inondés.

– Je leur ai déjà donné ce qu'ils voulaient, assurai-je. Ce n'était ni négatif ni dangereux. Ils veulent juste qu'on les aime.

Elle éclata d'un rire mauvais qui me fit mal aux oreilles.

– Les aimer ? Qu'est-ce que tu crois ? Ils sont à la recherche d'un corps tiède. Ils ont une dîme à payer, comme le denier du culte à l'Église ou les impôts à l'État. C'est la même chose, sauf que pour eux ça ne tombe que tous les sept ans, et que la monnaie de paiement, c'est du sang.

Je tâchai de ne pas penser à Malcolm Doyle, à ses cheveux blonds, à ses iris bleus ou à sa mort terrible. Si je laissais de telles images m'envahir, j'en rêverais des années durant.

Maman parlait la tête baissée sur ses mains.

– Ils protègent la ville, la rendent prospère. Cela demande certains sacrifices. Mais comme ils ne sont pas totalement immuns aux sentiments, ils préfèrent utiliser les enfants des autres.

– Tu veux dire toi ?

En réalité, je faisais allusion à Malcolm Doyle, Natalie Stewart et tous ceux qu'ils avaient enlevés pour prendre leur sang.

– Moi, répondit-elle les yeux dans le vague, je n'étais pas destinée au même usage, j'étais un cas spécial. La Dame m'aimait bien, elle m'appelait sa « chérie » et me traitait comme un petit animal de compagnie. Elle me racontait tous les cadeaux qu'ils lui avaient faits, des bébés qui hurlaient et gesticulaient. Comment, six cents ans auparavant, des guerriers venaient lui dédier leurs victoires et leurs défaites. Qu'elle ne laisserait jamais rien m'arriver. Elle m'a gardée si longtemps que je me faisais l'impression d'une conserve en boîte.

– Mais pourquoi la Dame ne t'a pas empêchée de partir ?

– Elle aurait dû. Elle m'aurait bien gardée, mais quelqu'un est venu me reprendre. Une étrange créature… qui m'a sortie de la colline un soir, m'a emmenée à travers le parc et m'a laissée sur le seuil de la maison familiale comme on déposerait un chien perdu.

J'essayais de comprendre cette douleur qui perçait dans sa voix. Ça n'avait pas de sens.

– Mais c'était une bonne chose, non ? Tu es rentrée chez toi.

– Pas vraiment. Les parents finissent par trouver un moyen de se passer de vous. Ils avancent. Et que faire d'une fille qui ne peut pas supporter l'odeur d'un pot d'échappement ? Qui s'aveugle au soleil ? Écoute, je les connais, je sais ce qu'ils pensent, et c'est toujours en rapport avec les gains qu'ils peuvent en tirer.

– Quels gains ?

– Je ne sais pas au juste. Mais tu peux en être certain, ils se serviront de toi, te manipuleront et puis te jetteront quand ils n'auront plus besoin de toi. (Elle eut un petit sourire désabusé.) J'étais assise sur un coussin à ses pieds et je jouais avec un oiseau mécanique, je chantais des petites chansons qu'elle reprenait après moi. Tu ne dois pas retourner auprès d'eux, à aucun prix.

– Ils m'ont dit que si je ne les aidais pas, ils s'en prendraient à Emma. Je peux pas les laisser faire.

– Écoute, dit maman en se levant, Emma a presque vingt ans, elle est assez grande pour s'occuper d'elle-même. Toi, tu es rare, tu as sans doute de la valeur à leurs yeux et ils attendent quelque chose de toi. Quand quelqu'un, dans le monde souterrain, désire quelque chose, ce n'est jamais anodin. N'y retourne pas.

– Et s'ils lui font subir quelque chose d'affreux pour me punir ?

– Ils te puniront toujours, car ils détestent perdre. Quand ils ont enlevé Malcolm, c'était pour me punir d'être partie.

– Mais ce n'est pas toi qui as décidé de partir. Tu n'étais qu'une gosse… une victime.

– Seulement, je suis partie, et la Dame ne peut pas me le pardonner, parce qu'elle ne voit que le résultat. Ils vont se servir de toi, Mackie. Qu'est-ce que je dois faire pour te convaincre qu'ils sont dangereux ?

Quand j'essayai de me représenter le mot *dangereux*, je ne vis que le visage de Janice, ce mélange d'incompréhension et d'inexpérience. Elle ne profitait pas d'Emma en écoutant ses explications sur la propagation des semences, elle partageait ses passions. C'était bien ce qui formait la base de l'amitié, non ?

– Je vais mieux, expliquai-je finalement. C'est peut-être la première fois de ma vie que je me sens aussi bien, et c'est grâce à eux.

– Tu ne comprends donc pas ? Ils t'ont acheté, ils ont découvert le prix que tu valais.

Et moi je trouvais que ce prix n'avait rien d'exorbitant. Ils m'avaient donné plus que je n'avais jamais espéré. Mais le point critique n'avait pas été atteint dans le soulagement de mes douleurs ou de ma fatigue, ni même dans la promesse de devenir normal. C'était Emma qui occupait toutes mes pensées, au point qu'il n'y avait soudain plus de place dans mon esprit pour aucune autre considération.

– J'avais pas le choix.

Maman se frotta les bras, le regard dur.

– Dans la vie, il faut savoir faire des choix.

BEAUTÉ ET VÉRITÉ

CHAPITRE 18

Ce mardi matin, quand je descendis prendre mon petit déjeuner, ma sœur et ma mère étaient déjà parties. Je mangeai seul mes céréales, debout devant l'évier.

J'essayais de me remémorer la rumeur de la foule au Starlight, le goût des baisers de Tate, la caresse de sa main dans la mienne.

Mais c'était la conversation avec ma mère qui dominait tout le reste, comme une égratignure que je croyais frôler du bout des doigts, avec la vague tentation de creuser par-dessous.

Dans le living, mon père regardait par la fenêtre, les mains derrière le dos.

Je m'assis par terre devant le canapé. Le son de la pluie me procurait la sensation morne et floue d'un rêve incertain, et je m'adossai en constatant combien il était difficile de communiquer avec qui que ce soit. Comment exprimer tout ce que j'avais à dire ? C'était trop compliqué, beaucoup plus que d'embrasser Tate ou de partager le terrible secret qu'elle m'avait confié sur sa sœur. J'étais oppressé par cette proximité avec quelqu'un qui en savait tant sur moi, et pour qui j'allais devoir me transformer en une personne réelle.

Je n'arrêtais pas de penser à sa bouche, à ses mains glissées sous ma chemise... Mais d'où me venait cette tendance à choisir ce qui ne me convenait pas, au point de ne plus vraiment savoir ce qui était souhaitable ?

Je pensais malgré moi que cette rencontre avec Tate devant le cimetière avait été une sorte de récompense pour avoir cru en elle ; ou une incitation à lui raconter ce que je savais. Que Natalie était toujours vivante. Mais au moment où j'avais découvert cet élément essentiel, Tate n'avait aucun moyen de le savoir, cet intermède dans l'herbe devait donc être authentique...

Autrement dit, elle avait vraiment voulu m'embrasser.

Au moins un petit peu...

– Tu m'as l'air bien plongé dans tes pensées, observa mon père.

Je haussai les épaules sans répondre. Je pataugeais trop pour pouvoir répliquer.

Je partis au lycée plus tôt que d'habitude, longeant Orchard, traversant la passerelle. Le fond du ravin était plongé dans le brouillard, et en regardant mes pieds sur les planches, je songeais aux avertissements de maman, totalement en accord avec ceux de la Morrigane qui me conseillait de rester à l'écart du chemin de la Dame.

Les mains dans les poches, je traversai Welsh Street. Il n'y avait personne à l'horizon et je commençais à me sentir un peu perdu, avec le même sentiment d'inexistence qui me venait parfois la nuit, lorsque j'aperçus quelqu'un devant moi. Veste grise, cheveux courts en bataille. Je me précipitai pour la rejoindre.

– Tate, attends !

Elle jeta un coup d'œil par-dessus son épaule, fit une grimace qui ne ressemblait en rien à un sourire, m'adressa un signe et laissa retomber sa main.

– Ça va bien ?

Elle haussa les épaules sans répondre.

Je me plantai devant elle, quitte à marcher à reculons :

– Tu as préparé la feuille de travail pour la littérature ?

– Arrête ! Ne fais pas semblant de raconter des trucs normaux. Ne fais pas comme si tout allait bien.

– Qu'est-ce que tu veux que je dise ?

– Et tu poses la question ! Je te demande rien. Je veux juste que tout le monde ne s'en fiche pas qu'elle ait disparu.

Pris d'un vertige brûlant, je parvins tout juste à ne pas détourner les yeux.

– Personne ne s'en fiche. Mais qu'est-ce qu'on peut y faire ?

C'était la pure vérité, pourtant je me sentais dans la peau d'un menteur. Natalie serait en vie jusqu'à vendredi. Et là, il fallait chercher un moyen de la sauver, ce que ferait toute personne digne de ce nom ; or, j'avais l'impression que Tate lisait mon sentiment de culpabilité, mon énorme mensonge, écrits au milieu de ma figure.

Tout ce qui la concernait semblait se borner aux quinze ou vingt minutes passées près du cimetière. Étonnant de songer que je l'avais embrassée, et que là j'osais à peine la regarder.

– Et ta voiture, tu l'as pas ?

Elle me bouscula pour passer.

– Elle voulait pas démarrer.

Je me plantai de nouveau devant elle.

– Qu'est-ce qui lui arrive ?

– Si je le savais, tu ne crois pas que je l'aurais fait réparer ? maugréa-t-elle, exaspérée. Bon, je suis en retard, maintenant. Tu me laisses passer ?

En arrivant au cours de littérature, je me sentais plutôt énervé, mais je n'aurais su dire si c'était ma faute ou celle de Tate. Je restais plus ou moins taraudé par l'idée qu'elle m'avait embrassé juste pour me remercier de l'avoir crue, ou pour toute autre chose du même genre, mais finalement, ça m'était égal. J'avais encore envie de l'embrasser.

Quelques rangs devant moi, Alice jouait paresseusement avec ses cheveux, les enroulant autour de sa main, les déroulant sur son beau visage aux traits réguliers trop parfaits.

– Tate, lança Mme Brummel avec un sourire mielleux, comme pour montrer qu'il ne s'était rien passé le vendredi. Pourriez-vous rendre les interrogations, je vous prie ?

Dans un mouvement souple, Tate se leva et contourna son bureau, lumineuse et colorée comme un modèle de Van Gogh, les cheveux dressés en crête, les coudes serrés sur sa chemise Thermolactyl. Elle prit la liasse de copies et commença par ma rangée, classant les noms.

Je me penchai sur ma chaise :

– Jenna… Jenna, tu as un stylo ?

Celle-ci fouilla dans son sac et m'en tendit un, souriante comme pour une pub de dentifrice.

Comme je n'avais pas mon calepin, je cherchai dans mes poches un vieux ticket, une enveloppe de chewing-gum ou un reçu. Finalement, je trouvai un morceau d'affiche pour un concert et j'écrivis au dos : *Je peux te ramener chez toi ?*

Quand Tate arriva à ma hauteur, je lui tendis le message, mais elle l'ignora, déposa ma copie sur mon bureau et poursuivit son chemin.

Je l'attrapai par le poignet sans l'avoir vraiment voulu, et j'en fus le premier surpris. Elle avait la peau fraîche et des petits os tout fins. On resta un instant à se fixer, puis elle se dégagea avec dégoût, comme si j'étais contagieux.

Elle distribua le reste des copies et reprit sa place sans regarder Mme Brummel ni personne d'autre.

On passa le cours à corriger les réponses, à discuter pendant que je feuilletais mon livre à la recherche d'images intéressantes, ou peut-être d'une solution magique à tous mes problèmes.

J'examinais le chapitre des romantiques, quand je tombai sur la photo d'une jarre peinte de danseurs gambadant et cabriolant derrière des joueurs de flûtiau. Ils me rappelaient l'after de la Maison du Chaos, sa gaieté démesurée, sa grâce lugubre.

Sur la page opposée, un poème louait par-dessus tout la force de la beauté et de la vérité, la beauté étant vérité et la vérité, beauté.

Mais peu importait comment on décrivait le monde. En fin de compte, mes amis ne me connaissaient pas, Tate ne tenait pas vraiment à moi, et la vérité n'était qu'abomination.

Je refermai le livre, regardai la pendule en souhaitant qu'elle avance plus vite.

Devant moi, Alice et Jenna discutaient de la soirée de Halloween au lac, se demandant s'il y aurait un feu de joie cette année ou si la pluie allait les obliger à préparer des petits foyers dans les fours à barbecue, sous les abris de pique-nique. Elles étaient toutes deux très jolies, je les contemplais et ça faisait un bien fou de se laisser distraire un peu par un spectacle aussi normal.

Alice portait un tee-shirt ultra-court et je me laissai fasciner, ce que Roswell n'aurait pas hésité à trouver masochiste ; mais j'admirais ses cheveux de miel et je me sentais moins bête qu'en pensant à Tate.

Attirée par mon regard, Alice se retourna, l'air excédé.

– Tu viens à la soirée, Mackie ?

Elle haussait les sourcils, mais gardait les paupières mi-closes, comme si ça la fatiguait de s'occuper de moi.

Un autre jour – n'importe quel autre jour –, j'aurais pris cette question pour ce qu'elle valait : un sentiment de supériorité, ou l'intention de me rabaisser. Mais les choses avaient trop mal évolué ces derniers temps, à en prendre un tour nauséabond.

Imitant l'attitude de Roswell, je me penchai en avant, haussant les sourcils.

– Pourquoi ? Tu voulais y aller avec moi ?

Bouche bée, elle rougit un peu, à ma grande surprise. Derrière elle, Tate prenait sagement des notes. Je crus voir ses épaules se raidir, mais je ne l'aurais pas juré.

– Tu veux que je t'accompagne ? susurrait Alice d'un ton moqueur.

Moi, je m'extasiais sans vergogne, elle avait décidément une bien jolie bouche, douce et brillante.

– Ça dépend si tu dis oui ou non.

– Oui, dit-elle en se mordant les lèvres.

Et de me décocher un sourire complice.

Tate restait obstinément immobile à son bureau, les yeux fixés sur sa feuille comme si rien d'autre ne comptait.

LE LAC

CHAPITRE 19

Ce n'était pas un rendez-vous. Du moins, je me le répétais pour me faciliter les choses. Ce n'était pas un rendez-vous, je ne faisais que retrouver Alice sur place. Pourtant, ça ressemblait à ça, puisque j'avais manœuvré pour l'y rencontrer comme n'importe quel type normal qui sort le soir rejoindre des filles.

Roswell s'accrochait toujours à Stephanie, mais cette perspective ne semblait pas l'angoisser. Je lui demandai comment m'y prendre avec Alice, et il répondit tranquillement :

– Commence par discuter avec elle.

Après le dîner, j'allai le rejoindre chez lui, où sa mère m'accueillit en agrafant son collier, les cheveux relevés en une sorte de tresse fantaisiste.

– Il est dans sa chambre, il se pomponne pour ses fans. Je compte sur toi pour l'empêcher de commettre des imprudences au volant.

– Je vais essayer, mais je ne sais pas si j'ai beaucoup d'influence sur lui.

Elle éclata de rire. Dans ces moments-là, elle lui ressemblait, avec ses yeux en amande bleu glacier. Elle me serra l'épaule d'une main.

– Ne te rabaisse pas, mon gars, il t'écoute.

Roswell était en haut, fort occupé à fixer ses fausses canines émaillées. Il se donnait un peu plus de mal, maintenant que c'était vraiment Halloween, et s'était coiffé d'une étrange banane.

Je m'assis à son bureau où traînaient les pièces de la dernière pendule qu'il fabriquait, pendant qu'il étalait de la colle sur ses crocs, puis s'essuyait les doigts sur son jean.

Lorsqu'il fut satisfait, il me jeta un regard désapprobateur.

– Qu'est-ce que tu as dit à ma mère pour la faire glousser comme une gamine ?

– Rien d'extraordinaire. Elle a toujours l'air de s'inquiéter de ta conduite, comme si on dévalisait des banques.

– Tu sais bien que les ados conduisent comme des malades, qu'ils se tatouent des croix gammées sur les bras, volent des ordonnances aux vieux pour se procurer de la cocaïne.

J'examinais la pendule construite à partir de la coque d'un vieux téléphone, et dont il avait équipé le cadran de pièces de monnaie périmées à la place des heures.

– Elle m'a jamais raconté des trucs comme ça, dis-je en me penchant sur un vieux centime en cuivre.

– Parce qu'elle te prend pour le sage du groupe.

– Elle n'a pas tort. Où t'as trouvé toutes ces monnaies ?

– D'après toi ? Ça vient des jumeaux. Je te jure, chaque fois que Danny répare un truc, il m'apporte un tas de pièces détachées.

Croisant les bras, il m'examina des pieds à la tête.

– Tu te déguises pas ?

– Depuis quand j'en ai besoin ?

Il sourit, me tapa sur l'épaule.

– Depuis que tu n'as plus l'air naturellement fêlé et que tu commences à jouer les mecs normaux.

– Tu vois, dis-je en me levant, c'est ça, mon déguisement.

Le lac s'était asséché bien avant ma naissance.

Situé à la sortie de la ville, il empestait comme un vieux marécage. Des rochers encombraient la rive, mais au centre il restait humide et la pluie transformait son lit en une énorme flaque de vase. Un parc l'avait agrémenté autrefois, avec des tables de pique-nique et des appontements de bois pour la pêche et les promenades en bateau – toutes activités disparues en même temps que l'eau. Les gens venaient courir sur les chemins voisins, promenaient leurs chiens dans les bois, mais la plupart du temps, c'était plutôt le rendez-vous de trafiquants de drogue et de lycéens en fête.

On s'installa sur l'ancienne aire de pique-nique complètement délabrée. Les foyers étaient tous allumés, comme des phares au milieu des abris. Une fois garé, il fallait remonter une allée jonchée de boîtes de fast-food et de canettes de bière. Et toujours cette bruine qui tombait depuis des semaines.

Jenna et Stephanie portaient des manteaux par-dessus leurs costumes et s'étaient réfugiées dans l'abri central. Près du feu, Alice, armée d'une canette, rentrait les épaules pour avoir plus chaud.

On s'approcha, et quand elle me vit, elle sourit et me fit signe. Roswell me lança une bière que j'ouvris. Ça faisait drôle de se retrouver dans l'action au lieu de se tenir en marge.

Jeremy Sayers s'approcha de moi. Il était déguisé en pirate, coiffé d'un tricorne, l'œil masqué par un bandeau.

– Doyle ! lança-t-il. La pure tarlouze !

Difficile de dire si je devais le prendre comme un compliment, mais comme il me souriait, je jouai les décontractés et lui répondis d'un air enjoué.

Tyson Knoll se joignit à notre cercle, lui aussi en pirate.

– Hé, mon pote, tu lui as parlé du sang ?

Je tâchai de ne pas montrer mon appréhension.

– Quel sang ?

– Sur ton casier ! Tu as aimé, ou quoi ?

J'avalai une gorgée de bière et acquiesçai sans trop savoir ce qu'il attendait de moi. J'aurais utilisé un autre mot qu'*aimé*.

Jeremy me posa un bras sur l'épaule. Il sentait le déodorant et l'alcool.

– Tu te rappelles, quand Mason s'est coupé la lèvre à la gym, l'année dernière, et que tu en es tombé par terre comme une vraie lavette. Tu te rappelles ? Mort de rire !

Toujours à côté d'Alice, je faisais comme si l'anecdote ne me gênait pas trop, mais les filles me souriaient. Décidément, à force de garder profil bas, j'étais devenu complètement parano. Je voyais des menaces partout et ne savais plus distinguer les vrais dangers.

Ces deux types qui riaient fort et plaisantaient de tout, je les avais longtemps considérés avec la même fascination que je portais à Roswell. Un peu comme les filles ordinaires pouvaient voir une Alice ou une Jenna, pas vraiment jalouses, plutôt envieuses. Cammie Winslow se tenait non loin de la barrière, dans un autre refuge ; elle avait passé un costume de clown trop grand pour elle et paraissait totalement perdue ; apparemment, elle aurait donné cher pour se joindre à nous et boire de la bière à bon marché en compagnie de Jeremy et Tyson ; deux vrais abrutis, en fait, mais je n'avais jamais su jusque-là ce que ça faisait d'être accepté, et voilà qu'ils se comportaient comme si je faisais partie de leur groupe.

Dans l'atmosphère humide et froide, je sentais la chaleur du feu gagner mes joues, même si je me tenais assez loin du foyer. Le barbecue et la grille étaient en acier, brûlés, noirs de suie, mais un nuage de fer flottait autour de la fumée. Néanmoins, tout se passait bien pour moi et je me sentais heureux.

Sur le parking, des garçons de l'équipe de lutte essayaient de mettre le feu à Poussière la Sorcière, mais il pleuvait trop fort et ils obtenaient surtout beaucoup de vapeurs empestant l'essence.

Alice se rapprocha de moi, me prit la main. La sienne était plus petite et plus large que celle de Tate, avec une paume douce et souple, des ongles au vernis bleu électrique. Sous sa poignée ferme, je pensai soudain à la Morrigane, qui cherchait toujours à se tenir près de moi et ne me lâchait plus, comme une gamine.

En revanche, Alice était infiniment plus belle que les monstres de la Maison du Chaos, d'une beauté authentique, loin de celle, intermittente, de Janice ou de Carlina.

Elle attirait toujours l'attention, ne serait-ce qu'un quart de minute.

Les garçons de l'équipe de foot nous racontèrent les coups fourrés qu'ils avaient joués à d'autres gens, tout en se passant une bouteille de bourbon. Roswell et Stephanie s'étaient éloignés du groupe, si bien que je me retrouvais seul à la barre du monde des gens normaux, mais c'était plus facile que je n'aurais cru.

Je pris la bouteille des mains d'Alice, et à mesure que je buvais, la chaleur m'envahissait le corps tout entier. Il me sembla sentir le goût métallique de sa langue, mais je n'aurais pu le jurer.

Alice fixait sur moi ses yeux d'un bleu éclatant et me contemplait d'un air attendri, comme si tout allait toujours bien se passer. Alors je l'embrassai, humant les effluves de bourbon mêlés d'un autre parfum indéfinissable, mais ce fut son souffle embaumé d'acier qui me tourna la tête.

Je l'embrassai encore, l'étreignis plus fort. Le feu faisait régner une chaleur étouffante et la pluie martelait les graviers de l'allée. Alice passa les mains dans mon dos et je la sentis qui se serrait contre mon corps, jusqu'à ce que sa langue vénéneuse s'emparât de ma lèvre inférieure avant de s'introduire dans ma bouche.

Douleur.

Pendant une seconde, je ne sus plus où j'étais, ni d'où provenait cette souffrance aveuglante, incandescente, qui m'envahit au point de faire disparaître le reste du monde.

Alice était encore collée contre moi, ses mains sur ma nuque me rapprochant le plus possible de sa bouche pour me retenir dans son atroce baiser. Jusqu'à ce que je me dégage d'un bond en arrière.

Je trébuchai hors du cercle de lumière, m'accrochant comme je pouvais à la planche de bois qui encerclait le refuge. Là, je tentai de réfléchir. La douleur était immense, plus puissante que ce que j'avais jamais ressenti. Je n'aurais pas cru qu'il existait tant de façons différentes de souffrir.

J'avais les bras lourds, inutiles, mais je finis par retrouver la fiole dans la poche de mon blouson, ôtai le bouchon, renversant au passage une partie du liquide dans mes mains.

J'avalai une longue rasade de l'analeptique et appuyai le front contre la barrière en me tassant sur moi-même, parce qu'il ne se passait rien, rien du tout, absolument rien. Et puis il arriva bien quelque chose, mais qui n'avait rien de réjouissant. Cela surgit comme une vague qui balaya tout sur son passage : pris de haut-le-cœur, je me pliai en avant et cela parut durer une éternité.

Alice m'appelait, mais je ne pouvais lui répondre. On aurait dit que la fête se déroulait à un million de kilomètres de là, dans un autre pays, un autre univers. Pour moi, il n'y avait plus que le sol, la planche et rien d'autre.

– Il est bituré, lança Roswell quelque part au-dessus de moi.

Je sentis sa main entre mes épaules.

– Mince, il est complètement cuit.

– Tu veux que j'apporte de l'eau ? suggéra Alice.

Pour résister à la glaciale rafale, je ne pouvais que m'agripper à la barrière, et ce fut là que les tremblements commencèrent.

– Ça va, répondit Roswell, t'inquiète. Je m'occupe de lui.

– Ouais, tu ferais bien.

La voix d'Alice s'éloigna tandis qu'elle murmurait encore quelque chose comme « c'est dingue ».

C'est à peine si je m'aperçus que Roswell m'entraînait vers la voiture, s'arrêtant de temps à autre pour me laisser vomir dans le gravier. Il me fit asseoir sur le siège passager, baissa la vitre et claqua la portière. Puis il s'installa au volant et démarra.

– Qu'est-ce qui t'arrive ? demanda-t-il d'un ton plutôt irrité.

Je savais que devais faire attention, garder mon secret, mais j'étais trop parti pour esquiver le problème, la poitrine encore secouée de lourds spasmes qui m'empêchaient de respirer.

– Je l'ai embrassée.

– Et ça t'a provoqué un choc anaphylactique ?

Par la fenêtre ouverte, la pluie me battait les joues.

– Elle a un piercing à la langue.

Sans plus rien dire, Roswell fit demi-tour et sortit en trombe du parking, remonta le chemin boueux qui menait à la route. Affalé sur mon siège, je passai la tête dehors pour ne pas dégueuler dans sa voiture.

Quelque part entre douleurs et nausées me revint la voix de Luther qui se répercutait dans ma tête, murmurant : *Tu es en train de mourir.* Avant ce désastreux baiser, la soirée s'était déroulée à peu près normalement, mais ça ne pouvait pas durer. Pour les gens comme moi, pas de *normal* qui tienne.

Sur la route bitumée, Roswell parut s'agiter et se remit à me poser des questions. Il parlait trop vite, au point que j'avais du mal à suivre.

– Bon, qu'est-ce que je dois faire ? Si tu veux que je m'arrête, dis-le. Tu as besoin d'eau ? Tu veux que j'appelle Emma pour lui dire que je te ramène la tête à l'envers ?

– Dépose-moi au bout d'Orchard.

– D'accord, tu dérailles, soupira-t-il. Répète, parce que j'ai cru t'entendre demander un truc de malade.

– Tu vas me déposer au bout d'Orchard. Il faut que je rejoigne le crassier.

HORRIBLE PETIT MONDE

CHAPITRE 20

Roswell se gara au sommet du ravin et ouvrit sa portière. Dans la lueur du plafonnier, je vis son visage creusé par l'ombre, si rigide et attentif que je le reconnus à peine.

Je m'attendais à une dispute, mais il se contenta de me tirer dehors et de m'entraîner vers la passerelle. J'en conclus faiblement que c'était un véritable ami, si on pouvait considérer ainsi quelqu'un qui vous laissait à demi inconscient sur un pont.

Dès que j'atteignis le fond du ravin, je me sentis désespérément soulagé. Et beaucoup, beaucoup plus mal. Je m'agenouillai dans la boue, appuyai le front sur la paroi du crassier humide, en murmurant les noms de Carlina, de Janice, de n'importe qui. À peine la porte s'ouvrit-elle que je me jetai dessus et tombai à l'intérieur.

Tout le long du chemin, j'eus l'impression de glisser, de déraper, de me relever pour repartir et retomber encore. J'aboutis ainsi dans le vestibule de la Maison du Chaos avec la désespérante impression de ne jamais pouvoir échapper à cet horrible petit monde. Mon monde. Je n'avais nulle part ailleurs où aller.

La Morrigane était par terre devant le bureau de réception, à jouer avec un petit train en étain. Elle leva les yeux en me voyant débouler et ne parut pas apprécier, sursautant, mettant son jouet à l'abri avant de foncer dans ma direction.

– Misère, que s'est-il passé ? Qui a fait ça ?

Je fis celui qui ne savait pas, trop impliqué pour pouvoir reconnaître que j'étais plus responsable que n'importe qui d'autre.

La Morrigane me lâcha et retourna en courant vers le bureau, ouvrit le premier tiroir, en sortit une grosse cloche de cuivre qu'elle agita au-dessus de sa tête.

– Janice ! cria-t-elle.

Tout en continuant son manège, elle se dirigea vers une porte et j'eus la vague impression que ce bruit allait finir par me faire tourner de l'œil.

– Janice ! Apporte le sérum d'urgence et la seringue.

Et Janice d'arriver, de me prendre le bras pour remonter la manche de mon blouson.

– Là, tiens-toi tranquille.

Je me raidis, essayai de me concentrer. Elle apportait bien une aiguille, mais de cuivre au lieu d'acier, un cuivre épais qui semblait impropre au perçage de la peau. Je me rendis compte qu'elle allait tout de même me piquer, mais j'avais de tels élancements dans la tête que j'étais incapable de former le moindre raisonnement pour y prêter attention.

Je dus m'appuyer au bureau pour ne pas tomber. Janice plaça la seringue, pointant le bout à l'intérieur de mon coude, avant d'appuyer dessus. Une brûlante douleur envahit mon bras. Un épais sérum brun me coulait lentement dans la veine et je dus fermer les yeux, renverser la tête en arrière pour supporter ce nouvel élancement. Janice retira l'aiguille et je me mis à trembler, mes jambes à flageoler, ma tête à tourner, désagréables sensations que je ne connaissais que trop. Je tombai à terre.

Néanmoins, je l'aperçus peu après au-dessus de moi, toujours dans son bloomer, couvert d'un long peignoir brodé, les cheveux à moitié relevés, à moitié tombants, comme si elle avait été surprise en train de dormir.

– Je ne voulais pas te réveiller, murmurai-je. Merci pour la piqûre. Je me sens mieux.

Elle s'accroupit devant moi, me prit le visage entre les mains, l'air d'examiner mes pupilles ; puis elle m'ouvrit la bouche.

– Tu veux te suicider ? commenta-t-elle. Quelle saleté as-tu voulu avaler ?

Elle se tourna vers la Morrigane, toujours adossée au bureau, sa cloche à la main.

– Il a besoin de s'allonger. Trouve-lui un endroit tranquille.

Jamais je n'avais entendu personne de la Maison du Chaos s'adresser sur ce ton à sa maîtresse, comme si elle parlait à une servante ou à une petite fille. Pourtant, celle-ci hocha la tête et vint me prendre par la main. La sienne était si tiède que je pus à peine le supporter. Elle m'emmena vers une petite porte latérale, me conduisit à travers un corridor obscur vers une pièce haute de plafond ; je compris que ce devait être sa chambre, sans doute à cause de son tapis vert à fleurs et sa grande maison de poupées à quatre étages qui occupait tout un angle ; mais c'était l'immense lit à baldaquin qui prenait presque toute la place.

– Là, dit-elle en défaisant les couvertures. Repose-toi.

Je me laissai tomber sur les draps avec mon blouson humide et mes chaussures boueuses, et me blottis sur le côté en tremblant. La Morrigane se pencha vers moi :

– Quand est-ce que tu apprendras que tu as certaines limites ? Tu peux te débrouiller dans le monde, tu peux survivre, mais tu ne seras jamais comme eux. Je ne possède ni tonic ni sérum pour ça. Peu importe le mal que tu t'infligeras, tu ne pourras jamais vivre la même vie qu'eux.

Je ne relevai pas l'absurdité du terme *eux*. Tout le monde à Gentry faisait partie d'eux, de même que tout le monde dans la Maison du Chaos. Moi seul n'en étais pas membre. Je n'étais qu'un étranger rebelle, en dehors de tout.

– Je ne veux pas la même vie que tous les autres, marmonnai-je d'une voix essoufflée. Je veux juste vivre ma vie.

– Il te faudra pourtant l'analeptique, et tu devrais commencer par faire un peu plus attention à ta santé. Tu as été très négligent jusqu'à présent, mais maintenant tu es là à l'abri, et nous avons l'intention de nous occuper de toi.

Elle sortit un mouchoir qu'elle plongea dans un bol d'eau à côté du lit, me le passa sur le visage, effaçant les traces cireuses des moustaches d'Alice.

Après quoi, elle se pencha pour me chuchoter à l'oreille :

– Je croyais que c'était ma sœur qui t'avait fait ça. Quand je t'ai vu à la porte, je me suis dit qu'elle avait appelé le Coupeur pour te massacrer.

J'avais envie de lui répondre que ce n'était la faute de personne, qu'on ne m'avait pas attaqué.

– J'aimais beaucoup ma sœur, reprit-elle en m'essuyant les paupières.

L'eau était froide et sentait les feuilles mortes, mais ça faisait du bien. Je commençais à me dire qu'au fond je me trouvais peut-être chez moi ici, même si c'était une drôle de maison plutôt sinistre, où je n'avais aucune envie de vivre.

– Je l'aimais énormément, et pourtant, à la fin, je n'étais plus d'accord avec elle. N'est-il pas hypocrite d'aimer une personne tout en désapprouvant ses actes ?

Je clignai des paupières pour en chasser quelques gouttes d'eau. Cette question n'avait pas de sens. En matière d'amour, il n'existait ni règles ni consignes.

– J'ai mal agi, poursuivait-elle en venant s'asseoir sur mes tibias.

La pièce semblait s'arrondir sur les côtés, s'approchant et reculant à ma vue ; le baldaquin flottait çà et là. Je me sentais partir dans le vague, à croire que Janice m'avait injecté un calmant qui risquait de me faire perdre la raison, trop fortement dosé en drogue.

La Morrigane se blottissait à côté de moi sur l'oreiller.

– Ma sœur enlève parfois des enfants. Sans vraie raison, juste pour les garder. Elle est capable d'en choisir un parce qu'elle le trouve joli ou parce qu'il l'amuse. Tiens, une fois elle a pris une fille, une jolie et intelligente petite fille, pour l'élever comme un jouet.

Je ne pouvais tout suivre, mais je comprenais que l'endroit où la sœur de la Morrigane gardait des enfants comme des animaux de compagnie était pire que la mort. Je me représentai une petite fille en robe bleue du dimanche, ses cheveux blonds sagement coiffés sur les épaules. L'image était aussi lointaine que familière, marquée comme si on l'avait pliée, mais ma tête était pleine de lumières blanches et d'échos et je ne parvenais pas à la remettre.

La Morrigane tordit le mouchoir pour en passer le coin sur mon visage.

– Je la lui ai reprise. Je suis entrée dans la chambre de ma sœur, au plus profond de la Maison des Mystères. J'ai emmené la petite, je l'ai reconduite dans sa famille. C'était la meilleure des choses à faire, mais ma sœur m'en veut à mort pour ça. Le lac s'est asséché peu après, et c'est là que ses eaux sont venues nous harceler dans les tunnels. Elle pompe toute la joie de la ville et lui envoie la pluie.

D'un ton altéré par le chagrin, elle se rapprocha encore pour bredouiller :

– Je l'ai trahie, et maintenant nous sommes séparées. Elle me punira jusqu'à la fin de mes jours, rien que pour une petite fille.

Les yeux clos, je remuai seulement la tête. Le tissu mouillé devenait carrément froid sur mon visage, et je savais d'où provenait l'image floue qui m'obsédait. Je l'avais vue mille fois dans l'entrée, dès que je passais devant la vitrine emplie de porcelaine de Hollande et de tasses à thé.

– Ma mère.

J'avais dit ça d'une voix tellement sèche que je ne la reconnaissais même pas, comme si quelqu'un d'autre venait de murmurer ces mots à mon oreille.

BÉNI

CHAPITRE 21

Je m'éveillai dans l'obscurité, étalé sur le lit à baldaquin de la Morrigane, les couvertures enroulées autour de mes jambes. L'odeur de moisi des draps donnait l'impression de se trouver dans un grenier.

Peu à peu, je distinguai quelques objets autour de moi – la maison de poupée géante, et dans un autre coin, une énorme commode surmontée d'une psyché. La Morrigane dormait pelotonnée près de moi en suçant son pouce, une poupée aux vêtements sales serrée contre elle. Ses cheveux ramenés en arrière lui donnaient un air étrangement pacifique, comme une petite fille.

Chassant les couvertures, je posai les pieds à terre. Au creux de mon coude, l'injection de Janice me faisait encore mal, mais je me sentais plutôt mieux que d'habitude, en dépit de la langue percée d'Alice qui s'était collée à la mienne.

Laissant la Morrigane endormie, je regagnai le vestibule, longeai les corridors jusqu'à la porte du crassier, où je me retrouvai sous la pluie.

*

En arrivant à la maison de Roswell, j'aperçus sa voiture garée devant le porche éteint. Il était minuit passé et l'obscurité régnait partout, sauf à sa fenêtre où brillait de la lumière. Je me planquai à l'ombre du garage pour envoyer un texto lui demandant de descendre.

On se retrouva devant la porte latérale. Sans lui laisser le temps d'ouvrir la bouche, je lui fis signe de se taire et il m'indiqua alors Smelter Park, qu'on rejoignit en silence.

On s'assit à une table de pique-nique en bordure de l'aire de jeu. Il avait passé sa capuche et laissé ses manches lui remonter sur les mains. J'avais l'impression que tout le monde s'habituait au temps, et qu'à force on finirait par le supporter sans plus d'imperméables ni de parapluies. On trouverait normal de vivre dans l'humidité.

Je ne parvins pas à poser la question qui m'obsédait, comme si ça risquait de me faire encore plus mal à la gorge. Je ne sus que dire des choses affreusement banales :

– Qu'est-ce que tu fais encore debout à cette heure-là ?

– Je travaillais à ma pendule-téléphone en attendant de tes nouvelles, de savoir si tu n'étais pas mort. J'ai essayé de t'appeler, mais je captais même pas ton répondeur.

Il paraissait parler normalement, mais c'était son regard qui m'inquiétait. Il me posa une main sur l'épaule, pas assez fort pour me frapper, pas assez brusquement pour me saisir.

– Tu m'as fichu les jetons ! Qu'est-ce qui s'est passé ?

L'air de rien, je regardais le toboggan rouillé, les balançoires abandonnées, mais j'avais le cœur qui battait à tout rompre, comme avant un exposé. Derrière une palissade, l'ombre menaçante de la colline de déchets se détachait sur les arbres et sur le ciel.

Je sentais bien que Roswell m'observait à la dérobée.

– Bon, finit-il par dire. N'y vois pas une attaque personnelle ni rien, mais depuis quelque temps, je te trouve plus bizarre que jamais. Tu pourrais m'expliquer ce qui se passe ?

Les battements de mon cœur s'accélérèrent encore et je répondis en fermant les yeux :

– Je ne suis pas une vraie personne.

Ce qui le fit hurler de rire.

– Mais si, tu es réel ! Reste à savoir si tu n'es pas dingue, sauf que c'est bien à toi que je m'adresse.

Ce fut comme s'il me donnait l'absolution. J'aurais dû être content, alors que je me sentais anéanti. Je me pris la tête dans les mains.

– Qu'est-ce que ça fait ? demanda-t-il gravement. Dis-moi pourquoi tu es comme ça.

Comme s'il me manquait un ingrédient pour me rendre aussi normal que n'importe qui. J'examinai l'herbe, histoire de ne pas regarder Roswell. Et je lui racontai tout par bribes. La fenêtre ouverte, le store, le berceau, comment Emma n'avait pas eu peur de moi, comment elle m'avait tendu la main à travers les barreaux. Comment au départ je n'étais qu'un parasite, tout comme le geai ou le coucou.

Je m'attendais qu'il me traite de menteur, de cinglé. Gentry savait garder ses secrets et les gens avaient l'habitude de dénier ce qui ne leur convenait pas.

L'aire de jeux se trouvait à une extrémité du parc, entre le terrain de base-ball et une grande pelouse tondue de près. Quand j'étais petit, je rêvais de balançoires, mais je m'étais retrouvé à jouer au football, et pas une fois Roswell ne s'était inquiété de me voir fuir les agrès et les manèges.

– C'est jamais arrivé dans ma famille, soupira-t-il, ces enlèvements, ces remplacements, enfin tu vois… on connaît pas.

Sur le coup, je ne sus pas quoi répondre, tant la chose paraissait improbable dans une ville pareille.

– Tu es sûr ?

– Absolument.

– On dirait pourtant que ça arrive à peu près à tout le monde ici ; on a tous un cousin, un père, une grand-mère ou un grand-oncle pour raconter l'histoire d'un parent devenu dingue avant de mourir.

– Sordide, acquiesça-t-il en souriant. Mais chez les Reed, ça n'arrive pas.

– Pourquoi ?

– On est bénis des dieux.

Il avait prononcé ça sur le ton de la plaisanterie, pourtant c'était la vérité.

Roswell était exubérant, indestructible, le genre de fils à faire rêver n'importe quelle famille. Si j'avais pu lui ressembler, ne serait-ce qu'un peu, ma vie entière en aurait été changée. Je pensais à ce qu'avait dit la Morrigane. Il n'y a que l'intention qui compte. Quand on y croit, on est béni des dieux, compétent, sympathique, populaire.

D'un seul coup, son éternel sourire disparut.

Il regarda ses pieds.

– Ne crois pas que je culpabilise…

– C'est pourtant bien le cas. Et c'est pour ça que tu traînes avec moi, non ? Tu t'en fiches que je sois bizarre, parce que dans ton genre, tu l'es autant que moi, non ?

– C'est pas ça. Désolé de te contredire, mais il y a d'autres raisons pour devenir amis que d'être tous les deux bizarres. Tu es assez intéressant dans ton genre, tu sais ? Et avec toi, pas besoin de faire semblant d'être drôle ou content. Je peux dire ce que je pense. Tu as parfois du mal à reconnaître la vérité, Mackie, mais c'est toujours facile de discuter avec toi.

Tant mieux si Roswell avait d'authentiques raisons d'apprécier mon amitié, au-delà du fait que nos pères travaillaient tous deux à l'église, mais cela ne changeait rien au fait que j'étais plutôt étrange et trompeur.

– Mackie Doyle est mort. Je ne suis personne.

Il se pencha en avant, les coudes sur les genoux.

– Mais si, c'est bien toi ! Je t'appelle Mackie depuis le CP… toi, et personne d'autre. J'ai jamais connu de Malcolm Doyle. S'il est mort, désolé, mais ça veut rien dire. C'est pas toi.

Je n'osais pas le regarder en face.

– Tu… écoute, si tu te fiches de moi, je préférerais que tu me le dises.

– Mackie, ne le prends pas mal, seulement, tu es le mec le plus bizarre que je connaisse. C'est pas pour ça que t'es pas un vrai mec. En fait, je dirais que ça te rend encore plus particulier.

J'enfonçai les doigts entre les planches de la table.

– C'est l'événement déterminant de ma vie, marmonnai-je, et tu as l'air de trouver ça normal, comme si c'était rien du tout.

– Peut-être parce que ça devrait cesser d'être l'événement déterminant ; il se passe beaucoup plus de choses dans une vie d'adulte que ce qui a pu vous arriver avant l'âge de un an.

Bien sûr, il avait raison, mais ça faisait peur. De nouveau, je me détournai, car je ne voulais pas qu'il voie à quel point j'avais pu être seul, à quel point je me sentais maintenant désorienté en me rendant compte que tout ce qui m'avait défini depuis si longtemps n'était qu'anecdotique.

– J'ai fait quelque chose d'idiot, ce soir, avouai-je.

– Je m'en doutais. En te voyant si énervé, j'ai compris que ce devait être énorme. Un piercing sur la langue ? Elle t'intéresse tant que ça pour que tu l'aies embrassée quand même ?

– Elle… Elle fait comme si j'étais normal. Comme s'il n'y avait rien de différent en moi, rien d'étrange. Comme si je pouvais être n'importe qui.

Il éclata encore de rire, au point que j'en vins à redouter d'alerter le voisinage.

– Et c'est ça, tes critères ? Une fille qui te donne l'impression d'être n'importe qui ?

– Non… Je veux dire, parfois ça fait du bien d'être avec quelqu'un qui vous trouve pas glauque.

On resta un moment silencieux et ce fut Roswell qui reprit la parole, l'air d'avoir oublié un détail amusant.

– Avec qui tu sortirais alors, si tu tenais pas tant que ça à être normal ? Je veux dire, si tu t'en fichais qu'elle te trouve ordinaire et soûlant ?

– Avec qui en particulier ? répétai-je en tirant mes manches sur mes mains. Sans doute Tate.

Je m'attendais à le faire encore exploser de rire, me demander si je voulais parler de Tate Stewart ou d'une autre fille, qui portait le même prénom mais avait des réactions moins nulles.

En fait, il me donna juste un coup d'épaule.

– Alors, vas-y. D'accord, elle fout les jetons, mais elle peut être cool. Au moins, c'est pas une salope qui va avec tout le monde.

Je lui répondis d'un rire si forcé que je m'interrompis en plein milieu.

– Pas de danger. Je l'ai tellement fait flipper que tu le croirais pas. Elle me le pardonnera jamais.

– Elles finissent toujours par pardonner. Et puis les gens deviennent très prévisibles une fois que tu les connais. Ils changent pas tant que ça. Tu te rappelles, en cinquième, quand on devait organiser des débats et qu'elle s'était fritée avec Danny sur la peine capitale ? Elle lui a plus adressé la parole pendant un mois, mais elle lui a pardonné.

– Génial ! Sauf que ça portait sur un sujet civique. Et puis elle avait douze ans. (Je m'essuyai le visage avec les mains.) Roz, tu te rends pas compte comment j'ai tout gâché. Si elle a un peu de cervelle, elle doit me détester.

– Bon, d'accord, elle te déteste. Et si tu veux quand même sortir avec elle, tu vas lui dire que tu es désolé. Si c'est quelqu'un d'équilibré, elle te pardonnera. Sinon, tu n'auras plus qu'à te chercher une autre copine normale. Et fais gaffe aux piercings.

On resta encore un long moment à la table de pique-nique sans plus rien dire, sans se regarder. Mais on était bien, il ne pleuvait presque plus, en fait il ne restait qu'un épais brouillard assez glacé. Pourtant, je n'avais envie de rien d'autre que de rester là, auprès de Roswell, qui savait si bien démêler les situations compliquées.

LA BAGARRE

CHAPITRE 22

Le lendemain devait avoir son importance, d'abord parce que c'était le premier jour depuis des semaines qu'il ne pleuvait pas. Sous le ciel encore couvert, l'atmosphère était froide et presque sèche. Enfin un signe que la pluie ne pouvait pas durer éternellement, que l'hiver allait bien finir par s'installer.

Drew et Danny étaient d'une drôle d'humeur au déjeuner, apparemment très contents d'eux. Quand Roswell leur demanda ce qui les mettait ainsi en joie, ils se regardèrent en riant.

Accoudé à la table, j'essayais de ne pas bâiller.

– Tu as l'air ravi.

Danny me lança une frite.

– Et toi t'as une tête de zombie.

– On a réparé la *Peur rouge,* dit Drew. Cette nuit. C'est un montage genre MacGyver, mais ça marche.

Comment supporter de la connaître, la vérité – c'est ce que j'avais envie de leur demander – alors que ça n'augure rien de bon. Comment supporter d'être mis sur la sellette, quel effet ça fait de devoir révéler ses secrets ?

✡

Après les cours, j'empruntai le chemin le plus long pour rentrer à la maison, contournant le parking, les yeux fixés sur le sol détrempé. Je n'avais pas atteint le chêne blanc que Tate et Alice sortaient ensemble du lycée. Chose plutôt inattendue.

Elles marchaient côte à côte en bavardant. Du moins, Alice bavardait. Tate gardait les yeux fixés sur le morne horizon des banlieues, l'air de s'ennuyer à mourir.

Quand elles s'arrêtèrent au bord de la chaussée, on aurait dit un affrontement menaçant entre deux flingueurs. Alice souriait à Tate avec plus de détermination que de bienveillance.

– Et moi, je te dis que tu pourrais faire un effort. On ne te demande pas de devenir pom-pom girl. Sois normale, c'est tout.

Tate ne dit rien. Alice se pencha vers elle.

– Tu es trop chtarbée. Les gens, ça les met mal à l'aise. Peut-être que personne d'autre te le dira, alors voilà, c'est fait !

– Bon, d'accord, tu l'as dit. Maintenant, tu peux aller t'envoyer en l'air avec qui tu veux.

Alice s'esclaffa, sans aménité :

– Quelle grincheuse ! Dire que tu croyais sortir avec Mackie ! Vous êtes décidément faits l'un pour l'autre.

Tate lui décocha un long regard appuyé, propre à faire rentrer quiconque sous terre.

– C'est pas à toi de me dire ce que j'ai à faire. C'est pas parce que tu racontes sur tous les toits tes aventures avec les mecs que ça va faire de nous des amies. En fait, ça te fait plutôt passer pour une belle garce.

Alice la gifla. Si fort qu'elle en parut elle-même surprise. Le temps de se redresser, Tate lui rendit la pareille, mais d'un geste beaucoup plus souple, presque moqueur.

Alice lui fonça dessus et Tate l'esquiva en écartant les mains. Elle se déplaçait vite, comme si elle jouait au handball, comme si ça l'amusait.

Jusqu'à ce qu'Alice la frappe vraiment. Je n'étais même pas sûr qu'elle l'ait fait exprès. Ce pouvait n'être qu'un accident, une mauvaise coordination de ses mouvements, mais ça marcha. Le sang jaillit du nez de Tate, coula sur sa chemise. D'abord, elle ne réagit pas. Puis elle sourit, ce qui, le menton ensanglanté, devient la plus terrifiante des réactions. Sortant les mains de mes poches, je me dirigeai vers elles. Ce fut là que Tate envoya Alice sur le trottoir. Je me mis à courir.

Des gens commençaient à s'attrouper. Tate s'acharnait sur son adversaire à terre. Le cou dégoulinant, elle se tenait droite et arrogante, très reine d'Angleterre.

– Hé ! criai-je. Hé ! Arrêtez !

Je me faufilai parmi la foule, tendis la main vers elle, la saisis par la chemise, ce à quoi elle réagit violemment. Alice rampait à reculons, essayant de se remettre debout.

Autour de moi, ça invectivait, se bousculait, mais personne n'essayait d'intervenir.

Cette fois, je plongeai sur Tate, la ceinturai.

– Tate ! *Tate !*

Son corps se cambra contre ma poitrine, gesticulant comme un poisson, mais je tins bon.

– Tate, lui criai-je dans l'oreille. Arrête !

Le sang sur sa chemise me brûlait les mains. Toujours au sol, Alice reculait sur les fesses. Son maquillage coulait par traînées grises sur ses joues et elle pleurait par petits sanglots brefs.

– Tate, arrête ! (J'essayais de prendre un ton autoritaire, mais ma voix montait de trop loin. Mes oreilles se mirent à siffler.) S'il te plaît, arrête.

Tout son corps tremblait contre ma poitrine. Au fond de l'attroupement, Alice se relevait ; elle nous (me) jeta un regard furieux, ambigu, puis se fondit dans la foule.

Dans mes bras, Tate commençait à lâcher prise. Je fus soudain saisi de picotements, d'une impression de flottement, comme si mon corps devenait plus léger que l'air. Signe avant-coureur d'une chute imminente.

Je la relâchai et reculai, les mains écartées, à peu près certain, sur le coup, que j'allais devoir m'asseoir, mais ça passa.

Je me mis à nettoyer le sang, tâchant de l'essuyer dans l'herbe humide, sur mon jean, n'importe où pourvu qu'il quitte ma peau. Il m'avait éclaboussé les poignets, mais je ne virais pas au gris comme pendant la collecte. Je pus me rendre sans aucune aide vers le bâtiment, suivi de Tate.

Dans le hall d'entrée, je trébuchai sur la dernière marche, faillis tomber.

Elle posa une main sur mon épaule.

– Ça va ?

– J'ai besoin d'eau.

Elle se tenait si près de moi avec son odeur que j'avais peine à respirer.

– Mes mains.

Elle les saisit entre les siennes, m'entraîna pour les passer sous le jet glacé de la fontaine. Mes égratignures et mes bleus en vibrèrent de douleur. Elle resta derrière moi, me tenant par les poignets, appuyant sa hanche sur le distributeur.

Lorsque tout le sang se fut engouffré dans la bonde, elle me lâcha. Je m'adossai au mur. Mes mains n'étaient plus qu'extrémités nerveuses et un petit grésillement m'emplissait encore les oreilles.

Tate, les bras croisés, m'observait du coin de l'œil. Son nez saignait encore, formant des taches par terre. En dépit de ce masque terrifiant, elle restait d'une beauté renversante et je lui souris malgré moi.

Elle poussa un soupir, se détendit.

– Ça va mieux ?

Je fis oui de la tête, en m'essuyant les mains à ma chemise.

– Je ferais mieux de me laver aussi, ajouta-t-elle en se dirigeant vers les toilettes.

Je m'assis par terre, fermai les yeux, essayai de me sécher pour me décrisper. Quand Tate ressortit, elle appuyait sur son nez du papier de toilette déjà rouge. Elle s'accroupit près de moi, mais je me détournai, ma manche plaquée contre ma bouche.

Elle ne parut même pas s'apercevoir que je retenais ma respiration, à moins qu'elle n'estimât que c'était là le moins inquiétant.

– Mais qu'est-ce qui t'arrive ? s'écria-t-elle.

– Ça va, c'est rien. On y va.

– Où ? demanda-t-elle en reniflant dans son papier. Je vais nulle part avec toi. Désolée d'avoir dû boxer ta copine, mais il y a des moments où il faut que ça sorte.

– C'est pas ça. J'ai un truc à te dire.

Tate se leva, tellement impressionnante qu'elle me fit peur.

– À quel sujet ? Sur ton insistance à courir après cette salope d'Alice qui sait même plus où elle a laissé son cerveau ? Non merci. Je la connais déjà, cette histoire.

– Tate, s'il te plaît, donne-moi une chance. Écoute.

Elle me toisa d'un regard mauvais.

– Pourquoi ? Qu'est-ce que j'y gagne ?

Ce n'était ni le lieu ni l'endroit pour ce genre de révélation, assis par terre dans le hall d'entrée, essayant d'éviter qu'elle ne m'ensanglante. Quand je parlai, ce fut d'une voix étouffée contre ma manche. Je ne pouvais soutenir son regard.

– Désolée de te paniquer, insista-t-elle. Tu as besoin d'une présence amie pour te rassurer ? De quelqu'un qui dise que tu fais du bon boulot ? C'est ça, Mackie… continue de marmonner dans ton coin. Je m'en tape, si tu te sens obligé de jouer les enfoirés !

Serrant les dents, je parvins à parler plus fort :

– Ta sœur n'est pas morte.

La métamorphose fut immédiate. Sa main tomba de son nez sanguinolent, ses yeux s'écarquillèrent et elle ne parut pas s'apercevoir que des gouttes écarlates lui tombaient sur la lèvre.

– Couvre-toi, dis-je dans ma manche.

Elle appuya de nouveau le papier sur son visage, me regardant par-dessus sa main.

– Redis-moi ça ?

– Elle n'est pas morte. Enfin, je crois pas. Pas encore.

Les yeux exorbités, elle poussa un énorme soupir tremblotant, comme sous l'effet d'une décharge électrique.

– Tu ferais bien de m'expliquer ce que ça veut dire.

– Attends. On devrait peut-être en parler ailleurs.

– Oh, mais on va en parler !

J'appuyai sur mes paupières du bout des doigts.

– Tu avais raison, d'accord ? Tu as raison, pour cette ville. Il y a ces… gens. Ces drôles de gens cachés. *(Des gens comme moi.)* Ils ont enlevé Natalie et la gardent vivante jusqu'à vendredi.

– D'accord. Alors, je la récupère comment ?

– J'en sais rien.

Elle émit une sorte de râle qui n'avait rien d'un rire.

– Génial ! Fantastique !

– J'en sais rien. Mais je vais trouver.

– Pourquoi tu ferais ça, d'abord ? Qu'est-ce que j'aurais pu faire pour mériter la noble assistance de Mackie Doyle ?

Je relevai la tête vers elle ; difficile de deviner son désespoir, tant elle s'évertuait à le cacher.

– Je peux te ramener chez toi ?

Je crus, sur le moment, qu'elle allait me dire d'aller au diable ; mais elle hocha la tête et se dirigea vers la porte.

*

La maison de Tate était plus ancienne que la mienne, entourée d'un petit jardin broussailleux peuplé de mauvaises herbes et de feuilles mortes.

À l'intérieur, une fille maigrichonne regardait à la télé un dessin animé très coloré avec un vaisseau spatial.

Elle leva la tête à notre entrée et parut effarée à la vue du paquet de serviettes ensanglantées sur le visage de sa sœur.

– Oh, mon Dieu ! Tu t'es fait virer ?

– La ferme, Connie !

La fillette sauta du canapé pour courir vers la porte du corridor.

– Ma-man ! Elle s'est battue.

Tate poussa un soupir :

– Monte dans ta chambre immédiatement !

Connie s'exécuta en sautillant et la porte de sa mère resta close.

Je suivis Tate vers la salle de bains, où elle ouvrit le placard à pharmacie, choisit parmi tubes et flacons de l'eau oxygénée et des boules de coton. Ensuite seulement, elle lâcha dans le lavabo son pansement improvisé. Aussitôt, l'odeur envahit la pièce.

Comme je m'accrochai au rideau de douche pour ne pas tomber, elle se retourna.

– Comment ça va, Mackie ?

– Pas terrible.

– Pas besoin de rester ici. Assieds-toi, ou sors, fais ce que tu veux pendant que je me nettoie.

J'ouvris la porte du congélateur dans la cuisine. Il ne contenait pas grand-chose – quelques boîtes de plastique sans étiquettes et des gaufres – et dans le bac à moitié plein, je récupérai des glaçons pour les envelopper dans un sachet plastique qui dépassait de la poubelle.

Après avoir remis de l'eau dans le bac, j'emportai la glace sur le perron, où je m'assis la tête entre les mains.

Au bout de quelques instants, Tate vint me rejoindre après avoir changé de chemise. Son nez ne saignait plus, mais ses cheveux mouillés et hirsutes ne masquaient pas l'écorchure sur sa joue.

Le temps d'un flash hallucinant, je la vis laver le sang sur son cou en soutien-gorge de dentelle noire… Mais à vrai dire, j'avais du mal à l'imaginer s'acheter un sous-vêtement de ce genre !

Elle finit par s'asseoir près de moi, me tendit la main en évitant mon regard. Elle prit la glace d'un geste grave et hésitant.

– Ça va ? lui demandai-je à mi-voix.

Elle se passa une main dans les cheveux. Une petite marque rouge apparaissait sous son œil gauche.

– Non, mais j'en mourrai pas.

Je comparai ses poignets si fins aux miens, et me retins de rire au son rauque de sa voix fatiguée. On resta ainsi l'un à côté de l'autre, sans se toucher, sans un mot.

Alors je me lançai :

– J'aurais aimé être comme toi.

Ça me faisait drôle de lui avouer une chose aussi essentielle.

Je ne voulais pas seulement dire être *normal.* Car même triste et en colère, elle savait exactement qui elle était.

Pourtant, cette idée la fit sourire.

– Pourquoi quelqu'un… surtout toi… voudrait-il me ressembler ?

– Tu donnes toujours l'impression de très bien savoir ce que tu fais.

Son rire se figea en un petit sourire roué.

– Et qu'est-ce qui te fait croire que ce n'est qu'une impression ?

Cette fois, on rit tous les deux, mais on s'interrompit net. À grands coups, du plat de la main, elle avait plaqué ses cheveux comme un garçon. Mais même ainsi, le visage égratigné, elle était belle.

– Tate.

En relevant la tête, elle fit crisser le sachet à glaçons.

– Quoi ?

– Je suis désolé.

Son regard se perdit vers le jardin, et elle souffla :

– Je sais.

– Non. C'est pas ce que tu crois. Pas tout à fait. C'est… c'est pas ce que tu crois.

Interloquée, elle déposa le sachet, se tourna pour me faire face.

– Parce que tu sais ce que je crois, maintenant ?

– Question d'expérience personnelle.

Là, elle prit mon visage entre ses mains, se pencha et m'embrassa longuement avec fougue. Je ne m'y attendais pas du tout. Je n'avais même pas osé espérer qu'elle me laisserait encore l'approcher, pourtant elle m'entourait de ses bras, sa bouche contre la mienne. Moi qui ne lui avais rien apporté d'autre que la preuve de ce qu'elle savait déjà…

Je lui caressai la joue, le cou. Elle se redressa et me fixa d'un regard vif et profond. Ses cheveux étaient encore humides.

– Qu'est-ce qu'il y a ? demandai-je, la paume sur sa nuque.

– Tu veux qu'on monte dans ma chambre ? Viens, juste un petit peu.

– Tu es sûre ?

– Tu veux ou pas ?

Je hochai la tête alors que je me sentais fébrile, à bout de souffle. En était-on revenu au système des récompenses ou était-ce plus sincère que ça, plus que de la reconnaissance pour lui avoir donné ce qu'elle voulait ? Comme elle avait posé une main tiède dans la mienne et que j'avais encore le goût de son baume à lèvres dans la bouche, je la suivis à l'intérieur.

Sa chambre dénotait plusieurs personnalités à la fois. Des posters couvraient les murs, Quentin Tarantino, Rob Zombie, David Beckham. Tout y était net, sans vraiment évoquer un refuge de fille. La couleur dominante tenait plutôt du gris communiste, si ce n'était son ridicule dessus de lit à fleurs.

Alors qu'elle s'y asseyait, je m'arrêtai sur le seuil, croisai les bras. Elle se pencha pour dénouer les lacets de ses chaussures.

– Tate ?

– Oui ? dit-elle en relevant la tête.

– Pourquoi tu fais ça ? C'est juste parce que je te dis ce que tu as envie d'entendre ?

Elle ôta sa chemise.

– Personne ne me dit ce que je veux entendre.

Elle portait en fait un soutien-gorge blanc très ordinaire, sans fioritures. Son corps était plus mince, plus musclé que je ne l'aurais cru, mais le haut de ses seins se recourbait voluptueusement comme un fruit. Oh ! là ! là !

Laissant tomber sa chemise par terre, elle me tendit la main.

– Viens là.

J'avais trop chaud quand je m'assis près d'elle, et elle passa aussitôt ses bras autour de mon cou. Puis elle m'embrassa et je l'embrassai, et rien ne me sembla plus gênant du tout.

Dehors vibra un éclair. L'orage approchait, dans un coup de vent qui assombrissait encore le ciel.

Tate tirait sur ma capuche, m'ôtait mon tee-shirt. Je le passai par-dessus mes épaules, m'enchevêtrai un peu, me dégageai. On riait tous les deux et mes cheveux avaient dû s'emmêler, car elle les lissa.

Je glissai les mains sur la fermeture de son soutien-gorge ; bien qu'elle fût en métal et me brûlât les doigts, après plusieurs essais, je parvins à la défaire. Tate se débarrassa des bretelles en se penchant vers moi, me laissant lui caresser le dos et les côtes.

Quand je la touchai, elle eut la chair de poule et retint son souffle. Mon cœur battait la chamade, mais je ne pouvais dire si j'étais plus nerveux qu'excité, ce qui n'avait aucune importance. Les deux sensations me comblaient.

Le vent redoubla et des branches grattèrent la vitre. Un autre éclair jaillit, aussitôt suivi du tonnerre.

Tate fermait les paupières, comme éblouie par un soleil trop fort. Je me penchai pour l'embrasser sous l'oreille et elle tourna le visage contre mon épaule, ma peau nue ; j'éprouvai de nouveau cette impression de légitimité, que tout était à sa place, que je n'avais pas besoin d'autre chose.

Des coups furieux retentirent à la porte.

– Tate ? (La poignée grinça.) Tate, ouvre !

Dans un soupir, elle m'écarta d'elle, s'assit, remit son soutien-gorge. Puis se leva.

– C'est urgent ?

– Tate, écoute… laisse-moi entrer !

– Connie, c'est urgent ?

– Oui ! criait la voix paniquée.

Les mots suivants faillirent se perdre dans le vent et le tonnerre.

– De la fumée… à l'église ! Il y a le feu !

Tate venait d'enfiler sa chemise et me jetait la mienne. Je l'enfilai à la hâte et on dévala ensemble l'escalier.

NOS OFFENSES

CHAPITRE 23

Une fumée noire s'élevait à trente, cinquante mètres de hauteur, comme une colonne de feu.

– Mon Dieu ! m'écriai-je d'une voix cassée. C'est l'église qui brûle !

Tate venait de déboucher sur le perron comme moi. Elle me posa une main sur le bras, mais je la sentis à peine. Le tonnerre grondait juste au-dessus de nous, le vent hurlait, j'entendais aussi le vrombissement des flammes. Je sautai les marches et filai vers l'incendie.

La confusion régnait sur tout un pâté de maisons de Welsh Street. À mesure que j'approchais, la chaleur arrivait par vagues, ainsi que la puissante et sèche odeur de cendre et de fumée. La rue était pleine de gyrophares, de sirènes, de camions bloquant la circulation aux carrefours. L'église ne ressemblait plus qu'à un amas de ruines dévoré par les flammes qui venaient lécher les bâtiments voisins de leurs langues orange, noircissant les briques. Un trou s'ouvrait sous le clocher et la fumée s'élevait en tourbillons.

Les caniveaux crachaient encore de l'eau. Celle-ci ne provenait pas du ciel, mais des tuyaux, se répandant le long des trottoirs et dans la rue noire de suie, d'étincelles et de braises emportées par les flots.

Sur l'herbe, les pompiers s'activaient en tous sens pour écarter les badauds. Je trouvai Emma sur la pelouse du tribunal, toute seule, les bras croisés, qui regardait brûler son école du dimanche. Je m'approchai d'elle, l'attirai contre moi, et son visage parut se friper.

– Comment c'est arrivé ? demandai-je en la laissant se blottir sur mon épaule.

– Je sais pas, peut-être un éclair… La chapelle s'est enflammée avant l'arrivée des pompiers. Je ne crois pas qu'ils vont pouvoir la sauver. Le toit s'est effondré.

– Où est papa ?

Elle secoua la tête, la bouche ouverte sur une moue d'ignorance.

– Emma, où est papa ?

– J'en sais rien, j'en sais rien. Il y avait tellement de gens… Le chœur des femmes, les études bibliques, l'équipe de ménage. (Elle n'arrêtait plus de secouer la tête.) Ça devait faire au moins trente personnes à l'intérieur.

Je traversai la rue en courant, me précipitai vers l'église, me jetai sous le ruban de police pour forcer le passage, filai parmi les brancards et les secouristes qui faisaient grimper des membres du chœur munis d'un masque à oxygène dans les ambulances. Je le cherchai parmi les gens qui toussaient, enveloppés dans leurs couvertures de survie, et ne le voyant pas, j'entrepris d'examiner ceux qu'on avait étendus sur les civières.

L'une d'elles était recouverte et mon cœur se serra, mais je compris vite que ce ne pouvait être lui ; sous son drap, le corps semblait trop fin, trop délicat. Un corps de femme. Ou de jeune fille.

Je fonçai vers l'infirmier, l'attrapai par le bras. Il ne faisait pas partie de la congrégation, mais je le reconnus, car il assistait souvent aux pique-niques de l'hôpital – Brad ou Brian, un nom sans histoire – et lui montrai le drap.

– Qui est-ce ?

– On n'a pas le droit de le dire, tant que la mort n'a pas été certifiée par le médecin ou le coroner.

Je le lâchai, consterné par ces formalités. Il savait aussi bien que moi que cette femme était décédée, elle gisait là, à quelques mètres de nous, alors fallait-il vraiment attendre l'avis des autorités ? Qu'est-ce que ça changerait pour elle ?

La bruine humectait le drap, faisant ressortir un profil, mais pas assez pour me permettre de l'identifier. En revanche, je reconnaissais ces chaussures qui dépassaient juste un peu – juste assez.

Des chaussures plates de caoutchouc noir et de cuir rouge, avec des petites fleurs découpées sur les orteils. J'apercevais les chaussettes à travers les pétales. Je les avais remarquées à la soirée de Halloween de Stephanie. Elles juraient avec le reste du costume de Jenna Porter.

Perplexe, je passai ma main dans mes cheveux. Elle était gentille. Peut-être un peu creuse, mais gentille. Elle ne méritait pas de mourir ainsi, en inhalant la fumée à s'en faire exploser les poumons. Elle me disait toujours bonjour, me prêtait ses stylos et ne s'esclaffait pas aux vacheries d'Alice, et Dieu sait que celle-ci ne ménageait pas les autres filles ; je le savais très bien, même si je me laissais charmer par ses longs cils et sa chevelure. Mais jamais Jenna n'aurait fait de mal à quiconque.

En quittant un Brad un peu abasourdi, je me remis à la recherche de mon père et finis par le trouver sur la route, vêtu du costume bleu qu'il portait toujours aux offices. Il avait les cheveux mouillés et de la suie maculait sa chemise blanche.

Il restait là, désespéré, les bras ballants, le visage tourné vers l'église qui achevait de se consumer. Il ne me vit pas. Rien d'autre ne le préoccupait plus que cette ruine, l'un des plus anciens édifices de Gentry. Je m'approchai à mon tour de ce triste spectacle, songeant à quel point les choses pouvaient revêtir une valeur différente selon les gens. Cette église, c'était Gentry, mais Natalie n'était-elle pas aussi Gentry – le symbole d'une ville et de tous ses habitants ?

En voyant se calciner le clocher et l'école du dimanche, je pris conscience que j'éprouvais une certaine tendresse pour ces bâtisses. On les avait édifiées pour résister aux catastrophes et témoigner des actes de Dieu. Deux paratonnerres apparaissaient sur les restes du toit et un troisième au sommet du clocher. La foudre avait frappé à quelques centimètres de là, formant un arc pour éviter le métal, à l'encontre de toute donnée scientifique, ce qui correspondait en tout point aux autres calamités subies par la ville.

Me détournant de l'incendie, je m'éloignai du corps de Jenna et de mon père terrassé pour filer directement vers le crassier.

Sur Concord Street, les caniveaux débordaient ; l'orage les avait emplis de feuilles mortes.

– Mackie ! Mackie, attends !

Carlina remontait le trottoir en courant derrière moi. Elle avait toujours son manteau et une écharpe lui enveloppait la tête.

La bruine devenait si fine que cela tenait plutôt du brouillard, suintant au bas de son vêtement pour former une petite flaque autour de ses pieds.

– Où vas-tu ? demanda-t-elle en s'arrêtant sous un lampadaire.

– D'après toi ? Je vais demander à la Morrigane où elle veut en venir en mettant le feu aux biens de la communauté ! L'église a disparu, Carlina. Il n'y a plus rien.

Laissant retomber ses épaules, elle se passa les mains sur le visage.

– Ce n'est pas ça.

Elle le répéta, comme si elle n'avait rien d'autre à dire.

– Alors qu'est-ce que c'est ? Qu'est-ce qui est arrivé à l'église ? C'est vous qui avez brûlé l'église de mon père ?

– Nous ne sommes pas des monstres, Mackie. Ce n'est pas nous qui avons fait ça.

Une fois de plus, je fus frappé par la différence entre son visage étrangement banal et son personnage de scène. Carlina Carlyle vivait dans la fumée et les projecteurs, alors que cette autre femme m'apparaissait calme et mystérieuse. Dans la rue, l'air sentait le chaud, le brûlé.

– Alors, qu'est-ce qu'on est ? demandai-je d'un ton las.

– Nous n'aimons pas vraiment les noms. Quand on nomme une chose, on prend un peu de pouvoir dessus, elle devient connue. Nous avons été désignés par bien des appellations. Les bons voisins, les gens bien, mais aussi les gris, les vieux, les autres. Les esprits, les fantômes, les démons. Ici, ils ne nous ont jamais nommés. Nous ne sommes rien.

Une longue minute s'écoula avant qu'elle ne reprenne, d'une voix étrange :

– La Dame serait bien du genre à vouloir faire du mal à cette ville. Du genre à allumer des incendies.

– Où est-ce ?

– Il y a une porte dans la colline de déchets, près du parc. Mais je ne te conseille pas d'y aller. Elle est terriblement dangereuse, et la Morrigane sera furieuse.

– Hé bien, qu'elle soit furieuse !

– Réfléchis à ce que tu fais. Tu peux en vouloir à la Dame d'avoir fait ça, mais tu n'es pas habilité à représenter les autres.

– Arrête de parler des autres. J'en fais partie.

Carlina hocha la tête.

– Dans ce cas, prends un couteau avec toi. Un couteau de cuisine ordinaire. Enveloppe-le s'il le faut dans un torchon ou un mouchoir. Tu l'enfonceras dans le sol à la base de la colline. Sinon, la porte ne s'ouvrira pas.

– Et c'est tout ? J'enfonce juste un couteau dans la terre, et la porte s'ouvre ? Et ensuite, j'entre en souriant ?

Carlina mit les mains dans ses poches.

– Les rebuts sont toujours les bienvenus chez eux s'ils désirent rentrer. Elle est peut-être méchante comme une hyène, mais elle te doit bien ça.

La bruine tombait encore, fine et continue. Je reçus ce « rebuts » comme une gifle quand Carlina le prononça.

Elle dut voir quelque chose sur mon visage, car elle croisa les bras en baissant les yeux.

– En tout cas, je te souhaite bonne chance.

QUATRIÈME PARTIE

EUX

LA MAISON DES MISÈRES

CHAPITRE 24

À la maison, je protégeai ma main d'un chiffon et la plongeai dans le placard au-dessus du réfrigérateur, fouillant parmi la masse de couverts pour y chercher un couteau. Je tremblais et mes doigts glissèrent sur les fourchettes et les louches avant de tomber sur celui qu'avait employé mon père, l'autre soir, pour éplucher sa pomme. La lame ne mesurait pas plus de huit centimètres, pas vraiment aiguisée, sur un manche de bois dont le vernis commençait à s'écailler. Je l'enveloppai dans une serviette et le glissai dans la poche de mon blouson. Après quoi je relevai ma capuche et pris la direction du parc.

Au carrefour de Carver et Oak, je coupai par la pelouse, au-delà des abris de pique-nique et de l'aire de jeu. Les balançoires grinçaient, le parc était désert et la fumée flottait par-dessus les toits.

De l'autre côté du terrain de base-ball, la colline de déchets dressait sa silhouette noire dans la pluie. Le sol devenait de plus en plus marécageux.

J'escaladai la barrière pour me faufiler à travers une masse de mauvaises herbes. Au pied de la colline, j'enfonçai le couteau dans la terre meuble. La porte s'ouvrit presque instantanément, si sombre et délabrée qu'elle en devenait presque invisible. Pas de poignée, aussi je frappai, puis reculai. Tout d'abord, il ne se passa rien. Puis le contour s'éclaira de l'intérieur d'une lumière discrète. J'entendis des talons résonner de loin et me sentis saisi d'une étrange sensation de fatalité. La colline avait toujours été là, dominant le parc, de l'autre côté de la barrière. Qui m'attendait.

Quand la porte s'ouvrit, je ne vis personne de l'autre côté. Des lanternes de verre et de fer forgé éclairaient le corridor sur deux rangées. Dès que j'entrai, la porte se referma. Le couteau gisait au sol et je me penchai pour le ramasser.

La colline de la Dame ne ressemblait en rien à la Maison du Chaos, avec ses murs lambrissés de bois sombre, ses sols aux carrelages raffinés et ses plinthes sculptées. Tout y était propre, symétrique, brillant. Des vitraux colorés fermaient des alcôves rectangulaires le long du vestibule, et des lampes à huile éclairaient les tableaux. L'atmosphère embaumait les épices et l'herbe fraîchement coupée.

Au fond du vestibule se dressait une petite table surmontée d'un plat creux en argent.

Un garçon se tenait non loin, vêtu d'un short bleu marine et d'une veste assortie. Il devait avoir dans les douze ans et me tendit la main.

– Votre carte, s'il vous plaît.

– Ma carte ? Qu'est-ce que tu racontes ?

– Votre carte de visite. Présentez-la-moi, que je puisse vous annoncer.

– J'ai pas de putain de carte. Emmène-moi voir la Dame !

Il me considéra un long moment, avant de me faire signe de le suivre.

– Par ici.

À travers des corridors, il me conduisit vers une pièce à l'éclairage chaleureux, au sol recouvert de tapis, devant une cheminée de marbre où brûlait un feu. Ma mère aurait adoré ces meubles à l'ancienne.

Une femme assise dans une bergère brodait des fleurs sur un morceau de tissu. Elle leva la tête à mon entrée et je vis aussitôt qu'elle avait les yeux rouges comme si elle venait de pleurer. À la lumière, ses cils se révélaient couverts d'une espèce de croûte jaunâtre. Elle semblait jeune et sans doute d'une extraordinaire beauté, mais cette apparence maladive venait tout gâcher.

Je m'arrêtai sur le seuil.

– Vous êtes la Dame ?

Elle me regarda sans bouger d'un pouce. Le devant de sa robe présentait un savant arrangement de fronces et de plis surmonté d'un col de dentelle. Son sourire lui donnait un air fragile.

– Est-ce une façon de dire bonjour ?

Elle avait la voix douce, mais son ton glacial en cassait l'harmonie. Son expression paisible avait quelque chose d'arrogant qui m'irrita.

– Vous avez brûlé l'église de mon père ! Ça vous va, comme bonjour ?

Elle déposa sa broderie.

– Malheureusement, c'était un mal nécessaire. Ma chère sœur gambadait partout comme un petit chien savant, pour amuser des gens qui ont déjà dangereusement tendance à nous oublier. Il était temps de rappeler à cette ville ce qui nous définit exactement.

– C'est ça, vos raisons, utiliser la crainte de Dieu chez des gens qui ne croient pas en votre existence ? Vous venez de détruire un édifice de deux cents ans, et une jeune fille est morte !

– La crainte de Dieu n'est rien, comparée à la crainte d'un deuil ou d'une tragédie. (Elle pencha la tête en souriant, dévoilant des petites dents droites et parfaitement blanches.) Mais dans l'ensemble, elle nous rend d'autres services. En fin de compte, la tragédie nous a offert des compensations en nous amenant un visiteur.

Au début, je crus qu'elle parlait d'elle-même au pluriel de majesté, jusqu'à ce que j'aperçoive sur un grand coussin à même le sol une petite fille chaussée de bottines et vêtue d'une robe blanche à col marin. Elle jouait avec un oiseau mécanique qu'elle faisait entrer et sortir d'une cage en fer. À sa taille était noué un large ruban dont l'extrémité s'accrochait au pied d'une table.

– Elle vous plaît ? demanda la Dame. C'est une enfant si charmante !

La fillette avec des yeux noisette et des petites dents régulières devait avoir deux ou trois ans. Elle me sourit, ce qui lui creusa une telle fossette dans la joue que j'aurais pu y mettre le doigt.

Je retins mon souffle. Je ne me souvenais pas très bien d'elle, mais je la reconnaissais malgré toutes ses fanfreluches. Une petite humaine, que j'avais vue toutes les semaines à l'église, ou jouer à chat avec Tate sur la pelouse de l'école du dimanche. Natalie Stewart me regardait par-dessus la cage en agitant son oiseau. La Dame se pencha pour lui caresser la joue.

Cela me rappela le récit de ma mère, assise sur un coussin à ses pieds. Natalie était si impeccable de propreté que cela paraissait artificiel.

– Alors, c'est un peu votre poupée ?

Ce qui fit rire la Dame.

– J'aime les jolis enfants. Pas vous ? Et puis elle complète la pièce. Comme vous pouvez le constater, j'ai beaucoup de goût pour la beauté.

À l'aplomb d'un canapé de velours, la plus grande des nombreuses vitrines arborant des coquillages et des fleurs séchées sur le mur était peuplée de papillons épinglés par de fines pointes de cuivre ; et sur des étagères encastrées en vis-à-vis, des oiseaux empaillés, merles et geais pour la plupart, voisinaient avec un énorme corbeau aux yeux de verre orange.

Tout le temps que j'examinai tous ces animaux morts, la Dame m'observa depuis son canapé. Elle se leva soudain et me tourna le dos.

– Asseyez-vous, je vous prie, dit-elle en m'indiquant un fauteuil devant la cheminée. Réchauffez-vous.

Je pris place au bord du siège à haut dossier, me penchai un peu vers le feu. Mon blouson trempé dégoulinait sur la tapisserie.

Natalie reposa sa cage et s'approcha autant que le lui permettait sa laisse.

La Dame sourit.

– Qu'est-ce qu'on dit à nos invités ?

La petite haussa le menton sans me regarder :

– Comment allez-vous ? demanda-t-elle en s'asseyant sur ses talons.

Elle plongea en avant, le bras tendu vers moi, pour m'offrir un petit ruban chiffonné au bout duquel était accrochée une breloque ; elle le laissa tomber dans ma paume ouverte, puis tira une mèche de ses cheveux et la mâchouilla.

La Dame restait immobile, le regard dans le vide, une main sur sa gorge, caressant d'un doigt un camée ovale sur son collier de velours.

Elle revint vers moi, l'expression farouche :

– Ma sœur était une déesse de la guerre. Elle ne vous l'a pas dit ? Elle attendait près du gué, une branche de frêne à la main, une aile de corbeau dans ses cheveux. Elle surveillait les armées qui traversaient la rivière et choisissait ceux qui allaient mourir. Par la suite, elle a cédé à la décadence comme les autres pour se conformer aux fantasmes des ignorants.

Tous y sont passés, sauf moi.

– Je ne comprends pas. Qu'est-ce que ça peut vous faire, ce que les gens pensent de la Morrigane ?

– Personne n'est immunisé contre le scepticisme, et leur manque de foi en nous peut nous détruire tous.

Elle me faisait face maintenant, les yeux noirs injectés de sang, la cornée grêlée de petites taches purulentes.

– Nous nous sommes toujours glorifiés de notre puissance, même si cela faisait de nous des monstres. Mais aujourd'hui, la population ignore notre importance dans l'Histoire, nous cantonne parmi les esprits, les farfadets malicieux, mesquins dans leurs transactions, malveillants et désarmés. Mais je vous assure, monsieur Doyle, que personnellement, je ne me sens pas désarmée.

Je ne dis rien. En dépit de son apparence fragile, à cet instant elle semblait en effet d'une cruauté effroyable.

– Nous changeons, continua-t-elle. Ils ont anéanti ma sœur, lui ont ravi son pouvoir. Nous ne sommes plus que des êtres fabuleux soumis aux caprices de leurs légendes. Ce sont toujours eux qui ont décidé de ce que nous étions.

– Alors, pourquoi rester ici, si c'est aussi difficile ? Pourquoi traîner en attendant qu'ils vous détruisent ?

– Cette ville nous est attachée. Depuis toujours, nous les avons aidés, et ils nous ont aidés.

– Vous voulez parler du sang ?

– Nous avons droit à une compensation. Nous leur avons apporté la prospérité, leur bourg est le plus joli, le plus florissant de la région. Et en retour, ils gardent de nous l'image de grandes créatures effrayantes et fières. Leur croyance nous a conservés intacts.

Pourtant, cela ne suffisait pas. Les toits fuyaient, la terre se délitait sous la pluie, la rouille s'était installée et Gentry partait en pièces. La Dame, elle, était blême, les yeux cernés, et comme tous les siens avait besoin de sang et de vénération pour survivre.

– Vous enlevez des enfants à leur famille, objectai-je. Vous les tuez. Et, d'après vous, ils devraient laisser faire ?

– Nous sommes plus concernés qu'eux par cette ville, notre importance est capitale dans leur mode de vie. Et c'est pourquoi ils nous aiment.

Les yeux fixés sur le feu, je secouai la tête.

– C'est faux. Ils ne nous aiment pas, n'ont pas besoin de nous. Ils nous détestent.

La Dame émit un petit souffle inaudible, un début de rire.

– Les gens sont très fourbes, mon cher ! Ils parlent et organisent des réunions et en font tout un plat. D'après vous, combien sont sincères ?

Elle m'opposait un sourire froid, comme une poupée de porcelaine, mais son regard demeurait férocement animé.

– Ceux qui sont sincères s'en vont, reprit-elle. Les autres prennent racine dans cette ville paisible, se tordent les mains et geignent sur la perte de leurs enfants, et en même temps prennent leur rétribution comme ils l'ont toujours fait.

J'avais l'impression qu'elle ne cesserait jamais de sourire.

– Alors, quand vous tuez des enfants, ce n'est pas en tant que psychopathes moralement ruinés, mais plutôt comme un service public ? (Ma voix ferme renforça mon courage.) Vous faites ça pour tout le monde, pas juste pour vous nourrir, mais parce que la ville a besoin de parents anéantis et d'enfants morts pour survivre, c'est ça ? Pourquoi ne pas brûler leurs églises, tant que vous y êtes ?

– Oui, rétorqua calmement la Dame. Leur sang est leur sang, et quand ils m'honorent d'un tel don, je le reçois et leur offre la prospérité. (Elle tenta de me toucher le visage.) Acceptez-le, mon cher. Comme tout le monde avant vous.

Je m'esquivai.

– Si vous n'avez pas l'intention d'exterminer toute la ville, pourquoi vous en prendre à l'église ? Pourquoi les faire souffrir, alors que vous allez de toute façon prendre leur sang ?

– Parce que ma misérable sœur, à force de jouer les lutins, s'est bien éloignée des limites de mon autorité, permettant à ses farfadets de se donner en spectacle dans les rues à la moindre occasion. Son approche scrupuleuse de la prudence pourrait paraître précieuse aujourd'hui, mais elle nous mine tous. Jamais ils ne seront assez ravis pour lui donner ce qu'elle veut, s'ils pensent à leur propre tragédie.

– Alors, vous la punissez.

– Je désire seulement que nous soyons amies, précisa-t-elle avec son beau sourire cruel ; je suis prête au compromis. Mais je n'y peux rien si elle refuse d'entendre raison, et il me faut la punir. Pourriez-vous le lui dire, la prochaine fois que vous la verrez ? Dites-lui que tout cela aurait pu être évité.

– Je ne suis pas votre messager. Je travaille pour la Morrigane et mon emploi ne consiste pas à lui dire où elle commet des erreurs.

– Oh mon naïf ami ! La Morrigane ne vous commande en rien. Vous êtes une créature libre, venue me voir ce soir de votre plein gré. Elle vous aurait retenu si elle l'avait pu. À l'occasion, vous pourriez musarder sur sa pitoyable scène, mais votre volonté reste pleine et entière.

– Au moins, votre sœur s'intéresse à autre chose qu'à elle seule. Elle m'a sauvé la vie, alors ne parlez pas d'elle comme d'une inférieure.

– C'est une inférieure. Elle ne possède ni fierté ni dignité. Elle envoie ses créatures faire les singes et se rabaisser devant la ville.

– Alors, vous avez décidé de la détester ?

– Elle a menti, elle m'a trompée. Elle a volé un enfant dans ma maison pour le ramener chez lui. Elle m'a défiée et nous a menacés de tout révéler. Elle a failli détruire cette cité.

– Elle trouve dégoûtant de traiter des enfants comme des jouets ou des animaux, et elle a raison. Qu'est-ce que vous allez faire de votre dernier jouet ? L'épingler à votre tableau de chasse pour l'exposer ensuite à tout le monde, faire admirer sa beauté ?

– Cette petite espiègle ? Rien de tout cela. Elle ira reposer sous terre comme les autres, elle passera inaperçue.

– Pas besoin de se faire remarquer pour compter. C'est une petite fille qui avait une famille, une sœur.

– Fort bien. Maintenant, elle n'a plus rien. Elle partira pour le carré non consacré une heure avant l'aube, entre la Toussaint et le jour des Morts, et elle mourra pour le renouveau de la ville.

– C'est tout ce qu'il vous faut pour être heureuse ? Vous tuez des petits enfants, et puis vous rentrez chez vous jusqu'à ce que vous puissiez recommencer ? C'est agréable, comme existence ?

La Dame jeta un coup d'œil vers Natalie, comme dégoûtée de devoir se servir d'un être aussi misérable.

– Nous étions considérés comme des guerriers. Aujourd'hui, nous sommes réduits à l'état de démons et de lutins, seul le sacrifice des faibles nous garde vivants.

Je reculai un peu sous l'aile des papillons épinglés, sous le regard de verre des oiseaux morts, m'accrochant aux grands meubles anciens.

Tout paraissait aussi clair que si je n'avais jamais vécu autre chose.

La Dame prit une clochette de cuivre sur la table, en tira un son clair et cristallin. Après quoi, elle retourna s'asseoir sans me quitter des yeux.

– Cet entretien n'a que trop duré, monsieur. Je vous remercie de votre compagnie et ne vous tiens pas rancune ; mais je ne saurais revenir sur la destruction de l'église, ni vous donner ce que vous désirez. Le Coupeur vous accompagnera au dehors.

Je n'avais pas oublié ce que la Morrigane avait dit au sujet du Coupeur. Je tâchai de me le représenter, silhouette massive, énorme et imposante. Mais elle fut vite effacée par l'image d'une femme qui gisait sur le dos dans un bassin d'eau boueuse, le visage écorché, les bras liés sur le côté.

– Non, dis-je tout en sachant que ça ne servirait à rien qu'à me soulager. Non, je ne la laisse pas ici, ce n'est qu'une enfant.

– Toute discussion est inutile. Je ne vous la céderai pas contre mon gré et vous ne pouvez vous opposer au Coupeur. Nul ne le peut.

J'essayai d'imaginer quel héros le pourrait. Ce que ferait quelqu'un comme Tate. Mais Natalie était sa sœur, et je me retrouvais coincé dans ce sous-sol avec une femme qui vidait des lacs pour les répandre dans le salon de sa sœur quand elle ne se sentait pas d'humeur. Qui provoquait d'incessants déluges et incendiait des bâtiments pour s'assurer que personne ne l'oublie. Face à elle, je ne pouvais rien.

Lorsque la porte s'ouvrit, Natalie eut un mouvement de recul et courut se réfugier dans les jupes de la Dame sans lâcher sa cage. Le Coupeur venait d'entrer. Il était mince, plus grand que la Dame. Il aurait pu être son frère, avec les mêmes cheveux sombres, le même regard malade.

Et moi, j'avais l'impression de le reconnaître. Cela me revenait par flashes – ce manteau noir, cette fine bouche blafarde, ce visage émacié, autant de souvenirs vagues, informes, surgis d'un rêve ancien.

Il toucha son front, alors qu'il ne portait pas de chapeau.

Soudain, je me revis, juste assez petit pour tenir sur son épaule. Il se glissait dans la chambre, sortant le vrai bébé du berceau, fermant la fenêtre et me laissant seul. C'était tout ce que je me rappelais de ma vie antérieure à Gentry.

La Dame se leva pour lui dégager la voie, et il la laissa s'éloigner en la suivant d'un œil perçant.

Elle lui dit sans le regarder :

– Veuillez raccompagner notre invité, monsieur, je vous prie.

Le Coupeur sourit – étrange sourire vide – et s'inclina devant moi ; je perçus alors l'odeur de sa peau toxique imprégnée de fer. Je sentais les battements de mon cœur – pas seulement dans ma poitrine, mais dans mes bras, mes mains, ma gorge.

La Dame s'était recouvert le visage d'un mouchoir et ma question ne relevait pas tant de la curiosité que d'une totale confusion.

– Qui est-ce ?

Elle me répondit, derrière sa dentelle blanche :

– Un sadomasochiste qui se prête à d'atroces souffrances, car il lui plaît d'assister à celles des autres.

Le Coupeur ne semblait pas particulièrement traumatisé par ce qu'il avait pu subir. Ses yeux cerclés de rouge, injectés de sang, ne l'empêchaient pas de se mouvoir avec vivacité.

– Venez, souffla-t-il d'une voix cassée.

Il m'attrapa par le poignet.

Alors qu'il m'entraînait, je jetai un regard par-dessus mon épaule, et la dernière chose que je vis fut la sœur de Tate qui regagnait son coussin en serrant sa cage contre elle.

Comme les exhalaisons m'envahissaient, je chancelai. Le Coupeur me tenait fermement, me plantant ses doigts dans le bras. Il arborait une expression polie, tel un gentilhomme caracolant dans une voiture attelée, mais sa voix restait rude et aurait pu appartenir à quelqu'un d'autre.

– Doucement ! dit-il. Tout va bien.

La main sur mon bras, il m'emmenait le long du corridor.

– Dis-moi, cousin, quel temps fait-il dans le parc, ce soir ? J'ai eu l'impression que cela sentait la pluie.

Comme je ne répondais pas, il me secoua légèrement, resserra son étreinte, me tirant par le coude, son manteau flottant derrière lui.

– Ne va pas t'évanouir sur moi maintenant, ou je serai obligé de te gifler. Tu crois peut-être que je me fiche de ce qui pourrait nous arriver à la surface, mais Seigneur, j'aime cette ville ! La Dame regrette le temps jadis, et pourtant ses tribus et ses villages ne pouvaient rivaliser avec l'hospitalité que nous avons reçue ici.

Je m'efforçai de placer un pied devant l'autre, de me tenir droit et de garder les yeux baissés vers le sol.

Il poursuivit :

– Je vais te raconter une histoire à propos de nous et des gens qui vivent là-haut. C'était une époque misérable, sans perspectives, et tous comptaient sur nous pour leur salut. Cousin, nous avons recueilli plus de sang qu'aucune colline n'en avait jamais reçu en un an. Nous saignions leurs agneaux chaque jour de fête païenne, Imbolc, Beltane et Lammas, mais aussi chaque jour de fête de saint.

Son sourire dégagea des petites dents droites, mais ses gencives étaient à vif, purulentes.

– Il existe bien des saints, cousin.

– Durant la Grande Dépression, vous avez pris du sang à cette ville, vous avez enlevé leurs enfants et ils ont accusé Kellan Caury. Ils l'ont pendu sur Heath Road.

Le Coupeur s'arrêta, se tourna vers moi, un grand sourire aux lèvres.

– Oh, mais c'est bien Caury qui l'a fait ! Ne t'y trompe pas. Il les avait enlevés.

L'haleine qu'il dégageait en parlant devenait de plus en plus pestilentielle, une puanteur de rouille et de sang moisi. Je me dégageai de son emprise, m'adossai au mur.

– Qu'est-ce que vous racontez ? C'était pas un kidnappeur. Il voulait juste mener une vie normale.

– Certes, s'esclaffa le Coupeur. Certes, il voulait vivre dans la paix et l'harmonie, tenir sa boutique et rêvasser avec sa fiancée. Mais nous désirions autre chose. Et nous obtenons toujours ce que nous désirons.

Cette fois, je contemplai attentivement son visage symétrique, son nez droit et son menton pointu, mais ses yeux tellement creux avaient perdu toute expression.

Mis à part le groupe des filles décomposées, les gens du crassier semblaient en bonne santé. Ils étaient bizarres, parfois affreux, mais ne paraissaient pas souffrir et gardaient les yeux clairs. Le Coupeur avait l'air contagieux. Je repris ma respiration par à-coups, car mon champ de vision rétrécissait et je ne pouvais rien faire pour arrêter ça.

Il me reprit le bras, le secoua violemment.

– Reste avec moi, cousin. Nous arrivons presque à la porte.

– Comment vous avez obtenu... ce que vous vouliez de lui ?

– Caury ? Facile. Il avait une fiancée simple et pieuse qui jouait du piano à l'église le dimanche et se fichait d'avoir affaire à un excentrique. Au début, il ne voulait pas se plier à nos exigences, mais à la fin il ne demandait que ça. (Sa voix se fit plus pressante.) Quand j'en ai eu fini avec elle, il ne restait que la moitié de sa poulette, et il aurait fait n'importe quoi pour qu'elle ne perde pas davantage de doigts.

Je me sentis pris de vertige, au bord de la nausée.

– À ce que j'ai compris, c'est pas vous qui l'avez tué, mais le shérif et ses adjoints, en mobilisant la foule pour le lyncher.

– Oh, si, nous l'avons tué ! C'est la populace qui s'en est prise à lui, mais nous restons ses seuls exécuteurs. Ils l'ont amené jusqu'au charnier sans même trop savoir pourquoi, à coups de matraque, en le battant comme un chien tout au long de la rue. Mais il lui restait encore assez de vie pour hurler.

– Vous avez tué l'un des vôtres.

De nouveau il m'entraînait à travers le corridor aux plinthes sculptées et au papier peint, jusqu'au vestibule avec son fin carrelage et ses élégants lambris. Tout me semblait flotter et virer au flou.

Le Coupeur ouvrit la porte.

– Tiens, va rejoindre tes petits amis.

Derrière, je sentais les feuilles mortes et l'air frais. J'avais besoin de retrouver le parc où je pouvais respirer, mais la sœur de Tate restait attachée à un joli fauteuil. Et même si tout tournait autour de moi, je me dressai face au Coupeur :

– Et si je veux pas ?

Il se tenait immobile près de la porte, comme un parfait courtisan, mais sa bouche mince et les ombres creusées sous ses pommettes mauves lui donnaient une tête de squelette.

– Fais ce que je te dis, sinon ce sera l'enfer pour toi. Tu es sans doute quelqu'un de bien, d'honnête, cousin, mais tu n'es pas mon cousin.

Sa main s'abattit entre mes épaules et il me projeta dans la direction de Gentry, du monde extérieur. J'atterris à quatre pattes dans la bruine, entendis la porte claquer derrière moi.

Je me relevai en toussant, filai à travers le parc. À l'angle de Carver Street, cependant, je m'arrêtai dans le halo d'un réverbère pour examiner la breloque que m'avait donnée

Natalie. Le ruban effiloché en était tout collant, ne retenant qu'une tirette de fermeture à glissière en plastique rose en forme de nounours.

Je me rendis à l'unique table de pique-nique où Roswell et moi nous étions assis la nuit précédente, et me laissai tomber sur le banc pour réfléchir.

J'étais épuisé. Mes poumons me faisaient mal et mes vêtements sentaient la fumée ; l'église de mon père avait disparu et Natalie Stewart n'était pas morte, mais cela n'allait pas tarder.

J'avais envie de devenir invisible, de disparaître, de m'étendre sur le sol pour m'y laisser engloutir. Ainsi je ne sentirais plus rien, ne penserais plus à rien. Je deviendrais herbe et racines. Rien.

Mon portable vibra dans ma poche et je le sortis pour voir qui appelait. Emma. Je devrais répondre, au moins lui dire où j'étais, que j'allais bien, mais il me semblait impossible de parler à ce moment. Alors je regardai scintiller son nom avant d'éteindre.

SACRÉ

CHAPITRE 25

Je m'éveillai en frissonnant, pelotonné sur le banc de pique-nique, le cou douloureux, les pieds engourdis. Il était 6 heures du matin. J'avais manqué neuf appels d'Emma et deux de Roswell.

J'avais mieux à faire que d'aller au lycée aujourd'hui. Il fallait que je rentre prendre une douche et dormir dans un lit. Mais d'abord parler à Tate. J'empruntai le chemin le plus long afin de passer devant sa maison.

Elle était dehors, dans le garage, ce dont je conclus qu'elle avait soit planifié de manquer les cours, soit prévenu l'administration qu'elle s'était battue avec Alice. Le règlement prévoyait une suspension pour toute bagarre dans l'enceinte de l'école.

Le capot de la Buick était relevé et Tate tapait dessous. À mon arrivée, elle se cogna et laissa tomber une clé qui heurta le ciment dans un fracas métallique avant de rebondir sous la voiture. Tate recula en faisant la grimace.

Je l'appelai et m'aperçus que j'avais la voix enrouée.

Elle se retourna en souriant, se figea.

– Qu'est-ce qui se passe ? Qu'est-ce que tu fais ici ?

Je l'attirai au dehors, en pleine lumière.

– Tu connais ça ?

– Euh... (Elle se pencha sur la tirette en forme de nounours.) Où tu as trouvé ça ?

Sans répondre, je me contentai d'essayer de la laisser deviner à la seule expression de mon visage, mais elle me contempla d'un air affolé.

– Où tu t'es procuré ça ? Tu l'as trouvé quelque part ? (Elle me l'arracha des mains.) Tu vois, ça ? Ce truc en plastique ? Dis-moi tout de suite où tu l'as trouvé...

Comment lui expliquer l'horreur de la situation ? Moi-même je n'arrivais pas à formuler ce qui se passait dans notre ville.

– Vas-y, devine. C'est là.

Je vis alors changer sa physionomie, comme si quelque chose se brisait en elle.

– Tu as vu ma sœur.

J'avais la bouche tellement sèche que je n'en revenais pas.

– Sous la colline.

– Mais tu l'as bien vue ! Là, elle est vivante, tu l'as vue et tu n'as rien fait... Tu ne l'as pas ramenée.

Honteux, impuissant, je dus bien admettre que non.

– J'ai pas pu, Tate. Ils font ça depuis si longtemps, ils sont persuadés d'en avoir le droit, et personne les arrête, personne ne fait rien du tout. Je sais pas quoi faire non plus.

– Tu as intérêt à trouver !

Je pensai à ma mère, étrange, distante, froide et triste.

– Tu es sûre d'y tenir ?

– Absolument, bon sang, c'est ma sœur ! cria-t-elle en tapant sur le capot de la voiture. Tu crois que je ne ferais pas tout pour récupérer ma sœur ?

Je ne savais pas comment lui expliquer ma vie à la maison, à quel point elle pouvait devenir bizarre, glaçante. Comment ma mère se voyait encore punie pour avoir survécu ; comment ils avaient attendu quinze ans pour obtenir vengeance, parce que pour les gens comme eux, quinze années ne représentaient que quelques secondes ; et qu'ils ne pardonnaient jamais rien.

– Ça va bousiller ta famille, expliquai-je.

Elle me prit la main en soupirant, non pas comme une copine, mais comme si elle était en train de se noyer.

– Mackie, ma famille est déjà tellement bousillée que je ne vois pas ce qu'on pourrait faire pour aggraver les choses. (Elle me serra les doigts et je me sentis submergé par une puissante odeur de métal.) Dis-moi ce que je dois faire.

Tate ne demandait jamais à personne que faire et je n'avais pas de réponse à sa question. Je ne possédais aucun savoir spécial. C'étaient juste des choses qui arrivaient tout le temps depuis des dizaines d'années. Peut-être des siècles.

Elle avait les yeux brillants, mais pas de larmes.

Ce n'était pas le genre de fille à supplier.

– Je dois bien pouvoir faire quelque chose, parce que je ne vais pas rester là à me tourner les pouces !

Je lui pris la main pour tâcher de la calmer.

Ils avaient dû travailler Kellan Caury au corps avant de parvenir à le faire coopérer, mais le Coupeur avait fini par trouver. On peut obtenir beaucoup de quelqu'un quand on coupe les doigts de sa copine.

– Reste là, dis-je sans la lâcher.

Elle me décocha un regard terrible.

– Non… pas question. Tu parles de ma sœur ! Pas question que je reste sagement là comme une bonne petite fille obéissante, pendant que tu vois ce que tu vas pouvoir faire.

Elle était si courageuse, si intrépide que je ne mentis pas en disant :

– Écoute, c'est comme ça, tu peux rien faire pour l'aider. Alors tu rentres dans cette maison, tu t'y enfermes à double tour, et je vais trouver quelque chose.

Je l'embrassai en hâte et filai sans regarder son visage.

J'étais à peu près sûr que Tate allait me suivre, mais elle n'en fit rien. Arrivé au bout de sa rue, comme je ne l'entendais pas me crier des injures ni me courir après, je me pris à espérer que cette fois elle allait peut-être bien m'écouter.

Je regagnai la maison en inventoriant mentalement mes ressources. Pas très encourageant. Même si la Morrigane détestait sa sœur, elle n'allait pas m'aider à sauver Natalie, dans la mesure où un sacrifice humain n'entrait pas dans sa liste de motifs inappropriés aux enlèvements d'enfants. À moins qu'elle n'ait juste peur de sa sœur – comme n'importe qui d'autre. Peur de ce qui arrivait quand la Dame prenait quelqu'un à faire une chose qu'elle n'aimait pas.

Je ne voyais pas de solution, je n'avais aucun plan. Il me restait une demi-fiole d'analeptique et un vieux couteau à découper, rien qui puisse vraiment m'aider à rétablir l'ordre des choses.

À l'angle de Concord et Wicker, je m'arrêtai un bon moment sur le trottoir en considérant ma maison comme s'il s'agissait d'un jeu genre *Trouvez-l'erreur-cachée-dans-l'image.* Le jardin n'allait pas et il y avait trop d'erreurs à comptabiliser.

L'escabeau était sorti sur la pelouse. De longues traînées de boues souillaient l'allée, on avait marché, piétiné l'herbe par endroits. La gouttière était bouchée par un amas de feuilles mortes et l'eau s'égouttait sur les marches.

Une citrouille écrasée gisait dans une masse de pulpe au milieu du perron. Les trous de ses yeux me fixaient.

Dans l'entrée, je fus frappé de trouver la maison déserte. Mon père était peut-être au commissariat ou en train d'aider la famille de Jenna pour les premiers préparatifs de l'enterrement. Il devait consoler les gens, calmer le désordre ; quant à ma mère, elle devait être à l'hôpital, en plein travail. Mais Emma n'avait pas cours avant 9 heures. Son sac traînait sur une patère derrière la porte. J'attendis une seconde avant de l'appeler.

Pas de réponse. Son manteau gisait sur le banc, près de la table du courrier. Toutes les lumières étaient éteintes, et je me déplaçai lentement en longeant le mur.

Personne dans la cuisine, pourtant j'avais la désagréable impression de ne pas être seul dans la pièce. Il me fallut un certain temps avant d'entendre non pas des pleurs, mais un soupir étouffé. Puis plus rien.

– Emma ?

J'allumai, m'agenouillai et la découvris sous la table. Tous les couverts en inox formaient un cercle autour d'elle et elle croisait les bras sur sa poitrine, armée d'un couteau de boucher. Elle avait un bleu sur la joue.

– Emma, qu'est-ce qui s'est passé ?

Elle ouvrit la bouche mais ne dit rien, secouant seulement la tête. Je tendis la main vers elle, mais le cercle de métal m'envoya une décharge douloureuse dans le bras et je retombais assis, fermant les yeux car la cuisine tournait autour de moi.

– Enlève ces trucs.

D'un mouvement rapide, frénétique, elle fit non de la tête.

Je tirai mes manches sur mes mains et ôtai moi-même couteaux et fourchettes avant de la tirer vers moi, de la traîner vers la lumière sur le linoléum.

Elle avait des feuilles mortes et des brins d'herbe sur ses vêtements et dans les cheveux, un tee-shirt plein de boue. Sur ses bras nus apparaissaient de minces brûlures en spirales jaune clair. Quand j'en touchai une, elle étouffa un cri et sa peau me parut collante à cet endroit. J'ôtai vivement le doigt.

– Ils sont venus dans la maison ? lui demandai-je.

– Non, murmura-t-elle. Dehors, dans le jardin. Moi je me tenais sur l'échelle, tu sais, pour nettoyer la gouttière bouchée. Ils… euh… elles riaient.

– À quoi elles ressemblaient ? Elles étaient comme moi ?

Elle me jeta un regard angoissé.

– Non, pas du tout. Elles… elles étaient affreuses.

Je m'aperçus que je lui étreignais l'épaule et me calmai.

– Affreuses comme quoi ?

– Comme… décharnées, trop blanches et… décomposées.

Sans prévenir, elle plongea le visage contre ma poitrine et continua de parler dans ma chemise.

– Elles étaient mortes, Mackie !

La douleur jaillit entre mes côtes, m'arrachant un cri.

– Aïe ! Lâche ça !

Elle considéra un instant le couteau qu'elle portait comme si elle ne s'attendait pas à le trouver dans sa main, puis le jeta. Il tournoya dans l'air avant d'atterrir par terre, pointé vers le réfrigérateur.

– Elles ont traversé la pelouse, continua Emma dans un soupir, pour venir se placer autour de l'escabeau. Elles m'ont demandé si je voulais venir leur rendre visite car elles travaillaient dans un sanatorium et j'étais le genre de fille qui avait besoin de leur savoir-faire.

– Ensuite ? demandai-je en ôtant l'herbe qui maculait son tee-shirt et ses cheveux. Qu'est-ce que qu'elles ont fait à tes bras ?

– Elles m'ont fait tomber, avec leurs ongles si longs, et…

Elle ne termina pas, mais me montra ses brûlures encore à vif, qui dégageaient une puissante odeur d'ozone.

– Comment tu as fait pour leur échapper ?

Elle me décocha le sourire le plus ironique que je lui aie jamais vu.

– J'ai récité le psaume vingt-trois.

– Tu les as chassées en citant des versets de la Bible ?

– Je les ai lus, Mackie.

– Attends, tu as un livre qui dit que si une troupe de filles pourries se présente dans ta maison et se met à brûler des graffitis sur tes bras, il te suffit de réciter des psaumes pour les faire partir ?

– Des revenants. Quand une personne revient d'entre les morts, on dit que c'est un revenant.

Elle semblait parfaitement sérieuse et sa chemise trempée me mouillait jusqu'aux os. Elle tenait les bras ouverts écartés de son corps en essayant de ne pas montrer à quel point elle souffrait.

– C'est... je ne savais pas quoi faire d'autre.

– Emma, je suis désolé. Je vais te donner de l'eau oxygénée ou de la teinture d'iode, ou je ne sais quoi, pour que tu désinfectes ça. Dis-moi juste ce que je dois faire.

– C'est bon, assura-t-elle. Je vais bien. Elles ne sont même pas entrées dans la maison. Et ces trucs, ce n'est pas aussi grave que ça en a l'air. Ça m'a fait très mal, mais ça va mieux maintenant. Je ne sens presque plus rien.

– Tu as froid ?

– Un peu, pas trop.

Pourtant, ses mains bleuies disaient le contraire, ses veines apparaissaient sous sa peau, formant un réseau obscur, et ses ongles avaient viré au gris.

– Elles ont pris mes gants de travail, murmura-t-elle d'une voix tremblante. Elles avaient mes gants.

Je me relevai.

– D'accord, allume toutes les lumières et boucle les portes. Je rentrerai aussi vite que possible.

Elle m'attrapa par la manche, mais ses doigts dérapèrent, comme si elle ne savait plus les faire fonctionner.

– Attends. Où vas-tu ?

– Chercher tes gants.

LE PRIX

CHAPITRE 26

Sous le crassier, la Maison du Chaos suintait d'humidité après la pluie ; les deux grandes cheminées avaient été allumées et il faisait plus chaud que d'habitude dans la salle.

Le groupe des filles bleues décomposées se blottissait autour du feu en travaillant sur les fioles de Janice, fondant de la cire sur les bouchons et collant des étiquettes. Elles formaient une sorte d'assemblée, se passant les bouteilles et parlant à voix basse. Derrière le bureau de la réception, la Morrigane s'était encore assise par terre pour jouer avec une poupée de plumes et de chiffons sales. Je contournai le bureau pour la retrouver.

– Salut, le rebut ! lança-t-elle sans lever la tête. Tu es venu me dire que tu regrettais de t'être enfui pour aller supplier ma sœur ?

– Non, je suis là pour vous dire que vous commettez une erreur énorme. Et arrêtez de m'appeler comme ça.

– Qu'est-ce que tu préfères ? Enfant trouvé ? Changelin ? Enfant abandonné dans le berceau d'un autre ? (Elle laissa tomber la poupée, et ses dents reflétaient la lumière de l'âtre.) Je t'ai donné des médicaments, je t'ai soigné. Sans mes attentions, tu serais mort. Ce qui ne t'a pas empêché de m'évincer, de m'ignorer au profit de ma sœur !

– C'est ça, j'ai parlé à votre sœur, d'accord ? Bon, je suis un type dégueulasse. Maintenant, dites à vos sales traînées de rendre ses gants à Emma.

La Morrigane me fit signe de me tourner vers le fond de la salle.

– Dis-leur toi-même.

Les filles s'étaient tapies au sol et riaient sous cape. L'une d'elles, qui semblait morte de faim avec ses cheveux emmêlés et ses balafres sur les bras, portait des gants de jardinage roses.

Je traversai le vestibule et vins me dresser devant elles. À la chaleur du feu, elles sentaient encore plus mauvais – la saleté humide, rance, les chairs en décomposition. Dans la lueur mouvante des flammes, leur teint virait au verdâtre.

– Tu désires ? demanda celle qui portait les gants d'Emma avec un sourire à demi fondu dévoilant des dents noires et des gencives pourries.

– Donne-moi ça.

– Quoi ?

– Rends-moi les gants de ma sœur. J'en ai marre de jouer au détective.

Sa voisine lui envoya un coup de coude. Elle tenait à la main un bâton fumant et un morceau de cire à moitié fondue. Sa langue bleue et sa bouche grouillaient d'asticots.

– Qu'est-ce qu'elle recevra en récompense ?

– Embrasse-la, souffla la fille de la soirée de Halloween.

Les autres s'esclaffèrent en se couvrant la bouche.

– C'est ça, embrasse-la. Et on te rendra les mains de ta sœur.

Celle qui portait les gants se leva en souriant.

– Rien qu'une fois, dit-elle d'une voix douce, presque triste. Embrasse-moi une fois et je te les rendrai.

Elle avait sans doute eu les yeux verts autrefois, à présent ils étaient pâles et voilés.

– Inutile de feindre la passion. Donne-moi juste une chance de croire que tu ne me trouves pas répugnante.

Sous le regard attentif des autres, je me penchai et embrassai la fille sur la joue, au coin de la bouche. Elle sentait mauvais, mais sous sa puanteur de pourriture se dégageait celle d'encens et de fleurs funéraires, l'arôme lugubre du chagrin de ceux qui ne meurent jamais vraiment.

Au-delà de ce qu'elle me demandait, je gardai le visage près du sien, la bouche contre sa joue. C'était tout ce qu'elle désirait. Je voulais que ça compte, car je compatissais : elle était morte, et moi pas.

Alors que je me redressai et que les filles accroupies au sol ne cessaient de murmurer, celle aux gants m'adressa un regard mélancolique.

– C'était bien, souffla-t-elle en tendant les mains.

Je pris les gants par le bout des doigts et tirai. Dessous apparurent des mains d'un rose très sain, mais ses ongles viraient déjà à l'anthracite.

Elle poussa un soupir et me sourit, ce qui fit craquer la peau de ses lèvres.

Je fourrai les gants dans la poche de mon blouson et retournai vers le bureau où la Morrigane continuait de jouer à la poupée, la faisant danser sur le sol.

Je sentais encore l'odeur nauséabonde de la fille, ce miasme spectral qui s'accrochait maintenant à moi. La Morrigane chantonnait et j'eus une forte envie de lui balancer un coup de pied.

– Pourquoi vous les avez laissées faire ça à Emma ? Je croyais qu'on s'était mis d'accord pour que vous lui fichiez la paix si je travaillais pour vous. Je croyais qu'avec Janice elles étaient amies.

La Morrigane me fusilla du regard.

– Tu as choisi de faire appel à ma sœur. Tu t'es précipité chez elle à la première occasion. Elle avait fait tout ce qu'elle pouvait pour détruire cette ville, et tu es allé la saluer. (Elle envoya la poupée contre le pied du bureau.) Ils ne veulent pas nous accorder leurs faveurs quand ils sont tristes. Ils sont trop occupés par leurs propres misères, leurs petites tragédies, et ils ne nous aiment pas.

– C'est vous qui avez commencé. Vous avez provoqué la Dame en lui reprenant ma mère.

La Morrigane s'assit en tailleur, serrant sa poupée contre elle.

– Tu vois où ça nous a menés ? La ville est malade. Son état empire d'année en année, et maintenant ses bâtiments s'effondrent. La maison de Dieu est détruite, et même les rails du train et les ponts sont rongés par la rouille.

Je poussai un soupir, les dents serrées, puis lui montrai

la fermeture avec le nounours :

– Ils vont tuer une enfant de trois ans. Pas un guerrier, ni un roi. Une petite fille… comme vous.

La Morrigane prit l'ours en plastique, le retourna puis releva la tête, montrant ses dents pointues.

– Non, pas comme moi. Je suis plus robuste. Tandis qu'elle va ensanglanter une rivière.

– C'est quoi, votre problème ? demandai-je sèchement.

– C'est eux que tu as choisis à notre place. Comme chaque fois.

– Et je vais continuer ! C'est pas la question de choisir son camp ou non. La Dame est complètement jetée et vous savez comment l'arrêter. Dites-moi ce que je dois faire pour récupérer Natalie.

Elle parut réfléchir, me lança un regard rusé.

– Les morts sont morts, dit-elle. Mais ma sœur n'est pas une tendre non plus. Parfois, elle ne fait pas la différence.

– Bon, ça veut dire quoi ?

– Qu'il y a toujours des enfants en surplus, morts dans des lits d'emprunt, enterrés dans des vêtements d'emprunt, et qui attendent qu'on se serve d'eux.

Difficile de dire si son grand sourire était cruel ou simplement naturel.

– Non, dis-je. Vous parlez pas d'enfants, là, mais de cadavres. De profanation de tombes.

– Appelle ça comme tu veux. Tu voulais savoir comment je m'y étais prise, je te l'ai dit. La nuit était longue et son salon plein de beautés mortes. J'en ai échangé une contre une vivante, il lui a fallu des heures pour s'en apercevoir. Le temps qu'elle comprenne que son trophée avait disparu et que l'enfant silencieux dans son salon était l'un des nôtres.

Un rien écœuré, je repris ma respiration.

– Alors racontez-moi comment vous avez fait croire à la Dame que ce n'était pas un vrai cadavre.

La Morrigane sourit en secouant la tête.

– Mon cher, il était tout ce qu'il y a de plus vrai.

– Alors, comment vous lui avez fait croire... Comment vous avez remplacé un truc vivant par quelque chose qui l'était pas ?

Elle jouait avec la tirette qu'elle roulait entre ses doigts en chantonnant, et se balançait.

– Nos enfants pourrissent, mais pas aussi vite que les leurs. Nous ne connaissons que ce stratagème, ces remplacements manqués.

Devant la cheminée, les filles bleues gloussaient en se tressant mutuellement des nattes. Celle que j'avais embrassée me jeta un regard par-dessus son épaule. Juste un. Puis se détourna, la tête basse.

La Morrigane se leva, la poupée dans une main, la fermeture dans l'autre. Elle avait vraiment l'air d'une petite fille étrangement démodée, malgré ses dents agressives et ses immenses yeux noirs.

– Je ne suis pas ta tutrice, je ne te dois rien, plus maintenant. Je n'ai pas l'intention de la mettre en colère. Ce n'est pas mon affaire, mais tu devrais savoir combien il t'en coûtera. Chacun doit connaître le prix de ses actes.

– Quel prix ?

Elle laissa tomber la poupée, qui s'étala au sol, bras et jambes écartés.

– Si tu n'as pas encore compris, après tes escapades de la matinée, ce n'est pas moi qui vais te le dire.

Souriante, elle me rendit le nounours en plastique. Que je finis par reprendre.

RESSUSCITER LES MORTS

CHAPITRE 27

Émergeant de la bruine et du brouillard, je fus soulagé d'apercevoir le pardessus noir de mon père accroché dans l'entrée. Dans la cuisine, la bouilloire sifflait et des tasses attendaient sur le comptoir, mais je ne voyais pas Emma, juste mon père qui tournait le dos à la porte. Je n'eus pas le courage de lui demander comment il allait.

Il avait l'air trop anéanti, les épaules rentrées, la tête basse, comme s'il priait. Ou pleurait. Incapable d'affronter ce genre de situation, j'ôtai mes chaussures pour monter à l'étage.

Dans la chambre d'Emma régnait un chaos de livres et de plateaux en plastique remplis de pousses et de boutures. Ses étagères grimpaient jusqu'au plafond et ce qu'il restait des murs était tapissé de cartes postales, de photos de serres et de jardins découpées dans des magazines.

Elle était assise sur son lit, tassée sur elle-même. Ses mains avaient repris leur aspect normal et elle avait collé des pansements sur ses bras. Elle m'accueillit d'un air las.

– Salut.

Je n'avais même pas l'énergie de lui répondre, juste envie de lui demander pourquoi elle n'était pas en bas avec notre père. Ça ne pouvait tout de même pas provenir de l'attaque des filles bleues ce matin.

Partout régnait encore cette odeur de fumée, sur mes vêtements, dans mes cheveux. Le jean d'Emma traînait par terre et j'y percevais les effluves de goudron chaud et de fils de cuivre brûlés.

Les mains croisées sur ses coudes, Emma s'adossa contre la tête de lit.

– Pourquoi elles m'ont fait ça ?

– Parce que j'ai énervé quelqu'un.

Comme elle détournait la tête vers la fenêtre, je ne sus qu'ajouter. J'y avais réfléchi, mais qu'avais-je réellement accompli ?

– Je t'ai rapporté tes gants, dis-je en les sortant de ma poche.

Je les jetai sur le lit et ils restèrent là, roses et sales.

Emma les prit et les enfila.

Je m'assis à côté d'elle, promenai mon regard sur la pagaille. Il y avait des livres ouverts par terre, sur le bureau, des pages marquées de Post-it et de trombones de couleur. Des volumes sur la chimie et sur le folklore et un petit ouvrage de poche écorné, *La Ballade de Tam Lin*.

Emma appuya sa tête sur mon épaule.

– Qu'est-ce qui se passe, Mackie ?

Elle avait demandé ça d'une voix à peine audible, triste, l'air de très bien savoir que la réponse ne pouvait être agréable.

Je posai ma joue sur ses cheveux.

– Comme toujours.

Elle hocha la tête comme si elle s'en doutait. Mais de quoi, au juste ? Des événements récents, des saletés ordinaires de Gentry ? On savait qu'il se passait des choses, sauf qu'on ignorait quoi.

– Je sais ce qui va pas avec maman, ajoutai-je.

– Une petite boîte de granit où doit être enfermé son cœur ?

– Dans le genre, oui. Tu sais que je viens d'ailleurs ; autrefois pour elle, ça s'est passé encore avant. Ils l'avaient enlevée, puis ils l'ont ramenée et elle n'a jamais plus pu vivre normalement depuis.

Emma contemplait encore ses gants roses.

– Tu es sûr ?

– Oui.

De nouveau, elle se serra contre moi, et on resta ainsi, dans les bras l'un de l'autre. Dehors, le ciel restait sombre et lourd. La pluie crépitait contre la vitre, reflétant les lueurs rouges et jaunes des voitures de la rue.

– On a un truc terrible à faire, dis-je encore. Il faut creuser... (Je m'interrompis.) Il y a cette chose qui a remplacé la sœur de Tate. On doit la ressortir.

Emma se redressa.

– Qu'est-ce que tu racontes ?

Je n'avais pas envie d'en dire davantage. On n'avait pas le choix, il allait falloir commettre la pire des profanations. Même si je me dégonflais et laissais mourir Natalie, ça n'empêcherait rien. Ils continueraient de remplacer des enfants et Gentry continuerait de détourner les yeux, comme toujours. Sauf que là, je m'en sentirais un peu responsable.

Je pris une longue inspiration.

– Natalie Stewart est vivante et je crois qu'on peut la sauver. Mais il faudrait la remplacer par quelque chose. Si on peut récupérer ce corps, il existe des moyens de le réveiller. Je suis pas encore trop sûr, mais je trouverai.

– J'ai entendu parler de ces histoires de leurres revenus de chez les morts, mais il te faut le sang ou parfois les possessions des gens qu'ils ont remplacés. Il nous faut quelque chose ayant appartenu à Natalie. Tu pourrais demander ça à Tate ?

– Franchement, je sais pas si on a raison… En tout cas, j'ai déjà un truc. (Je sortis la tirette en forme de nounours.) C'est pas grand-chose, mais ça vient de Natalie.

Elle prit un air dubitatif.

– Si tu veux… Je vais vérifier dans les légendes populaires, dans les essais scientifiques, voir si on n'y trouve pas des instructions. Mais ça va quand même être répugnant, et on va devoir creuser profond.

– Je sais. On devrait peut-être appeler Roswell.

– Pardon ?

– Il nous aidera. Ça l'emballera pas, mais il viendra.

Emma resta immobile, le regard dans le vide. Puis elle repoussa sa couverture, se leva, noua ses cheveux en queue de cheval avec un élastique pour tenir cette masse châtain.

– Bon, mais il va nous falloir un plan, reprit-elle. C'est sérieux, là.

– Oui. En même temps, il faut rester discret. Tous les gens que ça pourrait concerner son occupés ailleurs, à l'hôpital, au commissariat. Papa est en bas, il ne reste rien de l'église. On va attendre la tombée de la nuit, et là on y va. Ils ont d'autres problèmes que du vandalisme dans le cimetière.

Étendu sur mon lit, je tâchai de dormir un peu, sans succès.

Impossible, quand on envisageait de déterrer un corps.

Tate appela deux fois, mais je ne répondis pas et n'écoutai pas ses messages. Inutile de la mêler à l'épreuve qui nous attendait cette nuit. Si elle l'apprenait, elle serait horrifiée. Ou pire, elle voudrait participer.

Après une demi-heure de plongées dans le sommeil immédiatement suivies de réveils en sursaut, je me levai, descendis. Retrouvai mon père dans la cuisine. La bouilloire sifflait toujours ; on aurait dit qu'il n'avait pas bougé depuis mon arrivée.

J'allai éteindre le gaz.

– Papa ?

Il leva sur moi un visage cireux, aux yeux cernés.

– Oui ?

– On s'en fiche, du bâtiment.

Il se redressa sur sa chaise, l'air de se demander s'il fallait prendre une expression triste ou furieuse, ou autre chose encore.

– C'est pas grave, continuai-je. L'église, c'est toi et la ville. Où elle est située, on s'en fiche. Tu en construiras une nouvelle et la congrégation te suivra, comme tu aimes. Et tout se passera bien.

Sur le moment, je crus qu'il allait me traiter de malappris, d'inadapté, m'assurer que les gens comme moi ne pouvaient pas comprendre. Pourtant, il restait là, assis, les mains sur ses genoux, remuant la mâchoire. Et puis il se leva.

Il traversa la cuisine, et j'essayai de ne pas me raidir dans l'attente de ce qui pourrait se passer. Son regard fixe me laissait craindre qu'il me secoue, me frappe. Au lieu de quoi, il me prit dans ses bras, m'étreignit, une main derrière ma tête. Il exhalait l'épuisement, dans une odeur persistante d'âcre fumée. Il s'accrochait à moi comme à une bouée de sauvetage.

*

Armé des gants de travail de mon père, j'attendais Roswell devant sa maison. À 21 heures, il faisait nuit noire et la bruine ne cessait d'emplir les flaques sur la pelouse. Je gardais le nounours dans ma poche et j'avais le cœur qui battait fort à l'idée de sortir de terre un être qui aurait dû y rester.

C'était le genre de chose qu'on ne faisait qu'en dernier ressort, dans des cas désespérés.

Roswell apparut, revêtu de son autre blouson, le noir. Je n'avais pas parlé de vêtements.

Un instant, on se regarda par-dessus le toit de sa voiture. Pas un bruit dans le voisinage, pas d'autre véhicule, pas de passants. Gentry savait qu'il fallait avoir peur du noir. Quelques citrouilles sculptées brillaient encore de leurs sourires tordus sur les porches.

– On y va ?

Il demandait ça comme si l'église brûlait régulièrement, comme si j'avais l'habitude de l'appeler un soir de semaine pour lui demander de descendre armé d'une pelle.

Je déglutis en essayant de maîtriser mon angoisse.

– Je voudrais que tu m'aides. On a un sale truc à faire. Ouvrir une tombe. Me regarde pas comme ça... La fille qui est censée y être enterrée n'est pas morte. Je l'ai vue ce soir. Mais on a besoin de ce qui se trouve dans le cercueil.

Il ne parut pas se démonter, ne me demanda pas de répéter.

– Profanation de sépulture. Ça s'appelle comme ça.

Je me frottai les yeux.

– Je sais, mais ils ont enlevé la sœur de Tate et on ne pourra la récupérer que si on rapporte ce qui est enterré à sa place.

Je n'arrivais pas à soutenir le regard de Roswell et mes yeux se portèrent sur une autre citrouille, chez les Donnelly.

– Qui ça, « ils » ? demanda-t-il d'un ton inquiet.

– Moi. Ils sont comme moi.

– Dis pas d'âneries. Personne n'est comme toi.

Emma apparut au coin de la maison, la tête enrobée d'un foulard, traînant l'escabeau derrière elle, une bâche roulée sous le bras et un sac de marin en bandoulière.

– Alors, c'est vrai ? me demanda Roswell.

Emma me tendit l'escabeau d'une main tremblante. Elle remonta le sac sur son épaule, puis regarda Roswell qui la libéra de la bâche et des outils sans rien dire. On se mit en route vers l'église dans un silence absolu.

Devant la barrière du cimetière, Emma fouilla dans le sac, en sortit une torche qu'elle me tendit. La lentille en était entourée d'une épaisse feuille de papier qui canalisa son rayon. Ainsi, elle inspecta discrètement le sol. Tout le reste était plongé dans l'obscurité. L'église de mon père avait disparu, mais les tombes du cimetière demeuraient intactes. De tout ce qui avait fait sa vie, il ne restait que la part de mort.

Je levai le rayon blanc vers mon visage.

– Tu m'as l'air très experte en effraction de cimetières.

– Je n'aime pas improviser. (Elle brandit les clefs.) Et puis, on ne s'attaque à personne.

Un tour de clé dans la serrure, et la barrière s'ouvrit sans rechigner. Cela me fit tout drôle de me retrouver dans cette allée. Je n'avais jamais mis les pieds dans un cimetière. On resta dans le carré non consacré en suivant les tombes anonymes autour du mausolée. L'odeur de fumée devenait plus forte que jamais, maintenant qu'on approchait à quelques pas des restes calcinés de l'église. Toute la ville en souffrait, au point que l'air y devenait difficile à respirer. Le calme des lieux avait quelque chose de lugubre, dans ce silence qui semblait précéder l'orage. Même si c'était idiot de raisonner ainsi dans un lieu réservé aux morts.

Emma ouvrait le chemin dans ce coin des suicidés et des enfants mort-nés. Enfin, en principe, car ici c'était réservé aux monstres abandonnés dans leurs vêtements d'emprunt.

On passa devant le mausolée en se dirigeant vers le mur du fond où se dressait la petite stèle blanche. Au bord de

poser la main dessus. Tellement courageux que j'en étais malade.

– Ça ira ? demandai-je en braquant la lumière. Ou il est trop pourri ?

– Non, il est en forme. C'est bon. Impossible qu'il ait été humain.

Il parlait d'une voix cotonneuse, lointaine.

Je tendis la torche à Emma. Je le savais. Bien sûr que je le savais. Ça ne faisait que confirmer l'évidence. Qui enverrait sans regrets un bébé souffrir et mourir dans un monde empoisonné ? Sans le moindre sentiment de culpabilité ? Ce petit aurait pu aussi bien être moi.

– Mackie, dit Roswell en se redressant.

Je ne répondis pas, la gorge sèche à m'en brûler.

Il contourna le cercueil pour venir me serrer dans ses bras. Je n'y tenais pas. J'aurais préféré qu'il me laisse reculer dans l'ombre, ne plus être personne. Je ne voulais plus rien voir. Roswell étreignait facilement les gens, mais pas sérieusement, comme si ça ne rimait à rien. Tandis que là, il me serrait contre lui, me retenant par ma veste alors que j'essayais de me dégager.

Toute ma vie, il avait su rattraper les erreurs, dire ce qu'il fallait. Pourtant, là, il ne disait rien. Sous la pluie fine et froide, je savais que je ne tiendrais pas le coup s'il tentait de sauver la face.

À son tour, Emma se trouva près de moi, m'entourant de ses bras, posant la tête sur mon épaule. Je perçus sa chaleur à travers son sweatshirt. Elle sentait l'automne, la poussière et la maison, mais aussi l'église incendiée et la tombe. Je m'appuyai contre elle, me demandant comment je n'avais pas fini moi aussi dans une boîte en sapin, des années auparavant ; combien c'était étrange que quelqu'un ait pu tant m'aimer.

Quand elle me lâcha, je me sentais léger, lointain, abruti, glacé. Au point de pouvoir toucher le corps ; je le trouvai raide et froid comme une poupée. De chaque côté, Emma et Roswell m'observaient sans rien dire.

Finalement, elle poussa un petit soupir, murmura :

– Il faut le prendre quand même ?

On le sortit du cercueil pour l'envelopper soigneusement dans le blouson de Roswell. Il avait les cheveux sombres, épais mais délicats, la peau grisâtre.

Rien à voir avec la petite fille attachée au fauteuil de la Dame.

Emma caressa ce crâne fragile, posa le corps sur ses genoux. Je lui attachai le nounours autour du poignet, sans trop savoir quoi faire d'autre. Le petit être gisait tout raide, atroce, pitoyable dans sa robe à smocks.

– Qu'est-ce qu'on fait maintenant ? demandai-je.

Emma contemplait encore le visage émacié.

– Dans les histoires de changelins, les gens leur parlent, mais il n'y a pas de règle. Je sais pas quoi dire.

– C'est bon, je crois que je sais.

Je me penchai pour murmurer à l'oreille du remplaçant toutes les choses que j'avais eu envie de dire à la fille bleue de la Maison du Chaos. Lui raconter ce que quelqu'un lui avait fait. Qu'on pouvait être horrible et effrayant, mais que ce n'était pas sa faute.

Quand le fardeau dans les bras d'Emma se mit à remuer, j'eus envie de détourner les yeux. C'était encore plus impressionnant que lorsqu'il ne bougeait pas. Quant à ma sœur, elle l'observait d'un air désemparé.

Je m'accroupis devant elle, ouvris le blouson de Roswell.

C'était une petite chose délicate, qui ressemblait bien à un véritable enfant. Sans en être une parfaite réplique, il rappelait Natalie. Il cligna lentement des paupières dans ma direction, tendit ses petits bras. Il avait les yeux inexpressifs, nébuleux mais bien noisette, comme ceux de Natalie. Comme ceux de Tate.

– Il faut nous dépêcher, murmurai-je.

Je songeais aux mains d'Emma quand les filles bleues lui avaient arraché ses gants. Comment elles s'étaient mises à pourrir.

Emma poussa un profond soupir. Les yeux baignés de larmes, elle maintenait la petite chose gesticulante et braillarde sur ses genoux, l'air de vouloir la déposer par terre.

– J'hallucine ! marmonna Roswell en s'appuyant sur sa pelle. J'ai jamais vu un truc aussi tordu de ma vie.

– C'est juste un corps dont personne ne veut, expliquai-je doucement. Il n'a rien de pire que moi.

LA REVENANTE

CHAPITRE 28

Roswell ferma le cercueil et on le replaça dans la tombe. En l'entendant tomber au fond, je frémis. Une minute après, Roswell commençait à le recouvrir à grandes pelletées.

La tombe était presque remplie quand mon portable vibra. Tate. Comme je ne répondais pas, elle rappela deux fois, puis ajouta un texto : *Trop nul, Mackie, je viens.*

J'éteignis le téléphone, le fourrai dans ma poche. Impossible de la faire changer d'avis. J'espérais seulement que quand mon père ouvrirait la porte, il verrait en elle une personne affolée, accablée, et tenterait de lui faire entendre raison. Toutefois, je ne me fiais pas trop à ce scénario. Je savais d'expérience qu'une fois lancée, cette fille devenait à peu près impossible à arrêter ; quant à mon père, il était plus brisé que jamais.

Elle n'aurait qu'à se présenter à la maison pour y commettre n'importe quelle gaffe en apprenant que je n'étais pas là. Pas très réjouissant.

– Alors, c'est quoi le plan ? demanda Roswell en balançant le reste de terre sur le tas.

Restée assise sur le sol boueux avec la revenante sur ses genoux, Emma finit par se lever.

J'étais encore appuyé sur ma pelle, essoufflé, pris de vertige, trempé de pluie et assez frigorifié.

– On descend dans la maison sous la colline de déchets et on ramène Natalie.

– Et ça va pas poser un énorme problème ?

– Il suffit de faire diversion. Par exemple avec une offrande ou un cadeau. La maîtresse de maison adore qu'on lui rende hommage.

– Qu'est-ce qu'on pourrait bien lui offrir ?

J'y réfléchis un peu. Elle s'était mise dans une telle colère contre la Morrigane – au point d'inonder sa demeure des années durant, au lieu de se contenter de la punir une bonne fois et de passer à autre chose…

– Elle veut pouvoir contrôler tout le monde, faire tellement peur qu'on n'osera jamais plus lui désobéir, jamais plus la berner ou lui mentir.

Mal à l'aise, Emma se rapprocha de moi, la revenante sur son épaule.

– C'est pourtant bien ce qu'on est prêts à faire, non ?

– Dans le genre. Elle peut pas supporter qu'on lui joue des tours, mais j'ai pas trop la solution du problème, et vous non plus.

Roswell hochait la tête, pensif.

– Mais on connaît des gens qui l'ont.

*

Les jumeaux n'apprécièrent pas vraiment de se voir attirer dehors en pleine nuit sous la pluie, et encore moins de se voir poussés à partager la *Peur rouge*, pourtant ils se présentèrent au cimetière dans le quart d'heure qui suivit. Danny apportait le détecteur de mensonges. Il y avait fixé une poignée comme sur une vieille mallette, mais le portait entre ses bras.

En principe, on pouvait compter sur eux pour ne pas se laisser choquer par quoi que ce soit. Ils prirent cependant la revenante avec moins de désinvolture que d'habitude.

– Bon sang ! s'exclama Danny. Qu'est-ce que vous foutez, les gars ? Vous délirez, là ?

Drew ne dit rien, mais finit par toucher le bras de la revenante qui eut un sursaut irrité. Le garçon recula.

Je leur expliquai le plan tel quel et Drew hocha la tête, apparemment fasciné. Ce qui n'était pas vraiment le cas de son frère.

– Écoutez, expliqua-t-il, d'accord pour empêcher de laisser tuer Natalie, évidemment. Mais pourquoi il faudrait sacrifier notre projet le plus réussi ?

Je cherchai comment expliquer les tendances de la Dame, son goût du pouvoir, mais ce fut Roswell qui répondit :

– Il nous faut un cadeau convaincant pour une femme qui possède déjà tout.

– Tout, maugréa Danny résigné, sauf un détecteur de mensonges datant de la guerre froide, on dirait.

– Là, dit Drew, c'est la même chose pour tout le monde.

Le chemin vers le parc me parut plus long que jamais. En vrai petit soldat, Emma portait sans broncher la revenante enveloppée dans le blouson de Roswell et celle-ci semblait s'en accommoder, tranquille, bien au chaud contre son épaule.

En vue de la colline, je voulus la lui reprendre.

– On va pas y aller tous… ça servirait à rien. De plus, maman et papa vont devenir fous et se demander où on est passés. Tu devrais peut-être rentrer maintenant.

Mais elle recula en étreignant la petite.

– Non, je vais avec toi.

Avec toute cette terre sur le visage et sur le cou, elle avait l'air d'une évadée. C'était une battante. Jamais de la vie elle ne m'aurait lâché.

– Arrête ! m'écriai-je. Ça servirait à rien et ce serait dangereux.

La chose dans ses bras choisit ce moment-là pour commencer à s'agiter. À moins qu'elle ne l'ait un peu trop serrée…

– J'ai passé des années à t'empêcher de mourir… dit Emma en se rapprochant.

– Je t'avais jamais rien demandé… Pas besoin de me suivre comme ça, de t'occuper de moi. Tu avais ta vie.

– Je sais. Seulement, quand je devais choisir entre toi et autre chose, c'était toi que je choisissais. Je ne suis pas sûre d'avoir toujours eu raison, mais tant pis. C'est moi qui l'ai fait. Toi, on ne te demandait pas ton avis. Je t'avais choisi et ne l'ai jamais regretté.

On discutait ainsi dans le noir devant la colline. Roswell et les jumeaux se tenaient derrière nous sans vouloir s'en mêler. Toute ma vie on s'était ainsi affrontés dans l'obscurité, Emma et moi. On ne se rend pas compte combien les gens peuvent mentir par les seules expressions de leur visage. Tandis que la voix d'Emma avait toujours été honnête : j'y croyais encore davantage qu'à ce qu'elle racontait. Et là, elle devenait effrayante de conviction.

– Je t'en prie, insistai-je. Tate va venir à la maison... elle y est peut-être même déjà... Je sais pas ce qu'elle va faire quand elle va voir qu'on est partis. Elle est capable de se mettre à notre recherche. Il faudrait que tu l'arrêtes. Éloigne-la du parc, du cimetière. Si elle s'en mêle, ça va tourner au désastre.

Emma ne répondit pas, mais finit par hocher la tête et laissa Roswell prendre la revenante.

– Merci, dis-je à ma sœur.

Elle se hissa sur la pointe des pieds, m'embrassa sur la joue.

– Fais vite, d'accord ?

Puis elle tourna les talons et repartit vers Welsh Street. Je la suivis des yeux alors qu'elle traversait l'aire de jeux, la tête basse. Je savais qu'elle pleurait, mais je n'y pouvais rien. On escalada la barrière et je conduisis les garçons au pied de la colline, me servis du couteau éplucheur pour ouvrir la porte de la Maison des Misères.

Dans le vestibule, le garçon en uniforme me demanda ma carte et je lui dis que je n'avais pas de putain de carte. Il me jeta un regard contrarié et je l'envoyai se faire voir.

Derrière moi, les jumeaux examinaient les lieux d'un air incrédule et Roswell se tenait coi, ce qui n'avait rien de surprenant, puisqu'il portait un bébé pourrissant qui couinait, mort encore une heure auparavant.

– C'est très mal élevé d'amener des visiteurs sans invitation, m'informa le garçon.

– On apporte un cadeau, répondis-je. Un objet rare, sans prix, qu'elle a encore jamais vu. Mais elle adorera.

Sans un mot, il fila dans les couloirs, mais au lieu de nous emmener vers le salon de lecture, il nous conduisit dans une large galerie, nous fit passer des portes à double battant.

– Madame va vous recevoir dans le grand salon.

C'était une pièce encore plus chic que la première, avec des tapis persans, des vases peints conservés dans des niches le long des murs. Des sculptures en bronze d'oiseaux en vol et des porcelaines ornaient les guéridons. La Dame se reposait dans un grand canapé sombre. Nous voyant arrêtés sur le seuil, elle nous accueillit d'un sourire, comme si elle nous attendait.

J'entrai avec Danny, tandis que Roswell et Drew restaient sur place, Drew légèrement en avant afin de cacher la revenante.

– Monsieur Doyle ! lança la Dame. Que c'est charmant de vous revoir ! À quoi devons-nous ce plaisir ?

Je gardai une expression neutre, aimable.

– J'ai repensé à ce que vous m'aviez dit. Je me suis montré très excessif, je le sais, et je voulais vous apporter un cadeau.

Elle me décocha un sourire interrogateur, regarda derrière moi. Et son sourire disparut.

– Renvoyez-les ! tonitrua-t-elle. Dehors tout de suite !

Sur le moment, je crus qu'elle avait aperçu la revenante, et il me fallut une seconde pour comprendre qu'elle parlait de Drew et Danny. Je m'interposai :

– Faut pas les renvoyer tous les deux ! C'est grâce à eux que je suis là.

– Vous amenez des monstres anormaux chez moi ? Comment osez-vous ? Comment pouvez-vous souiller ainsi ma maison ?

À vrai dire, je ne m'étais jamais étonné de la ressemblance entre les jumeaux. En tout cas, ils m'avaient toujours paru plus normaux que moi. Apparemment, tout le monde ne voyait pas la monstruosité du même œil. Bras ouverts, je m'approchai de la Dame.

– Attendez. Si Drew s'en va, Danny peut au moins rester pour le cadeau ? Il faut que l'un des deux reste pour vous montrer comment ça fonctionne.

– Très bien, répondit-elle l'air contrarié. Vous, avec le cadeau, vous pouvez rester. Que l'autre attende dans le couloir.

Drew et Roswell battirent précipitamment en retraite, et la dame reporta son attention sur moi.

– Quel cadeau m'apportez-vous ?

– Je voulais vous offrir quelque chose qui vous rende service. Vous vous êtes plainte des mensonges de la Morrigane. En ville, il existe une solution. Cet appareil devrait empêcher n'importe qui de vous mentir.

Elle sourit d'un air gourmand.

– Voilà qui constituerait effectivement un précieux cadeau ! (Elle ne me regardait pour ainsi dire plus, les yeux fixés sur Danny.) Pourtant, cela me paraît tellement ordinaire…

Il s'agenouilla par terre, ouvrit la mallette.

– Ça fait partie du processus, expliqua-t-il. Personne sait que vous avez ça, jusqu'à ce qu'il soit trop tard.

J'amorçai un mouvement de retraite vers la porte.

– Pendant que vous apprenez à le faire fonctionner, ça vous ennuie pas si je rejoins mes amis ?

Elle ne leva même pas la tête, les yeux fixés amoureusement sur les mains de Danny qui ouvrait la *Peur rouge*.

Roswell et Drew attendaient dans le couloir, l'air anxieux. Je n'étais pas emballé à l'idée de laisser Danny seul, mais il fallait qu'on trouve Natalie.

On repartit en direction du vestibule, et de là je retraçai mon chemin vers le salon de lecture. Je me doutais que malgré l'immensité des souterrains, beaucoup moins de gens y vivaient que dans la Maison du Chaos.

On trouva la pièce sans trop de mal, et surtout sans rencontrer personne. La cheminée était éteinte, de même que les lampes murales.

Je ne l'aperçus pas tout de suite et je me dis qu'on avait dû l'installer ailleurs ; dans ce cas, je ne voyais pas comment la trouver.

Pourtant, Natalie était bien là. Elle avait apporté le coussin sous une table basse et restait à observer sa cage à oiseaux, les cheveux en bataille, les nœuds défaits. Elle avait enlevé ses bottines et une chaussette.

Je m'accroupis près d'elle, tâchai de l'attraper, mais elle se détourna en se cachant le visage. Je vis alors qu'elle portait une balafre à vif qui lui encerclait le poignet, rouge sur les bords, noire au centre. Autour, la décoloration se répandait sous la peau en direction de l'épaule.

– Roz, lançai-je d'une voix aussi calme que possible pour ne pas effrayer la petite. Prends le nounours sur la revenante, vite !

Il vint se planter derrière moi.

– Et le plan, alors ? Il faut que ça ait l'air vrai…

– Dépêche !

– Bon. C'est toi qui vois.

Il dénoua le ruban du poignet du bébé, qui poussa un cri et on entendit un lourd choc.

– Bon sang !

Je fis volte-face, mais je savais déjà ce que j'allais voir. Roswell avait fait tomber la revenante par terre et celle-ci ne présentait désormais plus aucun aspect humain. Elle bougeait toujours, gigotant sur le dos, mais sa peau avait viré au gris foncé ; elle se hissa sur ses petites mains, me regarda de ses iris aussi jaunâtres que ses dents.

Sous sa table, Natalie émit un cri suraigu, comme un lapin pris au piège, et Roswell plongea vers la revenante, jeta son blouson dessus, la récupéra en cachant sa tête. Mais la fillette avait déjà filé à l'autre bout de la table en se cachant le visage, tâchant de se réfugier dans un coin.

– Natalie, soufflai-je. C'est bon, tu peux sortir, maintenant.

Je ne voulais pas la saisir, pourtant il allait bien falloir que je le fasse. Ce fut là que Drew s'assit à côté de moi et sortit une pièce.

– Tu aimes les tours de magie, Nat ?

Il promena la pièce sur ses articulations, la fit danser entre ses doigts, jusqu'à son poignet.

– J'étais ton voisin, tu te rappelles ?

Elle ne répondit pas, mais au bout d'une seconde hocha la tête. Je m'agenouillai pour tenter de défaire le nœud de la ceinture qui l'attachait à la chaise. Roswell essayait de garder la revenante cachée sous sa veste, mais elle remuait trop.

Dès que j'eus détaché le ruban, Drew se pencha sous la table sans jamais détourner les yeux de Natalie, même lorsque la revenante se mit à geindre et à se débattre.

– On va te ramener chez toi, maintenant. Il va falloir que tu te caches les yeux.

Pendant une seconde, elle ne bougea pas ; alors il répéta sa dernière phrase, et là elle laissa tomber l'oiseau mécanique pour poser les mains sur ses paupières. Drew la prit dans ses bras et la détourna de Roswell, qui ouvrait son blouson en essayant d'échapper aux coups du petit corps agité.

– Ça va mal, murmura-t-il en nouant le ruban à la taille de la revenante. On va se faire choper, c'est sûr. Ça va mal.

– Tu ne te doutes pas à quel point ! lança une voix enrouée derrière nous.

Une silhouette se tenait les bras croisés dans l'encadrement de la porte, tellement immobile qu'au début je ne pus distinguer son visage, je ne voyais que l'éclat sauvage de ses yeux.

– Pardon de me montrer si hardi, mais nous vivons dans un monde tellement détraqué…

Il s'avança et je reconnus alors le Coupeur, exactement tel que je l'avais vu la première fois, si ce n'était qu'il portait maintenant des gants noirs garnis de courtes griffes d'acier.

Natalie avait jeté ses bras autour du cou de Drew et s'accrochait à lui ; j'essayai de ne pas chanceler quand le Coupeur s'approcha de moi, accompagné de nuages ferrugineux.

– Tu pourrais nous expliquer ce que tu fais dans les appartements privés de la Dame, avec deux intrus et un cadavre ?

Roswell se leva, l'air résolu, nettement moins effarouché que moi. Il était plus grand que le Coupeur, mais s'en différenciait par son allure plus jeune dépourvue de tout aspect cruel.

– Vous jouez à quoi, là, au père Fouettard ?

– Je préfère me voir comme un démon, sourit le Coupeur. Mais peu importe. Je me contenterai d'évoquer tes pires cauchemars, ou même de passer pour un monstre ou un lutin, selon la dénomination que tu voudras bien m'attribuer.

Je reculai encore dans l'espoir d'échapper à cette odeur.

– Mais c'est pas ce que désire la Dame, dis-je. Elle aime pas qu'on lui donne des noms.

– La Dame n'a ni vision ni perspective. Elle ne supporte pas l'idée d'être autre chose qu'une déesse, elle aspire à une vie qui n'existe pas. Nous ne serons jamais plus la race de ce que nous avons été, il est temps de revenir à autre chose.

Je pris une profonde inspiration, et ma gorge me brûla tout du long.

– À quoi ?

Le Coupeur me considéra avec une attention polie, presque intéressée, avant de m'adresser un sourire aux gencives enflées et de frapper du poing une cloche de verre sur la cheminée.

Elle explosa en mille morceaux qui se répandirent au sol avec un bruit effrayant.

Roswell tressaillit, Drew essaya de protéger Natalie en lui couvrant le visage d'une main.

Le Coupeur fit un saut de côté, esquivant les débris.

– Nous ne sommes pas en train de négocier ni de passer un marché. Si vous refusez de me rendre ce petit agneau, je vais m'en prendre systématiquement à tous ceux que vous aimez et en couper des morceaux jusqu'à vous faire obtempérer. Vous devez comprendre que je ne reculerai devant rien.

Ce fut moi qui reculai pour tenter de mettre de la distance entre nous, me prenant les pieds dans les fauteuils derrière moi.

Il me suivit.

– Tu croyais pouvoir entrer ici, échanger un enfant contre un morceau de viande sans intérêt ? Nous connaissons déjà la manœuvre, cousin. C'est nous qui l'avons inventée.

– Pourtant, vous vous êtes fait avoir quand la Morrigane est venue chercher ma mère. Elle a déposé une revenante à sa place et la Dame a tout gobé. Elle voyait pas la différence… et vous non plus.

Je criais presque quand il arriva à ma hauteur.

Il m'attrapa par le pan de mon blouson et me plaqua contre le mur. Près de ma tête, un cadre de scarabées tomba, se cassa, et son contenu se répandit sur le sol.

Derrière apparut la haute silhouette indécise de Roswell.

Le Coupeur colla son front contre le mien :

– Dupe-moi une fois, gronda-t-il, honte à toi ! (Il pressa l'arrête de son nez contre la mienne, son souffle furieux pénétra directement dans mon larynx.) Dupe-moi deux fois, et je te coupe la gorge !

– Hé ! cria Roswell en secouant le manteau du Coupeur. Lâchez-le !

L'atmosphère devenait tellement lourde que j'avais du mal à me concentrer sur ce qui se passait dans la pièce. Tout ce que je voyais, c'étaient ces lueurs meurtrières dans les yeux noirs du Coupeur.

– C'est l'intrus qui parle ? demanda-t-il sans se retourner. C'est lui qui ose me toucher ? Tu dérailles, mon gars.

– Il a raison, murmurai-je. Te mêle pas de ça, il aime trop la torture.

Le Coupeur partit de son rire éraillé :

– La torture ? Non, je veux juste voir le sang couler, cousin. C'est si joli, quand il capte la lumière !

Ricanant de plus belle, il se pencha encore vers moi, je perçus de nouveau l'odeur de rouille et aussi de maladie. Son sourire en croissant de lune m'obligeait à fermer les yeux. Je clignai des paupières et ne sentis bientôt plus que son haleine sur mon visage.

– Cousin, me glissa-t-il à l'oreille. Regarde-moi. (Il me saisit par la mâchoire.) Regarde ! Je vais te marquer de mon sceau sur le cœur, et tu oseras enfin soutenir mon regard, comme un homme. Après quoi, je te briserai et tu me supplieras comme un petit garçon.

Il se tenait si près que je distinguais la texture ventrue de ses gencives, tout en me demandant où étaient Roswell et Drew, s'ils allaient le laisser me découper. Tout ça correspondait à ce qu'il recherchait – souffrance, sang, supplications.

– Nous allons commencer par ta face. (Il pointait une longue lame acérée, étrangement brillante, qui semblait jaillie directement de sa main.) Ton sourire va s'agrandir.

Dans la puanteur de sa respiration, je ne percevais qu'odeurs, étourdissements. La pièce rétrécissait, se resserrait et je n'arrivais plus à faire le point. Au bord de la nausée, je me sentais trop léger pour tenir debout.

J'étais seul. Roswell et Drew avaient disparu. Il ne restait que le mur derrière mon dos et la lame devant mon visage.

Le Coupeur ajusta son emprise tout en agitant le couteau sous mon nez.

– Ouvre grand la bouche ! ordonna-t-il.

Je serrai les dents en me préparant au goût métallique, à la douleur qui allait effacer le reste du monde.

C'est alors qu'apparut la main de Roswell dans mon champ de vision, qui s'abattait sur la face du Coupeur. Dans un sifflement et une odeur de chair brûlée, celui-ci recula. Je n'eus pas la force de me reprendre et m'effondrai le long du mur jusqu'au sol. Assis à quelques pas de là, la revenante posa sur moi un regard jaune et vide.

– Foutez-lui la paix ! cria Roswell en s'interposant.

Et portant Natalie sur son bras, Drew se joignit à lui, les épaules carrées, les jambes bien plantées.

Les dents menaçantes, le Coupeur ricana de plus belle, et sur le coup parut plus effrayant que n'importe quel habitant du crassier. Une empreinte ronde en pointillés lui marquait maintenant la joue comme une morsure.

– Comme vous voudrez, conclut-il en se dirigeant vers la porte. Ce n'est pas grave, la suite viendra. À vrai dire, je préférerais même ce dont elle va me gratifier, l'horreur, les hurlements. Tu pourras y assister, bien sûr, ajouta-t-il à l'adresse de Drew. Câline-la tant que tu pourras, chante-lui des chansons. Elle mourra quand même dès ce matin.

Drew étreignit davantage Natalie, qui se cacha le visage pour ne plus voir le Coupeur. Ce dernier s'éclaircit la gorge et cracha, puis envoya promener d'un coup de pied les restes de la cloche de verre sur le tapis, avant de sortir de la pièce. La porte claqua derrière lui et une clef tourna dans la serrure.

Roswell se tenait devant moi, les poings serrés ; il finit par ouvrir la main, l'air furieux, le souffle court. Il tenait une capsule de bouteille.

Il la rangea dans sa poche et alla vérifier que la porte était fermée, y envoya un coup d'épaule, un coup de pied sans grande conviction, et finit par annoncer ce que je savais déjà :

– Peux pas. Elle est trop lourde.

Je restai avachi contre le mur, me sentant rouler lentement vers le sol ; je crus voir ma main se poser sur le cadre cassé, en ressortir pleine d'éclats de verre plantés dans ma paume et de scarabées écrasés.

Roswell s'accroupit près de moi, jeta un coup d'œil vers Drew.

– Hé, il a pas l'air en forme ! Tu pourrais m'aider ?

Drew s'approcha, sans lâcher Natalie pour autant.

– Minute. Je veux pas la déposer là où il y a du verre. Elle ne porte pas de chaussures.

Il semblait abasourdi.

Roswell examinait ma main et la débarrassait des débris qui s'y étaient plantés. Il regarda le sang qui en coulait, sombre, épais, presque mauve.

– Bon, ça va ! affirma-t-il.

Je reconnaissais bien là ses fanfaronnades et son enthousiasme, même s'il en faisait des tonnes. En fait, sa voix n'annonçait rien de bon. Il m'avait joué dix fois cette comédie, quand je tremblais de fièvre à côté de lui. Cette fois, il laissa passer une seconde avant de reprendre d'un ton plus sincère :

– Sauf que là, on est baisés.

Ma main commençait à me faire vraiment mal, mais je respirais mieux.

– Danny est toujours dehors. Il pourrait retrouver Emma ou mon père. Il pourrait nous aider.

Roswell se redressa, se débarrassa des morceaux de verre et de scarabées arrachés à ma paume.

– Compte là-dessus, marmonna-t-il, pas convaincu.

– C'est notre seul espoir, pour le moment.

Un bruit de bagarre retentit dans le couloir, et puis on tourna la clef dans la serrure. La porte s'ouvrit sur un Danny ébouriffé et furieux. Le Coupeur le tenait par le col, à l'en faire marcher sur la pointe des pieds ; un bleu lui marquait la joue et sa lèvre saignait.

Le Coupeur le jeta dans la pièce et claqua la porte. Danny tomba sur le sol, se redressa.

– Désolé, maugréa-t-il. J'ai essayé, mais elle est pas idiote.

Drew vint l'aider à se relever en lui époussetant ses vêtements d'un geste machinal.

– Ça a déconné ? Elle était pas contente ? Je te disais qu'il fallait pas bouger l'appareil… Ça a dû court-circuiter.

– Non, elle a voulu l'essayer.

– Mais, intervint Roswell, tu devais juste lui montrer ce que ça faisait. Comment elle a pu savoir ce qu'on voulait faire ?

– C'est un détecteur de mensonges, bon sang ! Elle m'a posé des questions. D'après toi, jusqu'à quel point ça n'a pas fonctionné ?

– Attends, elle l'a essayé sur toi ?

Roswell ferma les yeux, les rouvrit et se laissa tomber en soupirant sur le canapé, tandis que Danny faisait les cent pas et que j'essayais de respirer aussi profondément que possible.

– Désolé, répéta Drew en tapotant sa lèvre sanguinolente.

Il attrapa un napperon de dentelle pour tâcher d'arrêter l'hémorragie et s'assit dans une bergère, les yeux fixés sur le plancher.

Je pris place entre Roswell et Drew. La revenante se tenait face à nous, au bord d'un fauteuil de velours. Roswell se pencha vers elle, l'air résigné.

– On ne peut pas la laisser là, soupira-t-il.

Elle avait l'air d'une peluche, adossée au bras du fauteuil, immobile, ne respirant même pas. Je détaillai ses yeux vides aux iris jaune foncé, à la cornée jaune plus claire. Elle ne ressemblait en rien aux filles bleues qui murmuraient et riaient comme n'importe qui d'autre. Elle était comme vide, et je me demandais si c'était ma faute, si je ne l'avais pas brisée en la déterrant.

– Je crois pas que ce soit important, finis-je par répondre. Elle ne sait pas où elle est. Elle se fiche de ce qui se passe et des gens qui traînent autour d'elle.

– On peut quand même la détruire ? s'enquit Roswell.

J'énonçai les risques courus par les filles bleues, selon la liste de la Morrigane.

– En lui coupant la tête ou en la jetant au feu.

– Ton ami griffu… il a l'air capable de la décapiter par plaisir.

Je reconnus que oui, d'un hochement de tête.

– Alors, on peut pas la laisser ici, conclut-il. Seulement, je sais pas ce qu'on va en faire.

Je fermai les yeux, appuyai la tête sur le dossier du canapé.

– Si on peut la sortir d'ici, je connais quelqu'un qui la prendra chez elle.

Je savais que la Morrigane et la Maison du Chaos s'occuperaient de cet être étrange, brisé, sans doute, mais qui avait encore sa place là-bas. Ce qui était déjà plus que ce à quoi je pouvais moi-même prétendre.

Drew s'adossa lui aussi dans un soupir. Natalie s'agrippait toujours à son cou, le visage caché contre son épaule.

– L'emmener ? Alors qu'on peut déjà pas sortir nous-mêmes ?

Forcément, dans un souterrain, on ne trouvait pas de portes de service ni de fenêtres pour s'évader. Le panneau de sortie mesurait soixante centimètres d'épaisseur et ses gonds s'ouvraient sur l'extérieur de la colline.

Le silence tomba sur la pièce. On attendait la suite.

Le col de mon blouson portait encore les traces des griffes du Coupeur, mais je restais là sans bouger, sans essayer de le réajuster. Ça ne faisait pas très mal. Nous étions plongés dans une paisible semi-obscurité. Les coudes sur mes genoux, je me disais que c'était parfois ainsi que s'achevait le jeu. On avait beau faire de son mieux, on filait quand même droit vers l'enfer.

LE SACRIFICE DE LA SEPTIÈME ANNÉE

CHAPITRE 29

Peu de temps s'écoula avant qu'ils ne viennent nous chercher, nous entraînant au dehors de la colline de déchets en direction du cimetière, alors que l'aube n'était pas encore levée.

Ils étaient sept hommes de haute taille, décharnés, tous revêtus comme le Coupeur, à cette différence près qu'aucun n'arborait de griffes d'acier. L'un d'eux saisit maladroitement Natalie sous le bras. Personne ne tenta de prendre la revenante à Roswell.

Le Coupeur me suivait de trop près, son souffle râlant dans mon oreille, imprégné d'expectorations grasses.

– Tu vas adorer, me chuchota-t-il. Elle est attendue dans ce mausolée pour y être mangée, et là, elle hurlera à la mort. C'est toujours ainsi.

– Ça doit vous plaire, ça, murmurai-je, trop essoufflé pour parler plus fort. Vous devez adorer voir massacrer des enfants.

– Non, cousin. Oh non ! C'est ton visage que je vais regarder.

Dans Welsh Street, la chaussée fumait encore. L'église, ou ce qu'il en restait, dressait ses ruines dans le ciel toujours noir.

Les hommes nous poussèrent à travers le cimetière, en direction du mausolée. Une nouvelle odeur de fumée emplit l'atmosphère, sèche et embaumant l'encens.

Sa poupée à la main, la Morrigane nous attendait déjà dans le carré non consacré, ses filles bleues derrière elle, toutes trempées. Le reste de la Maison du Chaos s'étalait en éventail autour d'elles, Carlina et Luther bras dessus, bras dessous ; Janice et la fille aux étoiles main dans la main. Les filles bleues tenaient des petits paquets d'herbes aromatiques qui brûlaient lentement.

En m'apercevant, la Morrigane prit un air grave.

– Que fais-tu ici ? Tu devais rester en sécurité à la maison.

Je tentai de me libérer de l'étreinte du Coupeur.

– La Dame va tuer Natalie. Vous ne pouvez rien faire ?

– Mon chéri, ce n'est pas ce que j'aurais choisi si j'avais eu le choix, mais il n'y a pas d'autre possibilité. Si on ne répand pas de sang, c'est toute la ville qui en souffrira.

Elle jeta un regard anxieux derrière elle. La Dame se tenait à l'ombre d'un chêne, une capuche sur le visage, mais je l'avais reconnue à la traîne brodée de sa robe et au groupe de serviteurs qui l'entouraient.

La Morrigane revint vers moi, la bouche ouverte comme si elle avait autre chose à dire. Mais elle se figea, l'air d'avoir reconnu quelqu'un d'autre derrière moi.

Tate. Elle se frayait un chemin parmi la foule, dans sa veste d'aviateur bleue, l'air absolument furieux ; elle se dirigeait vers moi, attirée par la présence muette du Coupeur.

Elle lui jeta un regard glacial avant de se tourner vers moi :

– Et alors, Mackie ? Tu as dit que tu allais t'en occuper !

– J'ai essayé, dis-je misérablement. Mais qu'est-ce que tu fais là ?

– D'après toi ? Emma voulait que j'évite le cimetière, alors j'ai compris que c'était là que tout se passait.

La Morrigane finit par nous rejoindre, tout en s'arrangeant pour ne pas s'approcher du Coupeur. Elle se planta devant Tate, sautillante et froufroutante dans sa robe de gaze brûlée.

Elle agrippait toujours sa poupée, mais quand elle haussa le menton et se mit à parler, ce fut d'une voix raisonnable, terriblement adulte :

– Tu n'as rien à faire ici. Il était entendu que tu ne devais pas venir quand nous nous livrons à nos activités des heures sombres.

Ses dents voraces firent reculer Tate un instant, mais il en fallait plus pour la pousser à renoncer.

– Ouais, ça va, je vois bien, mais je ne repars pas sans ma sœur.

La Morrigane lui posa une main sur le bras.

– Ces choses remontent à des éternités avant toi ou ta famille. Bien avant cette ville. Le sang fait briller le soleil et grandir les corps. Telle est la vérité du monde.

Tate la toisa, mais répondit d'une voix presque douce :

– J'emmerde le monde. Je veux juste récupérer ma sœur.

– Il suffit !

La voix de la Dame se répercuta dans le carré non consacré.

– Votre sœur n'est rien, à peine une broutille. Je ne m'arrête pas à ces considérations, et si vous continuez à perturber mes affaires, je n'aurai d'autre choix que de faire appel à celui qui se charge des perturbateurs.

Tate me jeta un coup d'œil, et pour la première fois je la sentis gênée. Elle parcourut le cimetière du regard, comme si elle commençait à se rendre compte du nombre de ses adversaires, de l'aspect redoutable de certains.

Alors qu'elle revenait vers moi, je sentis la pression du Coupeur sur mon épaule, qui levait sa main gantée, me frôlait le visage de ses griffes sans me toucher, juste pour montrer à Tate de quoi il était capable.

– Qu'est-ce que vous voulez ? lui demandai-je.

Il m'effleura la nuque, laissant une empreinte de métal atrocement froide.

– Tout ce que je veux, c'est que tu restes là pour assister aux horribles mutilations des gens que tu aimes. Est-ce trop te demander ?

Je me tenais très droit, m'efforçant de ne pas lui laisser la satisfaction de constater combien le plus léger contact pouvait me faire souffrir.

À côté de moi, Roswell et les jumeaux se débattaient pour échapper aux hommes décharnés du Coupeur, sans grand succès. Tandis que personne ne tenait Tate.

– Lâchez-le ! gronda-t-elle, comme si elle s'apprêtait à l'abattre.

Le Coupeur se tenait si près que je le sentis pouffer de rire.

– Une vraie petite furie ! Tu n'as qu'à venir le chercher, si tu peux. Je serais curieux de voir ça.

Ses griffes se plantèrent en moi, faisant éclater ma peau, m'envoyant des spasmes que je tâchai de retenir. Alors, tout se passa très vite.

Tate se pencha pour remonter le revers de son jean et atteindre le haut de sa botte.

Il me lâcha, recula en levant les mains comme s'il se rendait, me laissa la rejoindre, mais au passage m'envoya un coup de poing à la tête.

Je heurtai le sol, et pendant une seconde, je ne vis qu'une pluie d'étoiles. Étendu dans la boue et les cendres, j'essayais de reprendre ma respiration. Le sol détrempé me mouillait le dos à travers mon blouson. Le Coupeur m'enfourcha, posant ses griffes sur mon cou avec une telle douceur qu'il semblait impossible qu'elles puissent faire tant de mal. La marque de la capsule de Roswell apparut comme soulignée sur sa joue.

– Lâchez-le ! répéta Tate d'un ton grave.

Le Coupeur éclata de son rire rauque.

– Non, ma belle, non ! Voilà ce qui va se passer : je vais le ciseler un peu et tu vas assister au spectacle, sinon je l'égorge et vous devrez le regarder se vider de son sang.

Les pointes s'enfoncèrent si fort que cette fois je hurlai malgré moi. Soudain retentit un bruit mat et les griffes lâchèrent prise. Je roulai sur le côté, la base du crâne parcourue d'une douleur fulgurante.

Le Coupeur gisait à côté de moi, les mains levées comme s'il voulait les appuyer sur son visage, mais les griffes l'empêchaient de toucher sa propre peau ; une longue brûlure lui cautérisait la joue.

Autour de nous, tout le monde recula. Tate les menaçait d'un objet étroit et long d'un noir mat : un pied de biche.

Les filles bleues poussèrent des cris stridents quand il tenta de se relever. À l'évidence, les occupants de la Maison du Chaos manquaient de sentiments charitables à son endroit ; ils se moquaient de le voir prendre un coup de barre de fer en pleine figure. Ils n'étaient là que pour témoigner de ce qui se passait ; le Coupeur leur jeta un regard hargneux avant de revenir vers Tate.

Elle paraissait petite à côté de lui, et jeune. De son large sourire, il paraissait lui promettre une mort dans les pires tourments. À croire qu'il n'espérait rien tant, dans l'existence, que de voir les autres souffrir.

– Petite fille, commença-t-il avec une intonation quasi éplorée, petite fille, range vite ce jouet. Sinon, tu mourras.

Secouant la tête, elle empoigna son arme à deux mains.

– Dépose-moi ça, ou je t'ouvre le ventre et je donne tes yeux en pâture aux corbeaux.

Sans plus d'avertissement, il lui infligea un coup de griffe sur le bras, à travers l'épaule de sa veste. Bien que le sang jaillît à travers l'étoffe, elle ne recula pas.

De fait, elle sourit. Du même sourire que celui qu'elle avait adressé à Alice sur le parking. Ce sourire qui disait *j'adore tout casser.*

Le Coupeur lui rendit son sourire, comme s'il guettait cet instant. Comme s'il ne savait pas que le meilleur moyen de la mettre en fureur était de faire couler son sang.

Elle tourna sur elle-même et le frappa de nouveau, dans les dents cette fois. Il retomba en arrière, dérapa dans la vase, la bouche ensanglantée ; des gouttes rouges dégoulinèrent sur le sol, fumèrent sur le pied de biche. Le souffle crissant, il s'agenouilla entre les pierres tombales, tremblant et toussant.

Debout devant lui, son arme à la main, Tate le dominait de toute sa taille ; elle souriait toujours, l'air électrisé, sauvage.

Autour d'elle, la foule restait silencieuse.

Le Coupeur ne bougea pas, s'essuya seulement le menton du bras, la fusillant du regard.

– Réglez-lui son compte ! lança la Dame d'une voix suraiguë.

Le Coupeur se releva tant bien que mal, crachant de pleines gorgées de sang. Et il se rua sur elle.

Tate frappa de nouveau, visant sa main, brisant deux de ses griffes qui parurent exploser. Il recula d'un bond. Déjà, elle reprenait son élan et frappait encore.

Il l'attrapa en plein mouvement, lui ouvrant une large coupure sur le cou, mais elle ne parut pas même flancher et le heurta sur la poitrine. Il se reprit vite, se pencha légèrement en avant et je crus un instant qu'il allait plonger sur elle, mais il ne fit que lever sa main gantée et se toucher le front. Ses griffes le marquèrent de petites zébrures.

– Je me rends, déclara-t-il d'une voix féroce, mais à bout de souffle.

– Vraiment, monsieur ? intervint la Dame dans l'obscurité. J'avais demandé que vous nous débarrassiez de cet obstacle, et vous me voyez bien perplexe sur ce qui peut encore vous arrêter.

– Je me rends, répéta-t-il cette fois en levant la tête.

Sous sa capuche, la Dame reprit la parole :

– Vous êtes tenu de faire ce que je vous dis, et en ce moment je vous demande de nous débarrasser de cette fille.

Il lui tourna le dos et fit face à Tate, qui demeurait en position de combat, mais il n'esquissa aucun mouvement de défi, l'air de contrôler sa fureur.

– Toi, dit-il en essuyant encore son menton, tu es malveillante comme le démon et sais te servir d'une arme. Mais nous pourrions nous affronter un jour prochain pour la deuxième manche, qu'en penses-tu ?

Tate ne répondit pas, le visage tourné vers la Dame au fond du cimetière, soudain plus épouvantée qu'elle ne l'avait paru durant leur confrontation. Je suivis son regard et compris : l'un des hommes décharnés sortait du mausolée, Natalie dans ses bras.

Le Coupeur salua Tate d'un mouvement moqueur, puis la bouscula pour passer devant elle, devant le groupe de filles bleues, et s'enfoncer dans le cimetière. Ses deux griffes cassées traînaient au sol, aux pieds de Tate. Il ne jeta pas un seul regard derrière lui.

– En voilà assez ! s'exclama la Dame en prenant Natalie pour l'amener vers le mausolée. Entrons maintenant, et cela pourrait durer un certain temps.

Tate se précipita dans sa direction, mais deux des hommes du Coupeur s'interposèrent, l'immobilisant par le dos de sa veste, la soulevant presque de terre. Se débattant des bras et des jambes, elle hurlait le nom de Natalie d'une voix qui me faisait mal.

Je me rappelai ce que ma mère m'avait dit quand j'avais accepté de travailler pour la Morrigane afin que rien n'arrive à Emma : *Dans la vie, il faut savoir faire des choix.*

Je compris ce qu'elle avait voulu dire – qu'il faut savoir réfléchir à ses options, en peser les conséquences avant de prendre une décision ; mais que valait ce conseil, quand on se trouvait confronté à une situation d'urgence ?

Cette fois, on atteignait la fin de la partie. Cette fois, alors que tout se calmait, seuls subsistaient mon souffle court, affolé, les battements de mon cœur. Il n'y avait plus que moi. Moi, toujours en marge de tout, alors que chacun avait sa place quelque part.

– Attendez-moi ! dis-je.

La Dame s'immobilisa, mais ne se retourna pas.

– Qu'entendez-vous par là, monsieur Doyle ?

Il semblait pourtant qu'elle souriait.

– Laissez-moi prendre sa place, ça vaudra mieux. (J'en fus le premier convaincu au son de ma propre voix.) C'est ce qu'il y a de mieux à faire.

La Dame se retourna et renvoya Natalie dans la foule, la jetant presque vers Tate, qui se libéra de ses gardes d'un mouvement furieux pour attraper sa sœur au vol. Tombant à genoux, elle l'étreignit contre sa poitrine. Je ne l'avais jamais vue si près de pleurer.

Dans l'ombre, le timbre velouté de la Dame s'éleva encore :

– Venez donc, monsieur Doyle !

Tate me regarda en secouant la tête, et je tâchai de lui faire comprendre sans rien dire : *Laisse-moi faire.*

Elle ferma violemment les paupières, se cacha le visage dans les cheveux de Natalie. Mouvement qui ne fit que me conforter dans ma conviction d'avoir fait le bon choix. Le seul. Je suivis donc la Dame, qui m'attendait sur la première marche du mausolée.

En arrivant à sa hauteur, je la vis ôter sa capuche pour me montrer son visage, et j'en eus presque le souffle coupé. Elle avait terriblement changé par rapport à la femme rencontrée dans le salon de lecture, ses yeux étaient plus grands, plus noirs que ceux de la Morrigane ou d'aucune des filles bleues. Ténébreux, dépourvus de couleur sur ce visage blafard, ils évoquaient des gouttes de suie.

Cela me rappela l'histoire qu'Emma me racontait, comment on entrait dans une grotte pour s'y faire dévorer. Il suffisait d'y pénétrer de son plein gré pour que la mort ne soit plus une mort, mais un renouveau.

Mille choses peuvent survenir et vous effrayer jour après jour. Et si quelqu'un de proche se révélait atteint d'un cancer et qu'il arrive quelque chose à votre sœur, à vos amis ou à vos parents ? Si vous étiez renversé par une voiture en traversant la rue, ou si vos camarades de lycée découvraient que vous êtes un monstre ? Ou si vous vous enfonciez trop loin dans le lac et que l'eau vous submergeait ? Et s'il y avait le feu ou la guerre ?

De quoi vous empêcher de dormir toute la nuit, d'autant que ce sont des choses parfaitement réelles. Possibles.

Tandis que le regard immobile de la Dame était aussi noir qu'impossible.

Elle me tendit la main et je la pris, la laissant m'arracher à ma vie, à mes amis pour entrer dans le mausolée.

– Attendez, dis-je la gorge serrée. Je veux juste les regarder…

Roswell et les jumeaux restaient plantés sur la barrière du cimetière, retenus pas les hommes du Coupeur. Drew arborait l'expression atone typique des Corbett, tandis que Danny semblait lutter contre un énorme poids sur l'estomac. Entre deux hommes en noir, Roswell restait adossé à la barrière, la revenante toujours dans les bras. Et il me regardait.

Entre les stèles, Tate restait à terre, Natalie dans ses bras, la bouche ouverte comme si elle allait crier quelque chose, mais qu'aurait-elle pu dire ? Elle avait récupéré sa petite sœur, et le mieux qu'il me restait à faire maintenant était de me détourner d'elle, de la lumière du jour, et de suivre la Dame.

Pourtant, une seconde durant, je ne fus plus certain d'y arriver. Il me semblait tellement difficile de renoncer au regard de Tate. De donner ma vie quand elle commençait à peine.

Les musiciens et les filles bleues ne bougeaient pas. Ils étaient venus pour ça, ni par plaisir ni par vice. Ils étaient venus assister à la renaissance de leur monde au prix du sang. Peu importait que je me tienne maintenant face à eux. En tout ce qui comptait pour moi, j'étais déjà mort.

– Venez à moi ! criait la Dame, dont la voix se répercutait sur les voûtes de la crypte.

La porte venait de s'ouvrir, percée ténébreuse sur le marbre blanc, et je la suivis vers ma meilleure, mon ultime mission.

Je perçus immédiatement l'odeur de terre humide ; le sol était recouvert d'une fine couche d'eau provenant des suintements du sol ou de la pluie. Je n'entendais rien que mes propres battements de cœur.

– Vous saignez, observa la Dame en émergeant de l'ombre. Je sens l'odeur de cuivre et de sel.

Dans l'obscurité, son visage était fantomatique, presque transparent, et ses os pointaient à travers sa peau ; je m'aperçus que ses dents étaient aussi acérées que celles de la Morrigane.

– Venez plus près, dit-elle dans un sourire cruel. Que je vous regarde un peu.

J'effectuai un autre pas qui m'éloignait davantage de l'église en ruine, du cercle des témoins.

– Voilà des années que je rêve de vous, me confia-t-elle. Longtemps déjà avant que je ne vous connaisse. Mais le rêve n'est qu'une piètre compensation de la chair.

Nous pénétrions maintenant à l'intérieur de la crypte, loin des regards extérieurs.

– Depuis combien de temps vous vivez du sang des innocents ?

Elle me prit par le bras, m'attirant près d'elle pour mieux murmurer à mon oreille :

– Vous me demandez de compter en années ? Vous seriez mieux servi en tonnes. Le temps n'apparaît comme une mythologie qu'à ceux qui n'ont pas vécu assez longtemps pour voir toutes leurs structures s'écrouler, toutes leurs situations se condamner. Les gens nous diabolisent, et un siècle plus tard ils nous prient.

– Pas à Gentry. Vous pouvez leur apporter toute la paix, toute la prospérité possible… ils ne vous adoreront jamais. Pas comme dans votre demeure autrefois.

La Dame sourit, ses lèvres se décollèrent de ses dents.

– Ma demeure ? Elle est partout où l'on me connaît. À Gentry, on exhibe mes effigies, alors croyez-vous qu'il soit important de considérer qu'on les brûle par amour ou par dépit ?

– D'après vous, c'est pas grave si on vous aime ou pas, tant qu'on croit en vous ?

– C'est dans l'ordre naturel des choses. Les dieux tombent pour faire place à des monstres. Parfois, ils se relèvent des rangs des vaincus pour redevenir des dieux.

– Et vous, alors ?

Il suffisait de voir son visage émacié, ses yeux atrocement sombres, comme si le temps s'étirait à jamais, ce regard plus profond, plus absolu que famine, peste ou mort. Si long qu'il parut voir en moi.

– Qui êtes-vous ?

Elle sourit encore, me caressa le visage.

– Je suis la terreur.

J'eus l'impression d'être effleuré par un morceau de parchemin, tant sa peau était fine.

– Je tire ma force de leurs peurs et je m'en nourris.

– Je croyais que vous vous nourrissiez du sang de leurs offrandes.

Elle rit d'un rire sec, fétide.

– Chéri, vous êtes délicieux ! Je me nourris des gestes qu'ils offrent. Je dévore leur dévotion et leur mortification. À présent, donnez-moi la main.

Ce que je fis, et elle la prit entre les deux siennes, la tournant comme si elle y cherchait un pouls. Sans prévenir, elle y planta ses crocs.

La douleur me saisit et je gémis, mais ne reculai pas. Je pris une longue inspiration, puis une autre. La puissance de sa morsure dessina d'énormes taches blanches devant mes yeux.

– Je m'attendais à autre chose, souffla-t-elle en m'égratignant encore la chair. Depuis le premier jour où j'ai commencé à boire le sang des miens, je n'ai plus cessé d'en rêver. Ce désespoir, cet abandon. Comme chez cet homme nommé Caury.

J'essayai de reprendre ma respiration et m'aperçus qu'elle fonctionnait bien.

– Vous l'avez tué, murmurai-je. Vous vous êtes servie de lui pendant des mois, des années peut-être, et puis vous l'avez tué.

– La ville s'effondrait, mon chou. Nous sommes liés à la population de Gentry, nous nous devons de les aider, même s'ils refusent de considérer cela comme un service. Même si le prix pour eux en est énorme.

– Les aider… Ça, on peut dire que vous les aidez, à porter leurs enfants dans le cercueil, à remplir leurs maisons d'amulettes. Vous vous prenez pour une déesse alors que vous n'êtes qu'un monstre.

– Vous êtes bien présomptueux de vouloir nommer ceux qui ne portent pas de nom. Nous sommes le désastre et le pandémonium. Nous sommes l'horreur dansante et balbutiante du monde.

Du bout de sa langue, elle me parcourut la paume, puis releva la tête en souriant, les dents maculées de sang.

– Et vous donc, reprit-elle. Vous qu'on a fui, rejeté, ne voilà-t-il pas que vous vous accrochez encore à la vie, à vos *amis ?* Vous les aimez, les gardez, quand bien même ils vous détestent.

Sa morsure me brûlait tout le bras et ma vision s'embuait.

Je pris une longue inspiration, la laissant boire, abandonnant tout sentiment de culpabilité, de secret, de peur et d'anxiété. En même temps m'arrivait un flot d'images et de souvenirs.

Je songeai à Tate, que ne rebutaient ni mes yeux obscurs ni mon étrangeté. Et puis à mes amis, qui étaient mes amis non par hasard, mais parce qu'ils l'avaient voulu ; ils étaient tous là, dans le cimetière – ils m'avaient aidé. Ou l'avaient tenté. Et à mon père qui se donnait tant de mal, qui avait toujours à cœur de faire le bien.

Et à Emma. Emma qui riait, qui pleurait. Emma à douze ans dans sa robe de Pâques, avec son chapeau à fleurs, Emma à quatorze ans, endormie sur son bureau, la tête dans les bras ou m'aidant à faire mes devoirs, Emma qui exposait des tulipes à l'automne ou arrosait le potager. Emma, aujourd'hui et pour toute ma vie.

Je pensais à elle, à eux tous, à leurs visages, à leurs voix, à toutes les façons que j'avais de les aimer sans parvenir à échanger ce sentiment avec eux. Je sentais le souffle de la Dame à l'intérieur de mon poignet, et le liquide chaud qu'elle en tirait lentement, au rythme des battements de mon cœur. La douleur devenait moins brûlante et semblait s'atténuer, tout comme la crypte et le mausolée s'effaçaient autour de moi.

À tâtons, je cherchai de ma main libre à toucher un objet solide, et je trouvai son visage, ses os pointus sous sa peau. L'obscurité m'oppressait. La Dame était puissante et je me sentais si fatigué...

– Savez-vous ce que j'adore, chez les gens comme vous ? Les enfants peuvent avoir peur de moi, la ville peut me diaboliser, mais au fond leur crainte est primaire. Vous, vous êtes assez complexe pour haïr à la fois l'être que vous êtes et vos origines. C'est merveilleux.

– Alors prenez ça, enlevez-le !

Elle lâcha mon poignet, se pencha sur moi, pâle et lumineuse dans l'obscurité, ni sorcière ni déesse, mais pire. À présent, sa peau semblait lisse, ses longs cheveux transparents comme des toiles d'araignée.

Je roulai sur le dos, ma main blessée crispée sur ma poitrine.

Au-dessus de moi, la nuit s'animait d'une meute d'ombres, de silhouettes, d'ailes et de cauchemars. Un être intemporel bourdonnait autour de nous, trop affamé pour vivre dans un corps.

Je fermai les yeux, sans plus souffrir désormais de ses morsures. Elle m'entraînait irrémédiablement vers les ténèbres où je devenais un non-moi. Pourtant, je restais la même personne que j'avais toujours été. J'étais mon premier souvenir, froid et flottant, m'éloignant de la douleur vers la lune pâle, le bruissement des feuilles, l'étrange berceau et les rideaux imprimés de motifs floraux qui claquaient dans le vent. Je flottais de plus en plus loin, dérivant dans l'air noir et sale.

Et soudain j'atterris.

Je me voyais avachi sur un sol de pierre dans une crypte abandonnée, tandis que Poussière la Sorcière de Gentry se tapissait sur moi en me mordillant la main.

Je poussai un énorme soupir, éclatai de rire.

La Dame releva sa bouche de ma main.

– Par quels démons osez-vous vous moquer de moi ?

Je souris dans le noir, un rien étourdi, presque euphorique.

– Tous.

Attrapant le col de mon blouson, elle me secoua.

– Pourquoi riez-vous ? Que voulez-vous ainsi me faire entendre ?

La question me semblait si déplacée, si absurde que je ne pus que secouer la tête. Je n'avais pas besoin de raisons.

Rien de ce qu'elle m'avait pris n'était parti. Cela volait au-dessus de moi par vagues joyeuses, curieuses, effarouchées, prometteuses et vivantes. Cela s'élevait et m'emplissait la poitrine au point que je m'en sentis bientôt trop comblé pour pouvoir respirer.

On appelait ça l'amour. Toute ma vie, j'avais été convaincu d'en être exclu, mais ça, c'était l'amour – depuis toujours.

Et maintenant, je le savais.

LA VÉRITÉ

CHAPITRE 30

Le sol restait humide sous ma tête, et c'était bien ainsi. C'était exceptionnel. Nous nous trouvions dans une crypte, sous un mausolée de cimetière, et mon appartenance à cet endroit prouvait que je pouvais me sentir partout chez moi.

La Dame s'était recroquevillée sur moi, m'agrippant par mon blouson, me respirant dans la figure.

– Qu'est-ce qui vous distrait de ce qui nous occupe, monsieur Doyle ?

J'avais la gorge presque trop sèche pour parler.

– Je suis tout ça. Tout ça, c'est ma vie, tout ça, c'est moi.

Pendant un moment, je n'entendis plus que le bruit de mon sang qui s'écoulait de ma main et gouttait sur la pierre.

– Alors, abandonnez-moi tout, dit-elle d'une voix cassée.

Ses doigts s'enfoncèrent dans ma peau, juste au creux de ma gorge.

– Je veux voir la peur, la terreur dans vos yeux, quand vous prendrez pleinement conscience que vous êtes en train de mourir. Je veux votre destruction totale et je continuerai à creuser tant que je ne l'aurai pas obtenue.

Le couteau à éplucher se trouvait encore dans ma poche, enveloppé dans une serviette. Le visage de la Dame dominait le mien de quelques centimètres, me souriant comme une tête de mort.

– J'en ai assez, dis-je. Assez de vous servir de nourriture. Je n'ai rien de ce que vous pouvez désirer.

Elle rentra les doigts dans une des blessures qu'elle avait ouvertes à vif dans mon cou, et je pris une longue inspiration en retenant la moindre plainte, même quand elle commença à lacérer et déchiqueter mes brûlures.

– Le regret est l'une des plus sûres constantes de la vie, chuchota-t-elle. Regrettez-vous à présent votre forfanterie ? (Elle laboura plus profond, m'arrachant la peau.) Je puis descendre jusqu'au fond, je puis continuer à vous écorcher vif jusqu'à ce que vous ne sachiez plus que crier.

Lentement, je sortis le couteau de la serviette.

– Non. Jamais devant vous.

– Vous êtes d'une exquise naïveté ! Comme c'est adorable de se croire si fort !

Je n'étais pas fort. Je n'essayais pas de jouer les héros ni de prouver mon courage, mais sa voix arrogante et vide ne me faisait pas peur. La seule chose que je pouvais redouter à ce moment-là, c'était ma difficulté à me concentrer, à maîtriser ma main engourdie.

Soudain, je la sortis de ma poche et lui plongeai la lame dans l'épaule jusqu'au manche.

Sur le coup, la Dame se tordit sur moi tel un poisson privé d'eau. Et puis elle roula, tomba en arrière, atterrissant brutalement dans l'eau stagnante.

Je rampai vers la porte ouverte et l'air frais.

La première chose que je vis par l'ouverture centrale du mausolée fut le ciel immense, étourdissant, toujours nuageux mais troué de quelques éclats d'étoiles. Puis Tate apparut, s'accrochant à moi et m'embrassant ; et moi qui gisais sur le sol boueux, je l'embrassai à mon tour.

Une trace sombre maculait la manche de sa veste là où je l'avais agrippée.

De ma main valide, je lui pris l'épaule et tentai de m'asseoir ; elle me rattrapa au moment où je perdais l'équilibre. Frissonnant, étourdi, vidé de la moitié de mon sang, je m'avisai que je restais entier. Je tremblais, mais elle était toujours là, près de moi.

On s'étais assis et on se tenait dans les bras l'un de l'autre, quand la Morrigane descendit en trottinant les marches de la crypte où la Dame gisait sur le dos, les yeux fixés sur les voûtes de marbre.

La Morrigane examina le couteau à éplucher d'un air quasi scientifique.

– Tu as été blessée, diagnostiqua-t-elle en se penchant sur son épaule. Vas-tu guérir ? Souffres-tu ?

– Affreux, balbutia la Dame. Monstre, ordure, traître…

– Non, rétorqua la Morrigane en lui tâtant le front. Non, ma chérie, tout ça, c'est toi.

Les filles bleues apparurent à leur tour, gloussant et chuchotant devant la Dame qui toussait et s'agitait dans une mare de sang.

La Morrigane s'agenouilla pour tâter le couteau, la lame qui avait percé l'épaule de sa sœur. De l'autre main, elle soulevait une des griffes du Coupeur, qui se mit à fumer à son contact, dégageant une odeur putride ; elle ne parut pas remarquer mon haut-le-cœur.

– Sais-tu que tu es terriblement égoïste ? demanda-t-elle encore à sa sœur. Je t'aime depuis longtemps, et cela n'a jamais compté pour toi. J'aurais pu aussi bien ne jamais t'aimer.

À ses pieds, la Dame la contemplait d'un regard horrifié ; elle finit par remuer ses lèvres bleues.

– Comment osez-vous me parler ainsi, petite sotte ?

La Morrigane sourit, dégageant ses triples rangées de dents acérées.

– Tu n'es plus qu'une vilaine goule, désormais. Ton homme t'a quittée, et je te parle comme il me plaît.

– Misérable rebelle… J'aurais dû vous punir, vous faire fouetter jusqu'à vous entendre me supplier…

– Cela n'arrivera plus. Tu n'as plus personne pour t'obéir.

Elle examina encore la griffe, et soudain, avec une effrayante précision, la lui planta dans le cou. La pointe traversa la peau de la Dame pour s'y enfoncer entièrement, la faisant gémir et se prendre la gorge. La Morrigane se redressa, mais laissa la griffe où elle se trouvait.

Autour d'elles, le groupe des filles se rapprochait avec de grands rires grouillants de dents et d'asticots. Les serviteurs de la Dame s'éclipsèrent sans demander leur reste, tandis qu'elle geignait de plus en plus faiblement sous l'œil de sa sœur, qui ne masquait pas une certaine satisfaction. Je me demandais si la Morrigane n'en avait pas rêvé, tout comme la Dame rêvait de boire du sang.

Cependant, quand elle s'adressa à moi, j'avais détourné le regard.

– Je suis navrée, annonça-t-elle en baissant les yeux. Ce n'est pas moi le monstre, moi je suis la bonne fée, tout amour. (Elle pleurait maintenant, à petits sanglots.) Je suis celle qui ne garde pas rancune, et l'on me dit bienveillante.

En traînant les pieds, elle s'approcha de moi, qui restais à trembler dans les bras de Tate.

– Dis-moi que tu me pardonnes ?

Tate m'entoura de ses bras, comme pour marquer son territoire. Je me laissai aller, posai la tête sur son épaule.

– Que je vous pardonne quoi ?

– Ma laideur et ma méchanceté.

– Je vous pardonne.

Paroles inutiles. Ses dents ne me dérangeaient plus, et les seules choses que j'aie encore à lui pardonner restaient les marques sur les bras d'Emma.

La petite princesse rose surgit en sautillant, faisant danser sa baguette étoilée et tenant Roswell par la main.

Les jumeaux arrivaient derrière, Drew portant Natalie qui dormait au creux de son cou. Sa robe blanche paraissait dans un triste état, l'ourlet défait, couverte de boue. Elle avait les cheveux emmêlés, collés comme une peluche tombée dans une mare. Quant à Danny, il portait la revenante qui ne se pelotonnait pas contre lui, qui ne faisait rien du tout.

– Tu perds ton sang, dit la Morrigane en examinant mon poignet.

Je m'aperçus que j'en avais plein mon blouson et sur le devant de ma chemise.

Elle s'éloigna prestement, pour revenir accompagnée de Janice qui sortit une fiole de son manteau et me la présenta.

– Ça te fera du bien.

D'un coup de dents, elle fit sauter le sceau de cire et le bouchon, puis me la tendit. Je la vidai à grandes gorgées. Le liquide me parut chaud et me donna vite le tournis, mais je me sentis mieux. Et aussi incroyablement fatigué.

Janice ouvrait maintenant un pot pour y plonger la main. Elle posa sur les blessures de mon poignet une pâte collante qui commença par me brûler férocement. Jusqu'à ce que je ne sente plus rien.

Je m'appuyais complètement sur Tate en tâchant de distinguer quelque chose à travers le flou qui noyait ma vision.

J'aperçus la Dame affalée sur le sol de la crypte.

– Qu'est-ce que ça va changer pour Gentry ? demandai-je.

La Morrigane vint s'asseoir près de moi.

Elle me prit la main entre les deux siennes, la ferma.

– Les mauvaises choses vont s'arrêter, parce que je n'enlève pas les enfants et ne brûle pas les églises.

– Et la population cessera d'être aussi aimable ?

La Morrigane se releva en haussant les épaules.

– A-t-elle jamais été aimable envers toi ?

– Non, pas vraiment. Jamais depuis ma naissance.

– Jamais, donc. Eh bien, au revoir !

Comme je ne répondais pas, elle posa sa main sur ma tête dans un geste doux et appuyé.

– Je t'aime beaucoup, souffla-t-elle. Et quand je te dis au revoir, ce n'est pas pour toujours ni pour très longtemps. C'est juste que je vais maintenant rentrer chez moi, et toi aussi.

Ramassant sa poupée dont elle secoua la poussière au passage, elle me parut soudain étrangement adulte. Elle alla se planter devant la Dame.

La fragile beauté avait disparu, son teint virait au papier mâché et ses veines dessinaient des entrelacs sombres sous sa peau. Ses yeux noirs s'injectaient de sang.

– L'affreuse chose ! maugréa la Morrigane.

Elle adressa un signe aux filles mortes qui s'approchèrent en chuchotant, soulevèrent le corps de la Dame pour l'emporter à travers les chemins boueux d'Orchard vers le crassier.

Comme dans un rêve, je crus distinguer des chants d'oiseaux. La lumière changeait, l'atmosphère devenait plus douce et le ciel pâlissait, marqué de taches roses. Voilà des semaines qu'on n'avait plus vu se lever le soleil.

Sans rien dire, juste accrochés l'un à l'autre, on retraversa le cimetière en direction de la rue. Roswell et Drew essayèrent une ou deux fois de lancer une petite plaisanterie, mais elles tombèrent à plat. Natalie dormait toujours sur l'épaule de Drew.

Je trébuchai contre Tate, presque surpris de constater qu'elle était bien là, bien vivante. Elle me passa un bras sur l'épaule. Ma main ne me faisait plus qu'à peine souffrir. Le cimetière me paraissait presque transparent, comme si c'était en rêve que je nous voyais tous les six dans cet étroit sentier boueux.

L'AURORE

CHAPITRE 31

Dans Concord Street, la lumière du porche brillait toujours, plus brillante que les premières lueurs du jour. On escalada les marches tous ensemble, comme si on refusait de trop s'éloigner l'un de l'autre.

J'essayai la poignée, mais c'était fermé à clef et je dus m'agripper à la rambarde pour que le monde s'arrête de tourner. Enfin, je pus me redresser et appuyer sur la sonnette.

En ouvrant, Emma n'eut besoin que d'un regard avant de se jeter dans mes bras, sans se soucier du sang et de la boue qui maculaient mes vêtements. On avait l'impression qu'elle pleurait depuis des mois.

Dans la cuisine, mon père faisait les cent pas en se passant la main dans les cheveux. Maman restait patiemment assise à la table, les mains crispées sur la nappe comme si elle attendait qu'il s'arrête.

En nous voyant arriver, ils levèrent la tête en même temps. Mon père à la fois choqué, surpris et soulagé, surtout soulagé. Maman semblait sur le point de s'évanouir, et plus que jamais je me rendis compte de mon état. Emma m'étreignait le bras, et à côté de moi, Tate et les jumeaux semblaient sortir d'un documentaire sur la guerre. Seul Roswell paraissait à peu près indemne, l'expression préoccupée, interloquée, comme s'il tombait là par hasard.

Mon père nous dévisagea les uns après les autres.

– Tu es grièvement blessé, me demanda-t-il enfin. Tu veux qu'on t'emmène à l'hôpital ?

Je sentis immédiatement l'âcre odeur de son inquiétude.

Tout en m'appuyant sur la table de ma main valide, je fis signe que non.

– Ce sang ne vient pas seulement de moi.

Il se passa une paume sur le visage.

Maman, quant à elle, gardait les yeux fixés sur Natalie à présent réveillée, et qui s'accrochait de toutes ses forces à Drew en contemplant la cuisine d'un air ébahi. Maman lui prit le visage entre les mains, la dévisagea longuement. Puis elle la relâcha et se tourna vers moi.

– C'est toi qui as fait ça ? Tu l'as ramenée ?

Je ne répondis pas. Ce n'était pas moi qui avais fait ça. Du moins pas tout seul.

– Tu es allé là-bas, rien que pour la ramener ?

Cette fois, je hochai la tête. La question suivante allait être : *Pourquoi avoir couru un tel risque ?* ou *Était-ce bien raisonnable ?* Et je n'avais aucune envie d'aborder ce sujet. Je prenais tout juste conscience de mon indifférence par rapport à ce monde, de mon détachement durant les semaines qui avaient précédé ma rencontre avec la Morrigane.

J'ouvris la bouche pour l'interrompre, mais la vérité devait d'ores et déjà se lire sur mon visage, car elle n'attendit pas ma réponse et vint me serrer dans ses bras.

– Te voilà rentré ? souffla-t-elle. Tu aurais pu disparaître à jamais, mais tu es rentré…

Ça me faisait drôle de me retrouver dans cette cuisine, à étreindre ma mère. Ce n'était vraiment pas le genre à pleurer où à câliner, pourtant elle ne me lâcha pas.

– C'était courageux, murmura-t-elle encore en s'accrochant à ma veste.

En toute honnêteté, je n'avais pas été courageux. J'avais juste fait le sale travail, les seules choses qu'il fallait faire, puis fermé les yeux en espérant que ça marche. Ce n'était pas ça, le courage. Mais j'étais content qu'elle le pense.

Je montai dans la salle de bains nettoyer les traces de sang et de boue. Il me restait des marques de griffes sur le cou et sur une joue, mais l'entaille de mon poignet commençait déjà à se refermer, grâce à la pâte verte que Janice y avait étalée. À ce rythme, tout aurait disparu dans quelques heures.

Dans la glace, je me trouvai blême, épuisé, à moitié mort, cependant mes yeux n'étaient plus noirs, mais bruns. Et puis « à moitié mort » signifiait qu'une partie de vous restait bien en vie.

Quand j'ouvris la porte, je vis Emma qui m'attendait dans le couloir, la chemise souillée de mes propres traces de sang. Un instant, on resta juste à se regarder. Elle paraissait exténuée.

– Qu'est-ce qu'elle t'a dit ? demanda-t-elle en me prenant à son tour dans ses bras.

Je la serrai contre moi en songeant à ce que maman m'avait dit, cette réflexion si mystérieuse et si rare…

– Qu'elle était contente que je sois rentré. Qu'elle aurait pas cru que j'allais revenir.

– C'était sa façon de te dire qu'elle t'aime.

– Je sais.

Emma sourit.

– Moi aussi, je t'aime. Mais tu le savais déjà.

Ce qui me fit sourire à mon tour. Je l'étreignis si fort qu'elle en poussa un petit cri.

– Toujours aussi dingue, hein ?

L'UN DES NÔTRES

CHAPITRE 32

Ce lundi se révéla aussi normal que possible dans de telles circonstances, c'est-à-dire tout à fait normal. Gentry avait cette aptitude innée de laisser les choses revenir à leur point de départ.

À la cantine, les élèves me parurent plus discrets que d'habitude, et Alice arborait le même air hargneux que celui de Tate le jour de l'enterrement. Pourtant, on ne l'évitait pas autant que Tate, mais son habituel cercle d'amis semblait moins empressé. J'aurais juré qu'ils le faisaient exprès. Elle ne lâchait plus Stephanie, comme pour combler le vide laissé par Jenna. Personne d'autre n'était admis dans leur cercle.

L'enterrement de Jenna avait eu lieu le samedi. Je ne m'y étais pas rendu, mais pour une fois, je ne m'en étais pas senti rejeté pour autant. Un jour, je me rendrais au cimetière, et du carré non consacré je regarderais sa tombe et rendrais hommage à cette fille que j'avais connue. Elle faisait partie de cette ville, comme moi.

Je vis alors Tate se frayer un chemin parmi les élèves qui déjeunaient. Dehors il faisait froid, mais le soleil brillait et la lumière à travers les fenêtres jouait sur son visage, éclairant ses cheveux d'une lueur que nul autre n'aurait pu distinguer. Peu importait, puisque moi je la voyais et que ça me plaisait.

– Qu'est-ce que tu mates comme ça ? demanda Roswell en suivant mon regard.

Les lumières bourdonnaient et cela ne me dérangeait pas. C'était juste le bruit du lycée, le bruit que j'entendais quand je vadrouillais de par ce monde.

Je me sentis rougir.

– Tate.

– Ah ! dit-il gravement. Ça t'aura sûrement servi de sauver sa sœur, mais vous allez devoir passer encore du temps ensemble, si tu veux vraiment sortir avec elle.

Quand elle arriva à notre hauteur, je lui pris la main, et elle me laissa faire malgré son air rogue, féroce, comme si elle se retenait de sourire.

Après les cours, elle me ramena à la maison. Je n'avais jamais trop osé inviter des gens à entrer, si bien que j'inaugurais un peu. Elle me permit de lui ôter sa veste et on monta dans ma chambre.

– Laisse la porte ouverte, me lança Emma depuis le living.

Elle était en train de donner à Janice des leçons de germination, ce qui pouvait paraître étonnant, dans la mesure où la Maison du Chaos ne recevait pas de lumière naturelle.

Je n'avais plus de nouvelles de la Morrigane, mais Janice était revenue chaque jour, si bien qu'il me fallut admettre qu'au fond, Emma et elle étaient vraiment des amies.

En attendant, je jouais les étonnés.

– Emma, tu plaisantes, là !

– Non, sourit-elle, je prends le relais de papa, et s'il découvre que tu as fait monter une fille sans surveillance, il va flipper.

Tate me suivit dans ma chambre, examina les lieux, les cahiers et les vêtements éparpillés partout.

– Tu es nettement plus bordélique que j'aurais cru.

Ma guitare basse traînait dans son étui ouvert. J'avais joué tout le week-end pour tenter de capter le son de mes pensées, ce que j'avais ressenti quand je gisais dans la crypte, gelé, hébété, souriant. Parfois je m'en étais vraiment approché, mais après mon spectacle avec les Rasputin, ça faisait drôle de jouer seul. J'aimais toujours le contact des cordes sous mes doigts, les tons profonds qui sortaient de mon casque. Mais la basse n'émettait qu'une seule ligne mélodique, et il aurait fallu un concert entier pour exprimer cette histoire.

J'allai m'asseoir sur le lit.

– Il me manque toute une étendue de talents, parmi lesquels savoir ranger sa chambre.

– Au moins tu perds pas ton temps, observa Tate en croisant les bras. Au lit direct. C'est ta façon de me dire que je te dois une séance de jambes en l'air ?

Je me contentai de m'allonger pour ouvrir la fenêtre.

Un instant plus tard, elle me suivait sur le toit.

– J'aurais bien voulu, insista-t-elle. Mais pas par devoir.

On s'assit sur le toit pour regarder la rue en contrebas, et je lui passai un bras autour du cou.

– Qu'est-ce que ça fait d'avoir récupéré Natalie ?

Elle se mit à rire, poussa un grand soupir.

– C'est génial et ça fait peur. Sans m'en rendre compte, j'avais pris l'habitude de son absence. Elle a beaucoup changé en deux petits mois.

Une fois de plus, cela me rappela ma mère et tout ce que la vie souterraine pouvait modifier en vous.

– Ça ira, assurai-je.

Pas parce que j'étais persuadé que Natalie redeviendrait exactement la personne qu'elle avait été, mais parce que quoi qu'il arrive désormais, au moins elle serait elle-même.

Tate se rapprocha, m'embrassa.

– Tu as bien fait. Je veux dire, je croyais que tu allais tout foutre en l'air et même pas bouger.

– Parce que je m'y prenais comme un manche ?

Elle resta la tête appuyée sur mon épaule.

– Je croyais que tu ferais tout ton possible pour ne pas t'en mêler, comme la plupart des gens.

– J'ai essayé de pas m'en mêler.

– Peut-être, mais finalement tu l'as fait, au moment où ça a tout changé.

Tout un monde s'étendait à nos pieds, peuplé de gens horribles, pervers ou magnifiques. La limite entre chaque demeure était mince, à peine une séparation, et toutes avaient connu le sang et la souffrance, la peur, la mort, la joie et la musique.

Mais pour le moment, le coucher de soleil nous suffisait.

Je pris la main tiède de Tate, entrelaçai nos doigts. Plus rien ne comptait que le poids de sa tête sur mon épaule.

Nos vies s'étiraient devant nous, illimitées, insondables, peut-être pas parfaites, mais c'étaient nos vies. La vie à Gentry.

Chez nous, les choses se passent ainsi.

REMERCIEMENTS

De nombreuses personnes ont permis la création de ce livre, et beaucoup y ont davantage encore participé. J'adresse particulièrement mes remerciements à mon agent, Sarah Davies, pour son inestimable soutien et sa conviction inconditionnelle que ce que j'avais écrit constituait bel et bien une histoire.

À mon éditrice, Lexa, qui a compris mon livre et m'a appris comment l'adapter.

À Ben Schrank et l'équipe Razorbill, pour m'avoir permis de démystifier un processus mystérieux.

À mes merveilleuses sœurs, Tessa Gratton et Maggie Stiefvater – Tess, qui me permet de rester loyale, et Maggie, qui m'empêche de m'engourdir.

À Gia, pour ses cadeaux de sucreries surprises. Et aussi pour m'avoir ramenée à la maison quand je manquais de sommeil, m'épargnant ainsi tout risque d'accident.

À ma petite sœur Yovanoff, pour avoir pris d'excellentes photos et avoir réécrit tous les paragraphes qu'elle ne comprenait pas.

À mon mari, David, qui a toujours cru sans faillir – même les jours où je doutais moi-même.

Et à Syl, qui a toujours bien voulu lire tout ce que j'écrivais, pour me dire ensuite ce qu'elle en pensait.

Imprimé à Barcelone par :

CPi
BLACK PRINT

Composé par Nord Compo Multimédia
7, rue de Fives, 59650 Villeneuve-d'Ascq

Dépôt légal : octobre 2014
ISBN : 979-10-224-0060-2
POC 0050